문학작품
시리즈
제7권

공중에
떠있는 집

공중에 떠있는 집

초판 1쇄   인쇄 2020년 7월 20일
초판 1쇄   발행 2020년 7월 23일
옮 긴 이   김승일(金勝一) · 전영매
발 행 인   김승일(金勝一)
디 자 인   조경미
출 판 사   경지출판사
출판등록   제 2015-000026호

ISBN 979-11-90159-45-6 (04820)
       979-11-90159-44-9 (세트)

판매 및 공급처 경지출판사

주소: 서울시 도봉구 도봉로117길 5-14   **Tel:** 02-2268-9410   **Fax:** 0502-989-9415
블로그: https://blog.naver.com/jojojo4

※ 이 도서의 국립중앙도서관 출판시 도서목록(CIP)은 서지정보유통지원시스템 홈페이지(http://seoji.nl.go.kr)와
   국가자료공동목록시스템에서 이용하실 수 있습니다.

문학작품
시리즈
제7권

공중에 떠있는 집

거츄이린(葛翠琳) 지음 | **김승일·전영매** 옮김

경지출판사
Korea Wisdom China

자서

　나는 허베이(河北) 러팅현(樂亭縣)의 한 시골의 작은 마을에서 태어났다. 나는 글도 익히기 전에 할머니가 물레질을 하면서 들려주시는 재미있는 민간 전설이야기를 들을 수 있었다. 할머니는 밤낮으로 그 오래되어 낡아빠진 물레 곁을 지키셨다. 평생 길쌈을 해오신 할머니는 임종을 앞두고 80년이나 그를 동반해온 물레를 손으로 어루만지셨다. 두 눈이 먼 할아버지는 당신이 글을 가르치셨던 서당을 떠난 뒤에도 매일 고문을 외우곤 하셨는데 나는 알아듣지도 못하면서도 듣는 것을 좋아했다. 할아버지는 본인이 직접 줄을 그으며 표기를 한 고문 뜻풀이 책을 나에게 물려주셨다. 애석하게도 그 책은 '문화대혁명'의 불길 속에서 타서 재가 되어버렸다. 그렇지만 고문을 외우시던 할아버지의 처량한 목소리는 평생 나의 기억에 생생하게 남아 있다. 가장 행운인 것은 초등학교 선생님이 매일 아침 낭독시간에 우리에게 아동문학명작을 읽어주셨던 것이다. 낡은 절을 개조하여 만든 그 어두침침하고 축축한 교실에서 우리들의 마음은 세계를 향해 훨훨 날아갔다. 안데르센이라는 덴마크의 동화작가가 아이들을 위해 그렇게 많은 감동적인 동화를 창작했다는 사실도 그때 알게 되었다. 우리는 또 「마지막 수업」이라는 글과 중국 여류작가 빙신(氷心)이 쓴 「꼬마 독자에게」라는 아름다운 산문도 외웠다.

중학교와 고등학교 시절에 영어성적을 높이기 위해 나는 영문판 세계문학전기를 읽었다. 『큐리부인전』을 읽고 큰 감동을 받아 이공학을 전공할 뜻을 세우기도 했다. 『쇠파리』, 『강철은 어떻게 단련되었는가?』 등의 책을 통해 받은 강력한 충격으로 나는 학생운동에 뛰어들었었다. 고등학교 때 이과성적이 뛰어나 옌징(燕京)대학에 추천 받았지만 나는 사회학과에 지원했다. 기세 높던 학생운동은 나에게 큰 단련의 기회를 주었다. 나는 이상을 위하여 자발적으로 혁명에 참가했다. 개인 출세의 길을 찾기 위하여 혁명대오에 가담한 것은 절대 아니었다. 신 중국이 창립된 후 나는 영어를 그만두고 러시아어를 배우기 시작하였으며, 소련 문예작품과 이론을 부지런히 탐독했다. '문화대혁명' 기간에 내가 읽은 책은 "봉·자·수(봉건주의·자본주의·수정주의의 준말—역자 주)"를 고루 갖추었다는 비판을 받았는데, 그때 당시의 이론적 근거에 따른다면 나에게는 전혀 억울할 게 없는 비판이었다. 그리고 나는 또 『연설(1942년 5월 옌안에서 열린 문예좌담회에서 한 마오쩌둥의 연설을 가리킴—역자 주)』도 경건한 마음으로 읽고 또 읽었지만 인정해주는 사람은 없었다. 실제로 나는 이 방면의 정치학습에 가장 많은 시간을 소모히였었다.

우리 집안은 가난하였지만 사랑으로 가득 찬 집안이었다.

나는 귀족화된 교회학교에서 공부하였는데 우수한 성적으로 장학금을 받아 비싼 학비를 해결했다. 선생님과 학우들 모두 나를 존중해주었다. 어린 나이에 혁명에 참가한 나는 전우들의 아낌없는 보살핌을 받았다. 근무처에 배치 받아 사회생활을 시작한 후에도 나는 생명에 대하여, 인생과 사업에 대하여 심지어 혁명에 대하여서까지도 천진하고 유치한 환상으로 가득 차 있었다. 노 작가의 지도를 받으며 나는 짧은 시와 산문을 짓기 시작했다. 그러나 나는 동화를 쓰는 것이 더 좋았다. 동화 속에는 아름다운 정취와 아름다운 형상, 아름다운 언어… 등이 있어 아름다운 세상을 창조할 수 있었기 때문에 마음이 쏠렸다. 내면의 아름다운 소망을 동화 속에서 실현할 수 있기 때문이었다. 그 시기에 나는 「신비한 왕머루(野葡萄)」, 「설낭(雪娘)」, 「눈물 호수(淚潭)」, 「약초 캐는 아가씨(采藥女)」, 「배나무(雪梨樹)」 등의 동화를 썼다. 대다수가 진선미를 보여주는 걸 주제로 삼아 서정적이고 낭만적인 색채가 짙었다.

 여러 가지 정치운동이 끊이지 않았으며 매 차례 운동마다 사상 정돈과 결합되었던 그 특수한 시기에 나는 자신의 "영혼 깊숙한 곳에 있는 소자산계급 왕국"에 대해 시시각각으로 경계하였으며, 자기의 세계관을 진정으로 개조했다. 그러면서도 나는 항상 동화로써 현실을 반영하려는 꿈을 간직하고 있었다.

 나는 중외 동화 명작들을 숙독하기 시작했다. 『작은 요한네스』, 『분홍빛 구름』, 『그림자』, 『거꾸로 자라는 나무』, 『물의 아이들』… 이런 동화 명작들은 현실을 반영하고 인생을 반영하였으며 사회생활을 비춰주는 거울과도 같은 것이었다. 나는 이들 작품의 깊이와 폭넓음에 경탄을 금치 못하였으며 그 매력에 깊이 빠져들었다. 특히 조르주 상드의 동화 『분홍빛 구름』의 예술적 매력에 나는 흠뻑 빠져버렸다. 자그마한 분홍빛 구름 한 조각이 천둥번개를 잉태하듯이 액운과 재난에 맞닥뜨린 연로한 할머니는 무섭게 구르는 구름을 손으로 움켜쥐고 꼬아서 가늘디가는 실로 뽑아내셨다.

구름도 정복하는 주인공 할머니의 정신적인 힘이 나의 마음을 세차게 뒤흔들어놓았다. 작가는 삶에 대한 자신의 깊은 이해와 체득을 동화의 형태를 통해 상징·환상·서정·과장의 수법으로 표현함으로써 현실을 반영하는 목적에 이르렀다. 그것은 탐색해볼만한 과제였다. 나도 이런 방면으로 꾸준히 창작을 해왔지만 정작 글을 쓸 때는 힘에 부치고 뜻대로 되지 않는 느낌이 들곤 했다. 「붉은 꽃과 소나무(小紅花與松樹)」는 최초로 시도해본 동화였다. 그 해 나는 단편 동화집 3권을 출판했다.

내가 동화의 세계에 홀린 듯 빠져들고 있을 무렵 마른하늘에 날벼락 같은 상황이 나타났다.

천둥이 울고 번개가 번쩍이며 폭풍이 하늘땅을 뒤덮으며 몰려오는 것 같은 느낌이었다. 무슨 영문인지 미처 알아차리기도 전에 나는 이미 당에 반기를 들고 사회주의에 반기를 든 우파분자가 되어 있었다. 심지어 내 이름이 『인민일보』에 까지 오르는 '행운?'까지 차례가 갔다. 아이러니

하게도 신문에 나를 비판하는 글들이 게재되고 있을 때, 일부 간행물을 홍보하는 목록에 여전히 나의 작품이 버젓이 올라 있었다. 미처 빼낼 겨를이 없었기 때문이었을 것이다. 전혀 예기치 못한 갑작스런 변화에 나는 하늘땅이 빙글빙글 도는 것 같았다. 나는 따스함과 환상으로 가득 찼던 세상에서 하루아침에 냉혹한 현실세계의 나락으로 추락했다. 경계선을 명확하게 가르기 위한 모든 차가운 얼굴들을 마주한 나는 짐을 꾸려가지고 길고도 험난한 노동개조의 삶을 시작했다. 그 뒤로 또 '문화대혁명'시기의 필사적인 몸부림이 이어졌다. 그런 상황에서도 내 마음의 깊숙한 곳에는 여전히 동화의 세계가 숨어 있었다.

그것은 험난한 나날들 속에서 내 마음의 사막에 남아있는 오아시스였기 때문에 '문화대혁명' 전 환경이 조금 느슨하였던 짧은 시기에 동화 「황금 꽃길(金花路)」을 발표할 수 있었다. 작품에서는 예술에 대한 간절한 추구와 탐색을 표현했다. 그 후 '문화대혁명'의 재난단계가 이어졌다.

나의 일생에서 가장 소중한 20년이 준엄한 현실세계에 빠져버렸다.

극단적인 굴욕을 당하며 아무런 권리도 없는 지위에 처해 있는 사이에 나는 진정한 삶을 체험할 수 있었다. 그 모든 경력은 훗날 내가 "동화로 현실을 반영하는" 꿈을 이룰 수 있는 밑거름이 되었으며 나의 동화창작을 이끌어주고 발전시켰다. 그때부터 동화로 현실을 반영하는 길을 애써 탐구하면서 나는 더 이상 힘에 부친다는 느낌이 들지 않았다. 풍부한 생활경력과 깊은 인생 체득, 그리고 열린 생각과 활발한 사상을 제창

하는 개혁개방의 사회 환경은 나에게 유리한 조건과 성공 가능한 요소를 마련해주었다.(1977년에 열린 동화좌담회에서 그때까지도 "동화라는 형태가 존재하는 것을 허용해야 하는가?"라는 주제로 토론을 벌였던 기억이 난다.) 1979년에 나의 중편 동화「재주넘는 목각인형(翻跟頭的小木偶)」이 세상에 나온 후 중편 동화「천당에 갔다 온 아이(進過天堂的孩子)」, 「못생긴 미남(最醜的美男兒)」, 「반쪽 성(半邊城)」, 「한 노래의 비밀(一支歌的秘密)」, 「하얀 깃털 하나(一片白羽毛)」, 「날 수 있는 꼬마 사슴(會飛的小鹿)」 등과 단편 동화「날아예는 꽃의 아이들(飛翔的花孩兒)」, 「바다에게 묻는다(問海)」, 「노래하는 황금 씨앗(唱歌兒的金種子)」, 「구름 속의 메아리(雲中回聲)」 등의 작품을 잇달아 발표했다. 이들 작품은 모두 동화로써 현실을 반영한 창작실천의 성과였다. 이는 삶이 나에게 베풀어준 혜택이었다. 20년의 파란만장했던 인생길을 돌이켜보면서 나는 충실한 느낌이 들었다.

삶은 나의 교과서가 되었다. 고난을 겪고 단련을 거치며 나는 삶을 어떻게 대해야 하는지를 배웠다. 나의 동화 창작은 그것과 갈라놓을 수 없는 것이다. 자신의 동화 창작을 돌이켜보면 1950년대에 내가 창작한 동화는 진선미를 주제로 보여준 것이 많았으며, 민족풍을 추구하였고 언어의 음악적 리듬감을 중시했다. '문화대혁명' 이후에는 동화로써 현실을 반영할 수 있도록 애써 탐구하고 실천했다. 이 시기에는 소설의 사실주의 수법과 산문의 서정적 수법을 받아들이고 동화의 환상과 과장적인 수법을 적용해 형상과 구조, 줄거리를 창조했다. 그렇게 창조된 동화 속 인물은 현실생활에는 존재할 수 없는 인물이지만 또 현실생활 속에서 그 인물의 그림자를 찾아볼 수가 있었다.

다년간 모진 비바람 속에서, 흙과 땅에서, 재난과 불행 속에서 긴긴 어려운 세월을 겪으면서 나는 삶의 최하층에서 평민들과 함께 모든 것을 겪었다. 나는 착한 사람들의 진심 어린 도움과 보호도 적잖게 받았고, 악독한 모함과 고통스러운 괴롭힘도 많이 받아봤다.

삶은 나에게 풍부하고도 깊은 깨우침을 주었다. 나의 사랑, 나의 증오는 모두 구체적인 내용과 묵직한 무게를 가지고 있다. 삶의 경력이 쌓여 여과를 거친 뒤 기름진 땅이 만들어졌다. 나의 창작 실천은 그 땅에 뿌리를 내리고 싹을 틔우고 가지를 뻗을 수 있었던 것이다.

우리가 처한 시대, 내가 직접 겪은 사회는 삶의 폭이 넓고 풍부하며 복잡하고도 심금을 울리는 감동이 있는 사회였다. 『작은 요한네스』, 『거꾸로 자라는 나무』, 『그림자』, 『분홍빛 구름』 … 등의 작자들이 나에게 준 깨우침이 촉진제가 되었으며 새로운 의미를 띠게 되었다. 이로써 나는 일련의 중단편 동화 신작을 순조롭게 써낼 수 있었다. 그 신작들은 새 시대의 토양에서 잉태한 산물들이었다.

수십 년간 동화를 창작하면서 느낀 점은 동화의 뿌리는 삶 속에 두고 있다는 사실이다. 그러나 또 삶 자체보다 더 아름답고 더 이상화되었다. 환상의 근거는 현실이다. 환상을 통해 인류의 아름다운 소망을 나타내는 것이다. 대자연에 존재하는 모든 것, 생명이 있는 것과 없는 것을 포함하여 모두 동화 속의 인물로 삼을 수 있고, 사람의 사상 감정을 가지게 할 수 있으며, 그리고 인류사회의 여러 가지 모순과 현상을 반영할 수 있다. 작자의 입장·관점·견해·느낌·소망을 자연계의 사물을 통해 형상적이고 굴곡적으로 표현함으로써 독자를 끌고 감화시킬 수가 있다. 다만 동화 속의 인물이 얼마나 과장되고 이야기 줄거리가 얼마나 기이하든지 간에 모두 다 현실속의 삶을 반영한 것이다. 현실속의 삶을 떠나 현실에 기반을 두지 않으면 환상은 주관적 상상에만 의지한 공상과 억측이 되어버리기 쉽다. 어떤 동화는 얼핏 보기에는 황당한 것 같지만 실제로 삶의 본질을 반영했다. 그렇기 때문에 비록 인물이 매우 과장되고 이야기줄거리가 매우 기이해도 믿을 수 있으며 강렬한 감화력과 설득력이 있는 것이다.

동화 창작에서는 복잡하게 얼기설기 얽힌 여러 가지 현상에서 사물의 본질을 발굴한 뒤 풍부한 환상과 생동적인 과장을 통해 감동적인 형상을 창조할 것을 작자에게 요구하고 있다. 동화는 내 생명의 일부이다. 행운인 것은 내가 1950년대에 창작한 동화가 꾸준히 재판되면서 세월의 흐름에 따라 도태되지 않았다는 것이다.

조르주 상드의 동화 『분홍빛 구름』의 예술적 매력은 날이 가도 쇠하지 않는다. 나는 마치 올리브 열매를 먹는 것처럼 꾸준히 씹고 또 씹으면서 그 동화의 더 깊은 의미와 포함하고 있는 철학적 원리를 점차 이해

하였으며, 그것이 내 마음 속에서 끊임없이 맴돌게 했다. 작디작은 분홍 빛 구름이 떠다니며 변화하고 있다. 그 구름은 점차 부풀어 짙은 먹구 름으로 변하더니 하늘땅을 뒤덮었으며 무섭게 구르며 달려가고 있다. 천 둥이 울고 번개가 치며 하늘이 쪼개지더니 폭우가 퍼붓는 듯 억수로 쏟 아진다. 하늘땅이 맞붙은 듯하고 산이 울부짖고 물이 흐느낀다. 그런데 연로한 할머니는 앙상한 나뭇가지 같은 손으로, 거칠고 거무튀튀하며 핏줄이 울퉁불퉁 튀어나온 손으로 뒹구는 구름떼를 움켜잡아 물레에 올려놓고 물레질을 해서는 고치실보다도 더 가는 구름 실로 뽑아낸다. 광풍이 휘몰아치고 폭우가 쏟아지고 산이 무너지고 땅이 갈라져도 할머 니는 태연자약하게, 당황하지도 않고, 원망도 하지 않으며, 탄식도 하지 않고 인내심 있게 물레질을 한다. 그렇게 해서 액운과 재난 그리고 고통 을 부드러운 실로 뽑아내는 것이다. 할머니는 삶을 물레질하고 있는 것 이다. 지난 일들이 기억에 생생하다. 개국대전 행진을 마치고 시위원회 주택 울안에 돌아왔을 때 선전부장 리웨광(李樂光) 동지가 나에게 이런 말을 했다. "아이들을 위한 글을 쓰게나! 새 중국의 탄생과 함께 자네는 창작활동의 스타트를 떼는 거네. 그리고 40년이 지난 뒤 다시 뒤돌아보 면…" 40년이 지난 뒤라? 그때 당시 나에게는 아득히 먼 앞날이어서 상 상이 가지 않았었다.

그런데 눈 깜짝할 사이에 40여 년이 흘러갔다.

나는 그 옛날 양태머리 소녀에서 이제는 귀밑머리가 희끗희끗 센 노인이 되었다. 아이들에게 아름다움과 즐거움을 줄 수 있었다는 생각에 나는 행복감을 느낀다.

아이들이 내 책을 좋아한다. 이는 최고의 영예이다.

비록 온갖 어려움을 다 겪었고 파란만장한 길을 걸어왔지만 나는 행운아이다. 아이들이 나에게 영원히 사라지지 않을 젊음을 가져다주었기 때문이다. 현재 해외에 거주하는 옌징대학 시절의 학우들은 나를 부러워한다. 나의 일이 인민들 속에 뿌리를 내렸기 때문이다. 조국이 나를 한 명의 작가로 키워주었다.

나의 동화 속에 그려져 있는 수많은 정교한 삽화들 중에서 나는 한 꼬마가 「황금 꽃길」을 위해 그려준 삽화를 제일 좋아한다. 그것은 오불꼬불한 오솔길이 나 있고 작은 꽃들이 그 길에 가득 피어 있는 그림이다. 그 오솔길이 아이들의 마음으로 통하고 있는 것이다.

그 오솔길은 내가 한 걸음 한 걸음씩 걸어서 낸 길이다. 그리고 또 아이들이 이끌어준 길이기도 하다.

나는 꼬마 벗들로부터 수많은 편지를 받았다. 아이들이 나에게 보내준 사랑은 이 세상 그 어떤 보물보다도 값진 것이다.

CONTENTS

Part
1

공중에 떠있는 집

공중에 떠있는 집

여우는 고층에 살고 싶었다. 높은 층에 있는 집에서는 먼 곳에 있는 아름다운 경치도 바라볼 수 있어 너무나도 신날 것 같았다.

그래서 여우는 새에게 물었다.

"새야, 새야, 너희들은 어떻게 집을 짓는 거니?"

새가 대답했다.

"집 짓는 건 아주 쉬워. 튼튼한 나무 가장자리를 찾아서 나뭇가지들을 물어다가 윤곽을 짜서 만든 다음 그 안에 보드라운 풀과 잎을 깔면 돼."

여우는 높이 떠있는 나무 가장자리를 올려다보면서 생각했다. (날지도 못하는데 어떻게 나무 위에 집을 짓는단 말인가?) 그런데 집 밖의 초록빛 나뭇가지와 나뭇잎들이 너무 사랑스러웠다. 새들의 집은 너무 좋았다. 여우는 숲속을 돌아다니면서 어찌해야 저 초록빛 가지와 잎사귀들 속에 집을 지을 수 있을지를 궁리

했다. 여우는 또 다람쥐에게 물었다.

"다람쥐야, 다람쥐야, 넌 어떻게 집을 짓는 거니?"

다람쥐가 대답했다.

"그건 아주 간단해. 먼저 높은 나무 위에 있는 구멍을 찾는 거야. 구멍 입구는 양지를 향해야 하고 구멍 밑동이 입구보다 낮아서는 안 돼. 그래야 빗물이 새어 들어오지 않거든. 그런 다음 나뭇잎이며 부들 이삭이며 버들가지 따위를 깔면 귀여운 집이 되는 거지."

여우는 높은 곳에 위치한 나무 구멍을 올려다보았다. 나무에 기어오르지도 못하는데 어떻게 나무 구멍에 집을 짓는단 말인가? 그런데 집밖이 바로 무성한 나뭇가지와 나뭇잎이니 얼마나 좋을까. 다람쥐의 집이 너무 부러웠다.

여우는 또 이리저리 뛰어다니면서 어떻게 하면 초록빛 나뭇가지와 나뭇잎들 사이에 집을 지을 수 있을지를 고민했다.

토끼가 대나무 숲으로 놀러 가자며 여우를 찾아왔다. 여우는 수심이 가득한 얼굴을 해가지고 말했다.

"안 갈래. 안 갈 거야. 마음에 드는 집을 짓고 싶은데 어떻게 지어야 할지 좋은 생각이 떠오르지 않아서 말이야."

토끼는 귀를 쫑긋하더니 좋은 생각이 떠올랐다고 여우에게 말했다.

"풀밭에 하얀 포말 플라스틱판이 하나 있는 걸 봤어. 그걸 가져다 기판으로 하면 좋을 것 같아. 평평하고 두껍고 가볍고 또 따뜻할 거야. 그런 바닥 위에서 걸어 다니면 너무 편안할 것 같지 않니? 게다가 또 습기도 막을 수 있어서 그 위에 누워서 잠을 자면 마치 융단 위에서 잠을 자는 것 같을 거야."

그 말을 들은 여우는 너무 기뻤다. 그는 얼른 토끼를 따라 기판으로 쓸 그 플라스틱판을 찾으러 뛰어갔다.

"그런 플라스틱판을 찾을 수 있다니 너무 좋아. 그런데 나는 집을 파란 나뭇가지와 나뭇잎들 사이에 짓고 싶어. 여름에는 그늘이 져 시원할 뿐 아니라 창밖은 온통 초록빛을 띨 것이니 문가에 앉아서 풍경을 구경하고 있으면 얼마나 신이 날까."

하고 여우가 말했다.

토끼가 귀를 쫑긋거리며 조금 생각하더니 또 좋은 궁리가 떠올랐다고 했다.

"나무 위에 집 짓는 건 할 수 없어도 대나무 숲에는 집을 지을 수 있어. 그저께 큰 비가 내려 대나무 숲 공터에 죽순이 많이 올라왔거든. 키가 한 자 높이는 돼. 기판이 될 플라스틱판을 그 위에 올려놓는 거야. 고층은 아니더라도 다락방 정도는 되지 않을까? 넌 집에서 땅 위에 뛰어내려올 수도 있고, 또 땅 위에서 집에 뛰어올라갈 수도 있어. 주변은 온통 초록빛 대나무와 잎이니 숲 속보다도 더 아름다울 거야!"

여우는 토끼를 얼싸안고 좋아서 어쩔 줄을 몰랐다.

"넌 참 똑똑한 토끼구나. 어떻게 이런 좋은 방법을 생각해낼 수 있어?"

여우는 새 집을 짓기 시작했다. 모두가 달려와 도와주었다.

고슴도치는 갈대발을 등에 지고 와서 지붕을 이어주었고, 코끼리는 긴 코로 기둥을 감아 가지고 와서 대들보를 만들어주었으며, 거북이는 조

개껍데기를 주워와 기와를 얹어주었고, 사슴은 나뭇가지를 등에 지고 와서 벽을 세워주었다.

원숭이, 멧돼지, 영양도 달려왔다. 모두가 함께 손을 거들어 기판을 죽순 위에 반듯하게 올려놓았다. 그리고 네 면을 죽순 뿌리에 비끄러매 단단히 고정시키고 그 위에 예쁜 집을 짓기 시작했다.

오호! 여우네 집은 너무 귀여웠다. 하얀 기판에 반짝이는 지붕, 조각달 모양의 창문, 둥근 해 모양의 문, 처마 밑에는 풍경을 걸어놓았고 지붕 위에는 풍차를 꽂아놓았다. 집 밖은 온통 푸른 대나무 숲에 둘러싸였으며 창문으로 햇살이 비쳐들었다. 참으로 멋진 집이었다.

여우는 신이 나서 사흘 뒤에 새 집 낙성을 경축하는 연회를 열어 모든 친구들을 새 집으로 초대할 것이라고 선포했다.

여우는 이틀 낮과 이틀 밤 동안 새 집에서 달콤한 잠에 빠져 있었다. 집을 짓느라고 너무 지쳤던 것이다.

사흘째 되는 날 여우는 집안을 깨끗하고도 정연하게 그리고 예쁘게 거두고 나서 손님에게 대접할 음식을 장만하려고 문을 나섰다. 그런데 방문을 열고 밖을 내다본 여우는 깜짝 놀랐다. 앗! 새로 지은 자기 집이 공중에 떠있는 게 아닌가. 집 아래는 푸른 바다 같은 숲이었다.

사흘 동안 여우의 집을 받쳐주고 있던 죽순이 자라서 굵고 튼튼하며 잎이 무성한 푸른 참대로 성장한 것이다. 여우의 새 집은 참대 꼭대기에 올라앉은 꼴이 되었다. 허공에 떠있는 여우의 새 집은 바람에 흔들리는 참대와 함께 바다에서 떠도는 쪽배처럼 초록빛 파도 위에서 휘청거리고 있었다.

"살려주세요!"

여우가 문밖으로 소리를 질렀다.

"왜 그래? 무슨 일이야?"

모두가 여우의 고함소리를 듣고 달려왔다.

"나 집밖으로 나갈 수가 없어!"

여우가 고함쳤다.

"뛰어 내리면 되지!"

토끼가 얼른 방법을 알려주었다.

"이렇게 높은 데서 뛰어내리면 다리가 부러질 거야."

하고 여우가 울먹였다.

"계단을 만들어."

돼지가 말했다.

"집 문이 계속 흔들거리는데 계단을 어떻게 만들어?"

여우가 걱정스레 말했다.

"내가 긴 코로 너를 들어 올려줬다가 내려줬다가 할게."

코끼리가 말했다.

"안 돼. 안 돼. 네가 마냥 우리 집 앞을 지키고 있을 수는 없잖아."

여우는 연신 머리를 가로저었다.

"미끄럼틀을 만들자!"

원숭이가 말하면서 높은 참대 위로 기어 올라갔다. 그리고 참대를 휘게 하여 참대 꼭대기가 집 문어귀에 닿을 수 있게 한 뒤 문턱에 단단히 고정시켰다. 그리고는 스르륵 하고 참대 위에서 미끄러져 내려왔다.

너무 훌륭한 초록빛 미끄럼틀이었다. 모두가 박수를 치며 칭찬했다.

원숭이는 또 다른 한 참대를 휘게 한 뒤 동물들을 동원하여 참대 마디마디에 홈을 파게 하여 사다리를 만들어 문 앞에 고정시켰다. 여우는 미끄럼틀을 타고 집에서 내려올 수도 있고 참대 사다리를 타고 집으로 올라갈 수도 있게 되었다. 얼마나 아름다운 공중의 집인가!

여우는 대나무 숲에서 성대한 연회를 마련했다. 모두가 노래하고 춤추며 즐겼다.

공중에 떠있는 집은? 대나무 숲 푸른 바다 위의 등대처럼 멀리서도 잘 보였다. 친구들이 그 집에 자주 놀러와 별이 총총한 밤하늘도 올려다보고 해돋이도 구경하곤 했다. 경치가 너무 아름다웠다. 그들은 그 집을 "그림 속의 집"이라고 불렀다.

Part
2

봄은 어디에

봄은 어디에

윙, 윙… 찬바람이 불어온다. 대지는 벌거숭이가 되었다.

모두들 봄이 아름답다고 하지만 봄은 어디에 있을까?

수탉은 봄을 찾으러 가기로 마음먹었다.

"쾅쾅쾅"

"문 좀 열어."

"누구야?"

토끼는 떡을 굽기 위해 반죽을 하느라고 바빠서 문을 열어줄 틈이 없었다.

"나 수탉이야."

"수탉아, 어서 들어와. 오늘은 떡을 구워 줄게."

"들어갈 새 없어. 난 봄을 찾으러 가야 해. 넌 봄이 어디에 있는지 알고 있니?"

"알지. 알고말고. 봄은 푸른 숲 속에 있어. 아름다운 봄이 오면 대지가 온통 파란색으로 변하거든."

"고마워. 난 봄을 찾으러 간다."

수탉은 걷고 또 걸었다. 봄은 어디에 있을까?

"쾅쾅쾅"

"문 좀 열어."

"누구야?"

꿀벌은 꿀떡을 빚느라고 바빠서 문을 열어줄 틈이 없었다.

"나 수탉이야."

"수탉이구나. 어서 들어와. 오늘은 꿀떡을 만들어줄게."

"들어갈 새 없어. 난 봄을 찾으러 가야 해. 넌 봄이 어디에 있는지 알고 있니?"

"알지. 알고말고. 봄은 꽃 숲에 있어. 사랑스러운 봄이 오면 온 들판에 꽃이 만발하거든. 꽃향기가 바람에 실려 오곤 한단다."

"고마워. 난 봄을 찾으러 간다."

수탉은 걷고 또 걸었다. 봄은 어디 있을까?

"쾅쾅쾅"

"문 좀 열어."

"누구야?"

잠을 자고 있던 개구리가 꿈에서 깨어났다.

"난 수탉이야."

"수탉이구나. 어서 와. 방에 들어와서 앉아."

"앉을 새 없어. 난 봄을 찾으러 가야 해. 넌 봄이 어디에 있는지 알고 있니?"

"알지. 알고말고. 봄은 즐거운 강물 안에 있어. 따스한 봄이 오면 강물이 쉴 새 없이 흘러가고 물고기가 쉴 새 없이 헤엄치며 진주와 같은 물보라를 일으키곤 한단다."

"고마워. 난 봄을 찾으러 간다."

수탉은 걷고 또 걸었다. 봄은 어디 있을까?

"쾅쾅쾅"

"문 좀 열어."

"누구야?"

새가 둥지에 이부자리를 까느라고 바삐 움직이고 있었다.

"난 수탉이야."

"수탉이구나. 어서 와. 얼른 나가서 너와 놀아줄게."

"놀 새 없어. 난 봄을 찾으러 가야 해. 넌 봄이 어디 있는지 알고 있니?"

"알지. 알고말고. 봄은 무성한 나뭇잎 속에 있어. 아름다운 봄이 오면 큰 나무, 작은 나무 모두가 새 옷을 입거든. 부드러운 나뭇가지가 바람에 흔들리면서 노래하고 춤추고 놀이를 한단다."

"고마워. 난 봄을 찾으러 간다."

수탉은 걷고 또 걸으며 생각했다.

"푸른 풀은 어디 있을까?"

"꽃은 어디 있을까?"

"진주같은 물보라를 치며 흐르는 강물은 어디 있을까?"

"파란 나뭇잎은 어디 있을까?"

"어디 있을까? 어디 있을까?…"

"여기 있어. 난 봄을 위해 푸른 융단을 준비하고 있단다."

땅 밑에서 풀싹들이 가녀린 목소리로 소리쳤다.

"여기 있어. 난 봄을 위해 향기로운 꽃을 준비하고 있단다."

가지 위에서 꽃망울이 느릿느릿 말했다.

"여기 있어! 난 봄을 위해 예쁜 푸른 그늘을 준비할 거야."

나무 위에서 여린 새싹들이 움찔대면서 소리쳤다.

"여기 있어! 난 봄을 위해 땅을 푹신푹신하게 해줄 준비를 하고 있단다."

얼음 밑에서 강물의 또랑또랑한 목소리가 들려왔다. 마치 피리를 부는 것 같았다.

"수탉아, 넌 봄을 위해 무엇을 준비하였니?"

"나 말이니? 난 봄을 위해 아름다운 노래를 한 수 준비했어. 나는 또 해충도 잡을 거야. 그래서 봄이 더 아름답고 너 즐거울 수 있게 할 거야."

따스한 바람이 불어왔다. 풀이 파릇파릇 돋아났다. 꽃이 여기저기서 피었다. 뾰족한 나뭇잎이 파랗게 되었다. 강물 위로 얼음장이 쪽배처럼 떠내려갔다. 흔들흔들 참으로 즐겁다. 토끼가 풀숲에서 깡충깡충 뛰어다니기도 하고 뒹굴기도 했다. 새가 날아다니면서 귀를 즐겁게 하는 노래를 부르고 있다. 꿀벌과 나비가 날아 돌아다니며 춤을 추었다. 개구리와 물고기는 수영 시합을 하고 있다. 너무너무 즐겁다.

수탉은? 목을 길게 빼들고 "꼬끼오~" 하며 아름다운 노래를 불렀다.

Part
3

슬픈 여우

슬픈 여우

여우는 너무 슬펐다.

아빠가 여우에게 새 책가방을 사주었다. 안에는 주머니가 많이 달려 있어 여러 가지 물건을 나눠서 넣을 수 있었다. 책가방에는 지퍼가 있어서 "쪼르륵" 하고 당기면 책가방을 열 수 있고, "쪼르륵" 하고 또 한 번 당기면 책가방을 닫을 수가 있다. 정말 멋졌다! 책가방 한쪽 면에는 큰 배가 그려져 있고, 다른 한쪽 면에는 신식 비행기가 그려져 있었다. 책가방은 두 갈래의 넓은 멜빵이 있어 멜 수 있었다. 그리고 가방 밑에는 두 개의 바퀴가 달려 있어 마치 작고 예쁜 자동차처럼 끌고 다닐 수도 있다. 책가방 겉면은 방수비닐로 되어 있어 비가 내려도 젖을까 걱정하지 않아도 되었다. 책가방 한 구석에는 오르골[01]이 장착되어 있어 책가방을 메고 걸으면 즐거운 음악이 흘러나오곤 한다. 얼마나 사랑스러운 책가방인가! 여우는 신이 나서 새 책가방을 안고 밖에 뛰어나갔다. 꼬마 친구들에게 자랑하고 싶었던 것이다.

"빨리 이리 와봐! 나에게 가장 유행하는 책가방이 생겼어."

꼬마 친구들이 모두 달려와 너도나도 책가방을 구경하면서 놀라움에

---

01) 오르골(orgel): 네덜란드어로 자동적으로 음악을 연주하는 악기를 말한다. 조그만 상자 속에서 쇠막대기의 바늘이 회전하며 음계판(音階板)에 닿아 음악이 연주된다.

거워 찬탄했다.

"와우! 이렇게 좋은 책가방은 본 적이 없어."

"지퍼도 있어!".

"어머? 노래도 부를 줄 알아!"

"어디 나도 좀 보자."

"나도 보자."

"나 먼저 보자."

"안 돼! 나 먼저 볼 거야."

고슴도치와 다람쥐가 책가방 멜빵을 틀어쥐고 놓지 않았다.

호랑이가 책가방을 쥐고 힘껏 잡아당겼다. 늑대도 책가방을 쥔 손에 힘을 주었다. 급해진돼지는 날카로운 이빨로 책가방을 물고 있는 힘을 다해 잡아당겼다…

"쫘~!"하는 소리와 함께 책가방이 찢어졌다. 올올이, 조각조각 찢겨져 버린 것이다.

"앙…" 여우는 땅에 주저앉아 울음을 터뜨렸다. 그는 울면서

"내 책가방 물어내! 책가방 물어내! 물어내!"

하고 악을 쓰며 소리를 질렀다.

그 순간 동물친구들은 모두 멍해졌다. 그들은 퀭하니 여우를 바라만 볼 뿐 어찌할 바를 몰랐다. 새 책가방을 물어내라고? 그건 너무 어려운 일이었다. 그렇게 고급스러운 책가방을 사려면 아주 먼 대도시로 나가야 살 수 있었다. 자동차도 타고 기차도 타야 갈 수 있었다!

누가 새 책가방을 사러 갈 수 있겠는가? 누가 그 많은 돈이 있어서 새

책가방을 사러 갈 수 있겠는가?

동물친구들은 최고로 어려운 문제에 부딪친 것이다.

여우는 너무 속상해서 기어이 친구들에게 물어내라고 떼를 썼다.

"내 책가방 물어내! 안 그러면 선생님에게 일러바칠 거야. 누가 내 책가방을 빼앗았는지, 누가 내 책가방을 망가뜨렸는지, 누가 내 책가방을 차지했는지, 누가 내 책가방을 훔쳤는지 선생님이 한 사람 한 사람씩 불러내 줄을 세울 거야. 그리고는 호되게 야단치실 거야, 엉덩이도 때리고 발도 때리고 머리통도 때리고 그리고 귀도 비틀고 벌도 세울 거야… 그런 다음 너희들에게 책가방 물어내라고 명령하실 거야. 선생님도 법관과 같다는 건 알겠지!"

동물친구들은 모두 겁이 더럭 났다. 학교에 들어간 첫날부터 선생님에게 나쁜 인상을 주고 또 벌을 받고 매까지 맞아야 하다니. 그건 너무 안좋은 일이었다. 모두들 너무 두려워했다.

"엄마 데려올 거야."

호랑이가 흑흑거리며 울기 시작했다.

"아빠 데려올 거야."

멧돼지도 엉엉 울기 시작했다.

"누구든지 아빠 데려오고 엄마 데려오면 선생님은 더 세게 때릴 거야. 아빠와 엄마까지도 다 같이 때릴지도 몰라. 아빠와 엄마는 아이들보다도 선생님을 더 무서워하거든. 아빠와 엄마가 어려서 학교에 다닐 때 그들의 선생님도 지금의 우리 선생님이셨거든. 할아버지와 할머니도 우리 선생님의 학생이었어!"

여우가 친구들에게 겁을 주었다.

"와! 선생님은 정말 대단해. 그래도 선생님에게 맞는 건 싫은데 어쩌지?"

다람쥐가 수심이 가득한 얼굴로 말했다.

"커다란 무 하나 줄 테니 선생님껜 이르지 말아 줄래?"

고슴도치가 사정했다.

"싫어! 싫어! 그깟 무 하나로 내 새 책가방 망가뜨린 걸 퉁 치려고? 어디 그리 간단하게 때우려 해! 어림도 없어!"

여우가 막무가내로 떠들어댔다.

"나에게 작은 자동차가 있어. 내가 매일 너를 차에 태워 끌고 학교까지 데려다줄게. 어때?"

호랑이가 애원했다.

"생각해볼게… 넌 매일 나를 학교까지 차에 태워 끌고 가야 해. 내가 졸업하여 더 이상 학교에 가지 않아도 될 때까지 말이야. 할 수 있겠어?"

"응! 할 수 있어."

호랑이가 얼른 대답했다.

"호랑이는 할 수 있을 거야."

멧돼지와 늑대가 얼른 맞장구를 쳤다.

"호랑이는 나를 차에 태워 끌고 학교로 간다고 하는데 너희들은? 너희들도 내 책가방 배상해야지."

"난… 나는 널 동무해서 학교에 가줄게. 어때?"

늑대가 알랑거리면서 말했다.

"흥! 그건 너무 쉬운 일이야. 넌 내 숙제를 대신 해줘!"

여우가 말했다.

"그래, 좋아. 매일 숙제를 대신 해줄게. 너 졸업할 때까지."

라고 늑대가 비위를 맞춰주었다.

"고슴도치 넌? 넌 어떻게 배상할 건데?"

"난, 난 짐을 들어줄게. 책이랑, 연필이랑, 뭐든 다 들어줄게. 어때?"

고슴도치가 주눅이 든 얼굴로 물었다.

"그건 너무 적어. 청소당번도 대신 서줘야 돼."

여우가 의기양양해서 말했다.

"그래, 좋아."

고슴도치가 흔쾌히 대답했다.

"난 뭐 할까?"

멧돼지가 안절부절못하면서 물었다.

"너?" 여우가 고개를 흔들며 생각하더니 좋은 궁리가 떠올랐는지 말했다.

"넌 내 보디가드 해라. 누굴 때리라고 명령하면 누굴 때리면 돼. 누굴 물라고 명령하면 누굴 물면 돼. 잘 알아들었어?"

"그건…"

멧돼지가 망설이면서 결단을 내리지 못했다. 그러자 여우가 화를 내면서 눈을 부릅떴다. "싫으면 내 책가방 물어내. 당장 물어내."

그 말에 멧돼지가

"그래, 그래, 좋아! 보디가드 할게."

라고 곧바로 대답했다.

"누굴 물라고 명령하면 너 반드시 해야 돼."

여우가 우악스레 말했다.

"그래, 그래! 할게, 할게."

멧돼지는 하는 수 없이 대답했다. 여우는 또 다른 친구들에게도 각기 명령을 내렸다. 다람쥐에게는 매일 들꽃을 꺾어오라고 했고, 토끼에게는 매일 물을 길어오라고 하였으며 영양에게는 매일 싱싱한 산열매를 따오라고 했다… 모두는 그렇게 하겠다고 일일이 대답했다.

여우는 어깨가 으쓱 올라갔다. 그를 섬기고 그의 시중을 들어줄 숱한 노복들이 생긴 것이다. 여우는 우쭐대는 공주가 되었다.

개학이 되었다. 호랑이는 매일 이른 아침이면 작은 차를 끌고 여우를 데리러 왔으며, 방과 후에는 여우를 집까지 데려다 주어야 했다. 호랑이는 너무 힘이 들어 온 몸이 땀에 흠뻑 젖곤 했다. 그러나 여우는 차에 편안히 앉아서 툭하면 화를 내며 쉴 새 없이 소리를 질렀다. "빨리 뛰어! 더 빨리!"

호랑이는 괴로워도 어디 가서 하소연할 수가 없었다.

멧돼지는 더 처참했다. 여우가 툭하면 얘를 때리라, 쟤를 물라고 명령을 하였던 것이다. 그래서 모두가 멧돼지를 미워하게 되었으며 멀리 피해 다녔다. 그 때문에 멧돼지는 너무 외로웠다. 여우는 숙제를 하는 법이 없었다. 늑대는 언제나 여우의 숙제를 대신 완성한 다음에는 자기 숙제를 할 수 있었다. 여우는 또 숙제를 만점 맞아야 했다.

그렇잖으면 멧돼지를 시켜 늑대를 물게 했다.

모두들 그렇게 사는 것은 너무 괴로웠다.

그러나 여우는 너무나도 즐거웠다. 수업시간에도 공부를 전혀 하지 않았다. 꽃을 가지고 놀기도 하고 풀을 가지고 놀기도 하면서 화환이나 화관을 엮어 머리에 쓰기도 하고 목에 걸기도 하면서 놀았다. 그리고 또 귀뚜라미를 잡아서 같은 반 친구의 귀에 집어넣어 수업시간을 아수라장으로 만들어놓았다. 그리고는 토끼가 못된 장난을 친 거라고 궤변을 늘어놓아 토끼가 억울하게 벌을 받게 했다. 그래도 토끼는 울분을 참으면서 아무 말도 못했다.

날이 따스해졌다가 더워졌다가 서늘해지고 추워질 동안 매일 등교했다가 하교하곤 하는 사이에 시간은 그렇게 흘러갔다.

시험 치는 날 모두가 긴장도 되고 흥분도 되었다. 누군들 좋은 성적을 거두고 싶지 않겠는가?

이번 시험은 예전과는 다른 방법으로 쳤다. 학생마다 한 사람씩 선생님 앞에 앉아 단독으로 시험을 치렀다. 시험 내용도 각자 달랐다. 이번 시험은 졸업시험이었기 때문이었다.

마지막에 코끼리 선생님이 시험성적을 발표했다. 호랑이가 1등을 해 우등생이 되었다. 그는 전동 책가방을 상으로 받았다. 그 책가방은 자동으로 열었다 닫았다 할 수 있을 뿐 아니라 계산기까지 달려 있었다.

모두가 뜨거운 박수로 호랑이를 축하해주었다.

그리고 선생님은 성적이 양호한 다른 학생들도 모두 졸업할 수 있도록 인정한다고 선포했다.

모두가 환호하면서 서로를 축하해주었다.

마지막으로 선생님은 여우만은 시험에 합격하지 못하였기 때문에 졸업할 수 없다고 선포했다.

여우는 "흑흑"거리며 울기 시작했다. 눈물이 주르륵주르륵 흘러내렸다. 호랑이가 상으로 받은 새 책가방을 여우에게 주면서 의기양양해서 말했다.

"이제 너한테 진 빚 갚았다!"

말을 마친 그는 몸을 돌려 다른 친구들을 데리고 가버렸다.

"우린 더 이상 너의 명령에 따르지 않을 거야!"

모두가 큰 소리로 환호했다. 홀가분하고 자유로웠다.

"우린 이제 빚이 없어."

모두가 호랑이 주위에 모여 그를 둘러싸고 학교에서 걸어 나왔다. 걸으면서 노래를 불렀다. 앞으로는 즐거운 날만 있을 것이라고 기대에 부풀어 있었다.

여우는 홀로 교정에 앉아 새 책가방을 안고 슬피 울었다. 잃어버렸던 책가방은 다시 찾을 수 있지만 책가방보다 더 소중한 걸 잃어버렸으니 어떡하지? …

코끼리 선생님이 자초지종에 대해 듣더니 여우를 위안해 주셨다.

"무엇이 가장 소중한 것인지 이제라도 알게 되었으니 앞으로 어떻게 해야 할지도 물론 알고 있겠지."

여우는 눈물을 닦고 책가방을 메고 친구들을 찾으러 갔다.

여우는 다시 학교에 가게 되면 처음부터 새로 배우기로 결심했다.

Part
4

오솔길 자전(字典)

오솔길 자전(字典)

고요한 오솔길은 마치 숲 속의 넓은 가슴팍에 드리운 금빛 목걸이 같다. 가을바람이 불어와 나뭇가지를 흔들어대면 낙엽이 황금나비처럼 하늘하늘 춤추며 떨어져 오솔길 위에 살포시 내려앉는다.

길쭉한 버드나무 잎, 하트 모양의 백양나무 잎, 말굽 모양의 단풍잎, 크고 두터운 오동나무 잎… 황금빛 낙엽이 숲속의 오솔길에 부드럽고도 깨끗한 융단을 깔아놓는다.

오솔길은 꼬불꼬불 멀리 뻗어있다. 그 길은 사람들의 즐거움과 슬픔을 짊어지고 있다. 수천수만의 발자국이 그 길을 탄탄하게 만들어 바람이 불고 비가 내려도 그 모습은 변함이 없었다. 그 옆에 파란 풀이 자라나고 귀뚜라미, 베짱이가 그 옆에서 노래를 부르며 들꽃이 그 길을 아름답게 장식하고 있다. 오솔길은 작은 나무가 큰 나무로 자라나는 것을 바라보았고 새둥지 안에서 아기 새가 짹짹거리며 우짖는 소리를 들었으며, 딱따구리가 대대로 숲을 보호하는 것을 지켜보았다. 바람이 불어오면 무성한 숲은 일렁이는 바다와도 같았다.

겨울이 되어 흰 눈이 내리면 숲은 온통 은빛 세계로 변했다. 그러면 오솔길은 두텁게 덮인 흰 눈 밑에 누워 꿈을 꾼다.

오솔길은 풀뿌리가 땅 밑에서 다리를 뻗고 허리를 펴며 발가락을 오솔길의 품 안으로 살며시 들이미는 걸 느낀다. 따스한 햇살이 앙상한 나뭇가지들 틈을 뚫고 숲속에 난 오솔길을 비춘다. 시원하고 맑은 눈이 녹아 만들어진 물이 겹겹이 두텁게 깔린 부드러운 낙엽 층을 뚫고 흙속에 방울방울 스며든다. 풀뿌리며 나무뿌리가 그 눈 녹은 물을 빨아 마시고 점차 부풀어 올라 부드러워진다. 봄이 오면 숲속이 또 온통 푸른 세상으로 변할 것임을 오솔길은 안다.

오솔길은 친구도 참 많다. 모두가 그를 좋아하기 때문이다. 그는 숲속에 있는 모든 것을 알고 있다. 그래서 모두가 그에게 '오솔길 자전'이라는 이름을 붙여주었다.

까치가 날아와 물었다.

"우린 소나무할아버지의 생일을 축하해 드리려고 해. 오솔길아, 할아버지 생일이 어느 날인지 알려줄 수 있겠니?"

"4월 28일이야. 소나무할아버지는 올해로 381세가 되었어. 그는 숲속에서 단 하나뿐인 소나무거든."

오솔길이 느릿느릿 말했다.

"오솔길아, 오솔길아. 아카시아나무에 어찌하여 느릅나무 열매가 맺힌 거니?"

"아카시아나무의 가장자리에 나무구멍이 생겼어. 바람이 흙먼지를 실어다 그 구멍에 쌓고 새가 느릅나무 씨앗을 물어다 그 나무구멍에 떨어뜨려 심었지. 그 씨앗이 빗물에 퍼지고 햇 볕을 쬐어 나무구멍에서 싹이 트고 느릅나무로 자라난 거야. 느릅나무의 뿌리가 아카시아나무의 줄기와 끈끈히 얽혀 하나의 나무로 자라난 거지.

그래서 아카시아나무 꼭대기에 느릅나무 열매가 맺힌 거란다."

라고 오솔길이 진지하게 설명했다.

"오솔길아, 한 가지 물어보자. 나무는 모두 허리를 쭉 펴고 위로 자라
는데 바니안나무는 왜 땅에 누워 와룡나무(용이 누워있는 형상 – 역자
주)로 자라는 거니?"

"80여 년 전 폭풍우가 일던 날 번개가 쳐서 바니안나무를 넘어뜨렸어.
나뭇가지가 꺾이고 줄기도 없어졌지. 그래도 바니안나무[02]는 꿋꿋이 살
아났어. 몸을 일으킬 수 없어 땅 위에 엎드려 있는 수밖에 없었지. 그렇
게 한 해 한 해 세월이 흘러 뿌리를 내리고 가지를 뻗고 잎이 돋아나기
시작하면서 웅장한 와룡나무로 자라난 거란다."

라고 말하며 오솔길은 감탄했다. 숲속에는 부엉이가 살고 있었다. 그
는 숲에 대한 책을 쓰고 있었다. 매번 알지 못할 일이 있을 때마다 그는
오솔길에게 물어봤다.

오솔길은 나이가 아주 많지만 그는 여전히 평범한 오솔길이었다.

토끼와 다람쥐가 뛰어와 호기심에 차서 물었다.

"오솔길아, 그렇게 많은 일을 넌 어떻게 다 기억할 수 있니?"

"그건 내가 이곳의 모든 것을 사랑하기 때문이지…"

라고 오솔길이 정에 겨워 말했다.

---

02) 바니안나무 : 벵골보리수(뽕나뭇과의 상록 교목).

Part
5

두 다리의 준마(駿馬)

두 다리의 준마(駿馬)

끝이 보이지 않는 대 사막은 겹겹이 이어진 모래 언덕, 갈래 갈래의 모래 골짜기… 나무도 없고 풀도 없고 호수도, 강도 없다. 뜨거운 태양만이 불비를 퍼부으며 열기를 뿜어내고 있다.

늙은 낙타 한 마리가 대 사막에서 고생스럽게 먼 길을 가고 있다. 물도 없고 먹을 것도 없이 오로지 굳센 의지와 체력으로만 버티고 있다. 망망한 사막의 바다에서 길도 없고 방향도 없이 오로지 다년간의 경험에 비추어 한 걸음 한 걸음 앞으로 걷고 있다. 한 발을 내디딜 때마다 모래가 움푹 패어 들어간다. 다리를 들 때면 마치 땅에 깊숙이 박힌 나무를 뽑아내는 것처럼 너무나도 무겁다. 그렇지만 늙은 낙타는 반드시 대 사막을 걸어 나가야 한다. 물이 있고 풀이 자라며 나무가 자라는 곳으로 가야 한다.

늙은 낙타는 고개를 들고 지친 다리를 끌며 묵묵히 앞으로 걷고 또 걷고 있다. 낮에도 밤에도 멈추지 않고 걷고 있다.

"아! 이건 뭐지?"

뜨거운 햇볕 아래서 늙은 낙타는 모래 언덕 위에 깨끗하고 아름다운 알이 하나 있는 것을 발견했다. 둥글둥글한 것이 수박 같았는데 알껍데기가 두껍고도 단단했다. 발로 차보아도 "둥둥" 하는 소리만 날 뿐 갈라지지도 깨지지도 않았다.

"이건 누구 알일까?"

목도 마르고 배도 고픈 늙은 낙타는 이 알만 먹으면 목도 축일 수 있고 힘도 생겨 고생스러운 여정을 잘 마칠 수 있을 것 같았다. 그러나 늙은 낙타는 그 싱싱한 알을 차마 먹을 수가 없었다. 그건 하나의 생명이었으니까! 늙은 낙타는 굶주린 배를 부여안고 간신히 마침내 그 신기한 알을 가지고 사막을 벗어났다.

이처럼 큰 알은 본 적이 없는지라 동물들은 모두 놀라움을 금치 못하면서 너도나도 맞춰보려고 애를 썼다. 공작의 알인가? 대붕의 알인가? 봉황의 알인가? 공룡의 알인가?… 정확한 건 아무도 알 수 없었다.

"누가 이 신기한 알을 좀 품어서 깨워줄 수 없을까요? 닭 엄마, 좀 도와주시겠어요?"

늙은 낙타가 간곡히 부탁했다. 닭 엄마는 늙은 낙타를 실망시키고 싶지 않아서 한 번 품어보겠다고 대답했다. 닭 엄마가 하루 동안 알을 품어보더니 아우성이었다.

"아이고, 이 알을 품는 게 너무 힘이 들어서 온몸이 다 쑤시네요. 알이 너무 커서 양 날개를 다 펼쳐도 제대로 품을 수가 없었어요."

라고 말하고는 날갯죽지를 푸득거리면서 멀리 달아나버렸다.

"누가 이 신기한 알을 좀 품어줄 수 없을까요? 오리 엄마, 좀 도와주시겠어요?"

늙은 낙타가 간곡히 부탁했다. 오리 엄마는 늙은 낙타를 차마 실망시킬 수 없어서 한 번 품어보겠다고 대답했다.

오리 엄마는 사흘 동안 알을 품어보더니 부르짖었다.

"아이고, 이 알을 품는 게 너무 힘들어요. 알이 얼마나 딱딱한지 뱃가죽이 배겨서 아파죽을 지경이에요."

라고 말하고는 날갯죽지를 쭉 편 채 달아나버렸다.

"누가 이 신기한 알을 좀 품어줄 수 없을까요? 거위 엄마, 좀 도와주시겠어요?"

늙은 낙타가 간곡히 부탁했다. 거위 엄마는 늙은 낙타를 실망시키고 싶지 않아서 한 번 품어보겠다고 대답하는 수밖에 없었다.

거위 엄마는 일주일 동안 알을 품어보더니 죽는 소리를 했다.

"세상에, 이 알을 품는 게 얼마나 힘이 드는지 온몸이 다 마비되고 목까지 시큰거려요."

라고 말하고는 날갯죽지를 퍼덕이더니 달아나버렸다.

어떡하지? 늙은 낙타는 양, 젖소, 암말을 찾아가 도움을 청하는 수밖에 없었다. 그들은 난처해하면서 말했다.

"우리는 알을 품어본 적이 한 번도 없는데요!"

그러나 그들은 늙은 낙타의 거듭되는 간곡한 부탁에 하는 수 없이 도와주기로 대답했다. 그렇게 36일이 지나자 그 신기한 알은 껍데기가 따스해지기 시작했다.

그런데 더 이상 알을 품어줄 엄마를 찾을 수가 없었다.

늙은 낙타는 하는 수 없이 그 신기한 알을 자기 배 밑에 놓고 품기 시작했다. 그렇게 하루하루 늙은 낙타는 먹지도 마시지도 않고 꼼짝도 하지 않고 엎드려 알을 품는 데 열중했다.

엿새가 지났다. 늙은 낙타는 그 신기한 알이 가볍게 흔들리는 걸 느꼈다. 그러더니 알껍데기가 갈라지는 소리가 들리고 드디어 작은 생명이 태어났다. 늙은 낙타는 너무 감동하여 눈물이 다 흘러내렸다. 동물들이 모두 함께 총 42개의 밤과 낮을 이어 품은 것이다. 알을 까고 나온 요조그마한 녀석은 지금까지 알을 품어주었던 수많은 엄마의 아이였다.

알을 까고 나온 녀석은 빨리도 자랐다. 하루가 다르게 쑥쑥 자라났다. 그런데 그 녀석은 닭도 아니고 오리도 아니며 거위도 아니었다. 녀석은 커다란 날개를 가졌으나 날지 못하였고 긴 다리를 가졌으나 수영을 할 줄 몰랐으며, 아름다운 깃털을 가졌으나 새처럼 우짖을 줄도 몰랐다.

녀석은 점점 자라서 낙타만큼 크게 자랐다. 그러나 그를 대체 뭐라고 불러야 하는지 아무도 알지 못했다. 다만 그가 큰 새라는 것만 알고 있을 뿐이다. 그래도 그는 다른 동물들과 서로 아끼고 사랑하면서 사이좋게 살아가고 있었다. 마치 모든 가족에게 속하는 것처럼. 그는 새끼 양을 등에 태우고 강을 건너다주기도 하고 거위 엄마를 등에 태워 산을 오르기도 하면서 전혀 힘겨운 줄을 몰라 했다. 그는 스스로 '미운 새'라고 이름을 지었다.

어느 날 토끼가 허겁지겁 뛰어오면서 소리를 질렀다.

"큰일 났어요! 원숭이네 일가족이 죄다 밀렵꾼들에게 잡혀 갔어요."

"이를 어쩌지?"

모두가 서로 쳐다보면서 한숨만 쉴 뿐 좋은 방도가 떠오르지 않았다.

그때 미운 새가 나서서 어느 방향으로 갔느냐고 묻더니 다급히 쫓아가는 것이었다.

밀렵꾼은 큰 나무 밑에 앉아서 먹고 마시면서 쉬고 있었다. 원숭이 일가는 철장 안에 갇혀서 바들바들 떨고 있었다.

미운 새는 마치 한 오리의 회오리바람처럼 달려들어 밀렵꾼을 쓰러뜨렸다. 그리고 철장을 발로 냅다 걷어차기 시작했다. "탁탁탁" 하는 소리와 함께 철 난간들이 휘어졌다. 미운 새의 강철처럼 단단한 발과 다리에 철장이 부서졌다.

"어서 내 등에 타세요!"

미운 새가 소리쳤다. 그리고 그는 원숭이 일가를 등에 태우고 나는 듯이 달렸다.

밀렵꾼이 일어나 뒤쫓았으나 한 걸음에 3미터를 넘게 내닫는 미운 새를 따라잡을 수는 없었다. 미운 새는 눈 깜짝 할 사이에 수십 킬로미터나 달렸다. 두 다리는 준마와도 같이 바람처럼 달리는 그를 누군들 쫓을 수 있겠는가? 밀렵꾼은 큰 새가 눈앞에서 순식간에 흔적도 없이 사라져버리는 것을 바라보면서도 어찌할 도리가 없었다.

『동물신문』에 큰 새의 사적을 생생하게 소개한 기사가 한 편 실려 동물의 세계를 들썩였다. 큰 새는 신조(神鳥. 신기한 새)로 불리기 시작하였으며 그의 영웅적 이야기는 온 세상에 널리 전해졌다.

큰 새는 오스트레일리아에서 날아온 편지를 한 통 받았다. 영웅의 가족이 보낸 편지였다.

영웅은 미운 새도, 신조도 아닌 오스트레일리아 타조의 후대였다. 가족들은 그를 매우 자랑스러워하고 있었으며 그가 자기 고향으로 돌아오는 것을 환영할 준비를 하고 있었다. 그 곳에는 매우 높은 영예와 지위가 그를 기다리고 있었다. 오스트레일리아에서 그의 탐험기는 모르는 사람이 없을 정도로 널리 알려졌다.

미운 새는 자기 가족을 찾아서 너무 기뻤다. 더욱이 자기가 타조라는 것을 분명히 알게 되어 자부심을 느꼈다. 그러나 그는 늙은 낙타의 곁을 떠나고 싶지 않았다. 그는 자기 생명은 늙은 낙타와 갈라놓을 수 없다고 생각했다. 그런 혈육의 정은 형태는 없어도 큰 힘을 지녔으며 무엇보다도 소중한 것이다. 그는 수많은 엄마의 아이였고 그들을 사랑하고 있었다.

Part
6

춤을 배우려는 새끼오리

춤을 배우려는 새끼오리

저녁노을에 하늘가와 호수의 수면이 붉게 물들 무렵이면 공작은 호숫가에서 춤을 추곤 한다. 우아한 자태며 경쾌한 스텝, 그리고 산뜻하고 아름다운 꽁지를 활짝 펼 때면 기가 막히게 아름다운 장면이 펼쳐진다. 동물들은 저도 모르게 소리를 지르며 찬탄하면서 박수갈채를 보내곤 했다. 그러면 공작은 관중들에게 연신 허리를 굽혀 경례를 하고 관중들 속에서는 즐거운 환호소리가 울려 퍼진다. 이 때가 월야호(月夜湖) 호숫가에서 가장 매력적인 시간이다.

새끼오리는 춤을 추는 것이 너무 좋았다. 매일 저녁 그는 공작이 춤을 추는 것을 열중해서 보면서 동작 하나하나, 스텝 하나하나를 죄다 속으로 기억했다. 꾀꼬리의 노래반주도 너무나 듣기 좋았다. 음 하나하나, 악절 하나하나가 공작의 춤 자태에 맞춰 부르는 것 같았다. 매일 호숫가에서 열리는 노천 무도회는 동물세계의 즐거운 모임 시간이 되었으며, 아무도 빠지지 않으려고 애썼다. 새끼오리는 더욱이 충실한 관중이었다. 그는 언제나 무도장을 깨끗하게 청소한 뒤 무도장을 마주한 제일 앞자리에 앉아 인내심을 갖고 무도회가 시작되기를 기다리곤 했다.

"저에게 춤을 가르쳐 주세요!"

새끼오리는 몇 번이나 공작에게 이렇게 말하고 싶었지만 말할 용기가 나지 않았다. 어느 날 새끼오리가 플리머스 암탉에게 그 얘기를 했다.

"공작에게서 춤을 배우고 싶어요. 꿈에서도 그 생각을 해요."

암탉이 깔깔거리며 비웃었다.

"뚱뚱하고 둔한 네가 걸을 때도 뒤뚱거리는 주제에 춤을 배우겠다고? 너무 웃긴다. 씨름이나 배우면 모를까…"

그 말에 새끼오리는 너무 창피해서 멀리 달아났다.

그런데 그 일이 이슈가 될 줄이야. 호숫가의 동물들은 모이기만 하면 그 일을 가지고 숙덕거렸다.

"뚱뚱한 새끼오리가 춤을 배우겠대! 너무 웃기지 않니!"

"뚱뚱한 새끼오리는 무용가가 되고 싶대. 그의 파트너는 아마 거북이 밖에 없을 거야."

"뚱뚱한 새끼오리가 걸을 때도 뒤뚱거리는데 춤을 추면 쓰러질 것 같을 거야. 취권(醉拳)이나 하면 모를까."

『호숫가신문』은 또 「뚱보 오리, 무용 스타를 꿈꾸다」라는 제목으로 엉터리 기사를 게재해 새끼오리를 풍자하고 비난했다.

"난 그저 춤을 배우고 싶었을 뿐인데. 누굴 방해한 것도 아니고 왜들 이러지?"

새끼오리는 너무 슬퍼서 계속 혼잣말로 중얼거렸다. 그때부터 새끼오리는 많은 동물들이 모인 자리에서 공작이 춤을 추는 것을 감히 구경할 엄두를 내지 못했다. 그는 호숫가 갈대숲에 숨어서 몰래 훔쳐보면서 홀로 눈물을 흘리곤 했다. 개구리가 폴짝거리며 뛰어와 새끼 오리를 위로 해주었다.

"오리야, 오리야, 왜 우니?"

"난 춤을 배우고 싶은데 가르쳐줄 선생님이 없어. 모두가 날 비웃고 있어."

새끼오리가 서럽게 말했다.

"너 혼자 연습하면 되지. 내가 높이 뛰고 멀리 뛰는 걸 가르쳐줄 수 있는데."

개구리가 열성스레 말했다.

"진짜? 개구리야, 넌 참 착하구나."

새끼오리가 웃었다. 개구리는 새끼오리에게 아주 진지하게 뜀박질을 가르쳐주었다. 새끼오리는 몇 번이나 넘어졌지만 마냥 즐겁기만 했다.

"음악까지 있으면 더 좋겠는데…"

새끼오리가 말했다.

"난 뜀박질하면서 연주도 할 수 있어."

개구리가 개굴개굴 외치면서 뜀박질을 하기 시작했다.

"외치면서 뜀박질 하면 너무 힘들겠다."

새끼오리가 미안해하며 말했다.

"무슨 일인데 그렇게 고민하고 있어?"

토끼가 깡충거리며 뛰어오더니 호기심에 차 물었다.

"우린 춤 연습을 하려는데 음악이 없어."

개구리가 대답했다.

"나에게 방법이 있어. 나에게는 콩나물이 한 접시 있거든. 콩나물 하나가 하나의 음표니까 콩나물들을 줄을 세워 놓으면 악보가 되는 거잖아?" 토끼가 흥이 나서 말했다.

"그것 참 좋은 방법이다. 빨리 가서 콩나물 가져와봐."

개구리가 신이 나서 소리쳤다.

콩나물들이 하나하나 호숫가에 나란히 줄 지어 서서 곡을 표시했다.

"그런데 누가 그 곡을 연주하지?"

호숫가의 갈대들이 잎을 흔들면서 말했다.

"우리가 연주할게."

"찌르륵 스르륵 사르륵 쏴쏴…"

갈대숲이 아름다운 음악을 연주하기 시작했다. 개구리와 새끼오리는 음악에 맞춰 뜀박질을 하기 시작했다.

"음악이 너무 아름다워! 북치는 소리까지 있으면 더 멋질 거야."

개구리가 말했다.

"내가 북을 쳐줄게."

딱따구리가 "둥둥둥" 하며 나무줄기를 두드리기 시작했다. 그 소리는 맑고 쟁쟁했다.

개구리와 새끼오리는 신나게 춤을 추었다. 그러자 토끼도 저도 모르게 깡충거리며 춤을 추기 시작했다.

"정말 마음이 상쾌해지는 음악소리구나. 나도 너희들과 함께 춤을 추겠어." 공작이 날아와 새끼오리와 함께 춤을 추기 시작했다. 분위기가 뜨거워지자 수많은 동물들이 모여와 춤추는 대열에 끼어들었다. 호숫가는 단체무도장으로 변했다.

"너무 신나! 모두가 자기 재주를 살려 자기 특성에 따라 춤을 추고 있어. 이게 바로 제일 훌륭한 집단무용이야."

공작이 진심으로 감탄했다.

모두가 음악소리 속에서 환호하며 각자 자기만의 독특한 재주를 보여주었다. 토끼는 데굴데굴 구르며 춤을 추었고, 다람쥐는 꼬리를 흔들며 춤을 췄으며, 수탉은 외발로 선 자세로 춤을 췄다. 사슴은 탭댄스, 여우는 회전무, 개구리는 공중춤, 양은 뿔 지르기 춤, 코끼리는 코 휘두르기 춤, 말은 발차기 목 빼들기 춤…

"아! 춤에 이렇게 많은 동작이 있었구나. 정말 생각 밖이야."

새끼오리는 흥이 나서 말했다.

"모두가 제각기 무용 재주를 가지고 있거든. 그러니 꼭 남의 걸 본뜰건 없어. 마음의 느낌을 춤으로 표현할 수 있다면, 그것이 바로 제일 아름다운 춤인 거야."

라고 공작이 새끼오리에게 친절하게 알려주었다.

새끼오리는 공작의 다리를 꼭 끌어안으며 감동하여 말했다.

"전 너무 행복해요. 선생님은 저에게 춤이 무엇인지를 가르쳐주셨을 뿐 아니라 또 제 마음에 희망과 용기, 그리고 자존심을 불어넣어주셨어요." 호수 위에 밝은 달이 떠오르자 호수는 마치 거울처럼 맑게 빛났다. 갈대숲은 스르륵 사르륵 음악을 연주하고 꾀꼬리는 목청껏 노래를 불렀다. 웅장한 나무북소리가 "둥둥" 밤하늘에 울려 퍼지고 호숫가 집단무용의 분위기는 최고조로 치닫고 있었다.

Part
7

신비한 왕머루

신비한 왕머루

"넌 포도를 좋아하니? 넌 신비한 왕머루에 대한 이야기를 들어본 적이 있니?"

가을 포도는 함초롬하고 싱싱하며 또 아주 달콤하다. 특히 자줏빛이 나는 포도들은 알알이 윤기가 자르르하고 크고도 둥글다. 얇은 껍질 안에 꿀처럼 달콤한 즙이 싸여 있는데 멀리서 바라보면 마치 자줏빛 수정 구슬들을 꿰어놓은 것 같다. 그래서 사람들은 소녀의 눈이 예쁘다고 표현할 때는 포도 알처럼 초롱초롱하다고 말하는 것이다.

옛날부터 전해져 내려오길 깊은 산 속에 왕머루가 자라고 있다고 한다. 짙은 붉은 빛을 띤 포도 알은 마치 붉은 구슬을 꿰어놓은 것 같다고 한다. 그 포도는 그냥 포도가 아니라 눈 먼 사람이 그걸 먹으면 앞을 볼 수 있게 되는 신비한 힘을 가지고 있다고 한다. 옛날 눈 먼 소녀가 있었는데 바로 그 포도를 먹고 다시 앞을 볼 수 있게 되었다고 한다.

그건 아주 편벽한 작은 마을에서 일어난 일이다. 마을 외곽으로는 큰 강이 흐르고 있었으며 마을 사람들은 거의 집집마다 거위를 키우고 있었다. 마을 동쪽에 이 씨 성을 가진 한 어머니가 살고 있었는데 마을에서 거위를 키운 지 가장 오래고 또 거위를 가장 많이 키우고 있었다. 그 집 부부는 아들이 없고 외동딸만 하나 있었다. 그 소녀는 거위 털처럼 흰 피부에 초롱초롱한 두 눈을 가졌는데 보는 사람마다 "아이고! 저 눈 좀 봐. 얼마나 예쁜가. 꼭 마치 연잎에 떨어진 물방울 같아." 라고 감탄 하곤 했다. 세월이 흘러 "그 마을에 선녀가 났다!"라는 소문이 사면팔방 에 널리 퍼졌다.

소녀는 커갈수록 총명하고 예쁘게 자라났다. 막 여덟 살이 된 소녀는 거위를 몰고 강가로 나가곤 했다. 그는 늘 물이 얕은 곳에서 흰 거위들 과 함께 물장구를 치기도 하고 그중 제일 작은 흰 거위를 직접 먹이기도 했다. 한 해가 지나가 제일 작던 흰 거위가 모든 거위들 중에서 제일 크 게 자라났다. 깃털도 윤기가 흐르고 아름다웠다. 소녀는 거위들을 매우 좋아하였으며 거위들이랑 한시도 떨어지지 않았다. 그 아름다운 흰 거 위들도 소녀와 함께 다정하게 살아가고 있었다. 그래서 마을 사람들은 소녀를 '거위소녀'라고 불렀다.

소녀가 열 살 되던 해 부모가 잇따라 세상을 떠났다. 마음씨 고약한 작은 어머니가 소녀의 집을 차지하고 소녀를 구박하기 시작했다. 소녀는 낮에는 거위를 몰고 나가 먹이고 밤에는 강가에 자란 큰 버드나무 아래 서 잠을 자곤 하면서 하루에 차가운 빵 한 조각으로 끼니를 때우곤 했 다. 착한 거위들은 마치 꼬마 주인의 고충을 알고 있기라도 한 것처럼 밤이면 날갯죽지로 소녀의 몸을 감싸며 지켜주었다.

제일 작은 거위는 목을 길게 빼들고 소녀의 어깨 위에 머리를 얹고 그 와 더욱 친밀하게 지냈다.

소녀는 그렇게 그럭저럭 살아가고 있었다.

그런데 일 년 뒤 작은 어머니가 여자아이를 하나 낳았다. 그 여자아이

는 거위소녀처럼 예쁘게 생겼지만 두 눈이 먼 아이였다. 눈동자는 크게 뜨고 있었지만 움직이지 않았다. 마을 사람들은 그 아이를 '봉사 소녀'라고 불렀다. 그 말을 들은 작은 어머니는 속에서 분노가 치밀었다. 그래서 거위소녀의 초롱초롱한 큰 눈만 보면 화가 나서 그 눈알을 당장 파버리지 못하는 것이 한스러웠다.

가을이 되었다. 빨간 사과가 나뭇가지가 휠 정도로 주렁주렁 열렸다. 노란 배가 황금빛 방울처럼 나무 위에 매달려 있었다. 포도는 송이송이 매달려 있었다. 밝고 큰 달이 뜨자 달빛이 잔디 위에 조용히 쏟아지고 있었다. 추석이 되었다. 거위소녀는 먼 곳으로 흘러가는 강물을 바라보면서 저도 모르게 쓸쓸한 마음을 금할 수 없었다. 집집마다 명절을 쇠기에 바쁜데 남에게 신경 쓸 여유가 어디 있을까? 혹시라도 그 무서운 작은 어머니가 집에 가자고 데리러 오지는 않을까? 바로 그때 작은 어머니가 바구니를 하나 옆구리에 끼고 강가로 걸어오더니

"거위 알을 빨리 담아라!"

하고 쌀쌀하게 말했다.

"작은 어머니, 오늘은 8월 추석이라 사람들이 다 명절을 쇠고 있잖아요. 오늘은 저를 집으로 데리고 가서 포도라도 한 송이 주세요!"라고 거위소녀가 말했다.

작은 어머니가 흥! 하고 콧방귀를 뀌었다.

"넌 포도밖에 모르지! 남들이 모두 네 눈이 포도 알 같다고들 하는데, 이리 와 나 좀 보자!"

하고 말하더니 그녀는 강가에서 모래 한 줌을 쥐어서는 거위소녀의 눈 안에 마구 문질러 넣었다.

잔인한 작은 어머니는 거위 알을 한 바구니 옆구리에 끼고 집으로 돌아갔다. 거위소녀만 홀로 강변에 남아 슬피 울기 시작했다. 그는 아무 것도 보이지 않았다. 그는 아픈 두 눈을 감고 하룻밤 동안 앉아 있었다. 그리고 또 하룻밤 동안 앉아 있어도 여전히 아무 것도 보이지 않았다. 소녀가 너무 슬피 우는 바람에 강물도 세차게 일렁이기 시작했다. 마치 여름에 폭우가 쏟아져 시냇물이 넘쳐나는 것 같았다. 후에 거위소녀는 옛날부터 전해져 내려오길 깊은 산속에 왕머루가 있는데 눈 먼 사람이 그걸 먹으면 앞을 볼 수 있다고 엄마가 살아계실 때 한 말이 떠올랐다.

소녀는 눈이 먼 채 그렇게 앉아서 죽기를 기다릴 바에는 차라리 깊은 산속에 들어가 왕머루를 찾는 게 낫겠다고 생각했다. "어쩌면 왕머루를 찾아 다시 앞을 볼 수 있게 되지 않을까?" 그래서 소녀는 기어 일어나 강가를 따라 걷기 시작했다. 작은 거위가 꽥꽥 울면서 소녀의 뒤를 따라왔다. 소녀는 거위를 안고 말했다.

"거위야, 내 가족 같은 거위야, 너희들은 강물이 하는 말을 알아들을 수 있다고 하던데. 강물에게 한 번 물어봐줄래? 높은 산이 있는 곳으로 나를 데려가줄 수 있는지 말이야."

거위가 "꽥꽥" 하고 울더니 강물에 풍덩 뛰어들었다. 거위소녀는 거위 등에 올라탔다. 거위가 날개를 퍼덕이더니 강물을 거슬러 상류로 헤엄쳐 올라가기 시작했다. 거위는 헤엄치면서 고개를 돌려 "꽥꽥"하고 울었다. 마치 "꼬마 주인님! 물을 따라 헤엄치는 건 쉽지만 물을 거슬러 헤엄치는 건 어려워요. 그러나 이 강물은 높은 산에서 아래로 흐르고 있기 때문에 우리가 강물을 거슬러 헤엄쳐 가다보면 산을 찾을 수 있을 것이라고 강물이 알려주고 있어요!"라고 말하는 것 같았다. 거위소녀는 너무 기뻐서 고개를 끄덕이면서 거위의 목을 꼭 껴안았다. 그러자 거위는 더는 울지 않고 즐겁게 앞으로 헤엄쳐 나갔다.

찬바람이 강 위를 스치며 지나갔다. 물살이 점점 급해졌다. 거위는 계속해서 소용돌이에 휘말려 뱅글뱅글 돌았다. 거위소녀는 온몸을 바들바들 떨고 있었다. 소녀는 두려웠다. 높은 산은 어디 있지? 어쩌면 높은 산을 찾기도 전에 강물에 빠져 죽을지도 모른다! 엄마도 없고 아빠도 없는 아이는 너무 불쌍하다. 아무도 거위소녀를 찾지 않았다. 오직 흰 거위만 소녀를 가엾게 여기고 안쓰러워할 뿐이었다. 소녀는 흰 거위의 깃털을 쓰다듬으면서 생각했다. (사랑스러운 흰 거위야! 내가 죽으면 누가 너를 돌봐주겠니?) 소녀는 생각할수록 마음이 아파 저도 모르게 눈물이 방울방울 흘러내렸다.

바로 그때 "쏴쏴" 하고 산에서 물이 흘러내리는 소리가 들려왔다. 마치 폭풍우가 지붕을 두들기는 소리 같았다. 혹시 앞에 산이 있는 건 아닐까? 어쩌면 강물이 그 산에서 흘러내리고 있는 강물인지도 모른다! 소녀는 용기를 내 두 다리를 쭉 펴고 거위를 도와 있는 힘을 다해 물을 가르며 나아갔다. 산에서 물이 흘러내리는 소리가 점점 더 크게 들려왔다!

소녀의 발에 반들반들한 돌이 닿았다. 알알이 작은 돌이 아니라 큼직큼직하고 울퉁불퉁한 돌밭이었다. 정말 산 밑에 이른 건가? 거위소녀가 거위 등에서 뛰어내렸다. 얕은 물이 그의 종아리를 어루만지며 흘러갔다. 작은 소용돌이를 이루면서. 그는 흰 거위를 안고 거위에게 거듭 입을 맞췄다. 그리고 말했다.

"거위야! 넌 어서 돌아가! 난 산속에 들어가 왕머루를 찾을 거야."

말을 마친 소녀는 거위와 작별을 하고 앞으로 걸어갔다.

마침내 거위소녀는 정말로 산을 찾았다. 아주 높은 산이었다. 사람의 발길이 닿은 적이 없는 것 같았다. 온 산이 온통 괴이한 돌과 가시덩굴로 가득 차서 앞이 보이는 사람도 길을 찾기가 쉽지 않을 것 같았다. 거위소녀는 산 아래에 이르렀다. (왕머루를 찾을 수 있으면 얼마나 좋을까!) 라고 소녀가 생각했다. 소녀는 돌을 밟으며 산을 오르기 시작했다. 소녀는 풀에 난 가시가 손이 찔리기도 하고 발을 헛디뎌 굴러 떨어지고도 했다. 그러나 그는 그렇게 기어오르다가 굴러 떨어지고, 굴러 떨어졌다가 또 다시 기어오르곤 하면서 계속하여 기어올라갔다.

소녀는 한 늙은 소나무 아래까지 기어 올라가서는 숨을 좀 고르려고 멈춰 섰다. 그때 문득 괴상한 소리가 들렸다. 거위소녀는 잽싸게 늙은 소나무 꼭대기로 기어 올라가 나뭇가지를 꼭 부둥켜안고 숨을 죽이고 있었다. 그 소리가 점점 가까워지고 있었다. 소녀는 그것이 곰이 내는 소리임을 알아들었다. 소녀는 너무 무서웠다.

곰이 일어서면 소보다도 덩치가 더 크고 눈썹은 몸에 난 털만큼 길며 두 개의 앞발바닥은 마치 놋쇠 쟁반 같고 군은살이 딱딱하게 박여 있으며 나무도 단번에 뿌리째 뽑을 수 있다고 사람들이 하는 말을 들은 적이 있었다. 곰이 늙은 소나무를 마구 흔들어대면 어떡하지?··· 그러나 곰은 이리저리 두리번거리기만 했다. 세찬 바람에 곰은 눈썹이 날려 눈을 가리는 바람에 거위소녀를 발견하지 못했다. 거위소녀는 나무줄기에 얼굴을 꼭 붙이고 꼼짝 않고 숨어 있었다. 늙은 소나무가 솔잎으로 소녀를 가려주었다. 곰은 몇 번 울부짖더니 지나가버렸다. 놀란 새들만 재잘재잘 우짖으며 온 산 속을 날아다녔다.

힘들고 지친 거위소녀는 늙은 소나무 위에 앉은 채 끄덕끄덕 졸기 시작했다. 바람에 흔들리는 늙은 소나무는 마치 요람 같았다. 종다리의 울음소리는 마치 엄마가 불러주는 부드러운 자장가 같았다. 거위소녀는 잠이 들었다. 너무 달콤한 잠이었다. 따스한 햇살이 나뭇잎 틈새로 거위소녀의 아름다운 얼굴을 비춰주었다. 그 시각 소녀는 무슨 꿈을 꾸고 있었을까··· 갑자기 회오리바람이 불어오더니 늙은 소나무가 흔들리기 시작했다. 그 바람에 거위소녀는 하마터면 나무 위에서 떨어질 뻔했다.

커다란 독수리가 늙은 소나무 꼭대기에 날아내려 커다란 날개를 퍼덕이고 있었던 것이다. 그 두 개의 날개가 나무 꼭대기를 전부 덮다시피 하였으며 쇠갈고리 같은 다리로 나무줄기를 단단히 부여잡고 있었다. 독수리가 날카로운 부리로 나뭇가지를 사정없이 쪼아대는데 마치 도끼로 내리찍는 것 같았다. 그러나 독수리는 고개를 높이 쳐들고 하늘을 바라보고 있었으므로 거위소녀를 발견하지 못했다. 거위소녀가 독수리 날개 밑에서 나무줄기를 타고 잽싸게 미끄러져 내려왔다. 독수리는 큰 부리를 벌리고 몇 번 울부짖더니 날아가 버렸다.

"솨솨~" 늙은 소나무의 나뭇잎 흔들리는 소리만 들릴 뿐이었다.

거위소녀는 늙은 소나무와 작별하고 계속 앞으로 기어갔다. 소녀는 옷이 찢기고 얼굴이며 손이며 모두 긁혀서 피가 흘렀다. 그러나 소녀는 기고 또 기었다.… 소녀의 손이 큰 돌 위에 닿았다. 차고도 매끄러운 감촉이 느껴졌다. 마치 바다 밑에 있는 이끼가 가득 낀 돌 같았다. 소녀는 그 돌 위에 올라앉았으나 바로 주르륵 미끄러졌다. 갑자기 그 돌이 훌쩍 몸을 솟구치더니 순식간에 날아가 듯 멀리 튕겨 나갔다. 그건 돌이 아니라 똬리를 틀고 앉았던 큰 구렁이였다. 그것이 몇 년을 묵은 구렁이인지는 알 수 없었다. 굵기가 물통 둘레보다도 더 굵은 것 같았다! 그런데 그 구렁이는 거위소녀를 물지 않고 개울을 뛰어넘어 사라져버렸다. 거위소녀는 무서웠지만 속으로 생각했다. (왕머루만 찾으면 살 수 있어. 이렇게 앞을 보지 못한 채 죽을 때까지 사느니 차라리 산짐승의 먹이가 되는 게 더 나아.) 그러자 거위소녀는 계속 용감하게 앞으로 기어갔다.

한 절벽 위에까지 기어 올라간 거위소녀는 기진맥진했다. 소녀는 반반한 돌이라도 찾아서 앉아 잠깐 쉬면서 숨이라도 고르려고 두 손으로 더듬었다. 그런데 앞을 볼 수 없는 소녀는 두 손으로 낭떠러지 변두리를 짚는 바람에 어쩔 새도 없이 계곡으로 굴러 떨어지고 말았다.

소녀는 깊은 밤중에야 겨우 정신이 들었다. 개울물에 씻겨 내려 쌓인 진흙층이 그녀를 구했던 것이다. 소녀는 낭떠러지에서 떨어졌으나 다행히도 많이 다치지는 않았다. 소녀의 귓가에 샘물이 졸졸 흐르는 소리가 들렸다. 소녀는 소리가 나는 방향으로 더듬으며 기어갔다. 샘물가에 이른 소녀는 샘물에 손도 씻고 발도 담갔다.

참 신기하게도 떨어질 때 다쳤던 상처들이 씻은 듯이 낫는 게 아닌가! 기력도 모두 회복되었다.

소녀는 생각했다. (어쩌면 이 샘물이 나를 왕머루가 자라고 있는 곳으로 데려다줄지도 몰라!) 그래서 소녀는 그 샘물을 따라 기어오르기 시작했다. 기고 또 기다가 소녀는 그만 깊은 계곡으로 굴러 떨어지기 시작했다. 소녀는 눈을 꼭 감았다. 귓가에서 "쏴쏴"하는 바람소리가 스쳐지나갔다. (이제는 영락없이 떨어져 죽겠구나!) 하고 소녀는 생각했다. 뭔지 알 수 없는 것이 떨어지는 소녀를 받아주었다. 그리고 소녀의 몸이 마치 그네를 뛰는 것처럼 아래위로 가볍게 흔들렸다. 소녀가 작은 손을 내밀어 만져보니 마치 덩굴 같은 것이 만져졌다. 소녀는 손으로 덩굴을 더듬으며 위로 기어 올라갔다. 차가운 물방울이 소녀의 얼굴에 닿았다가 주르륵 미끄러져 떨어졌다. (이상하다! 어디서 떨어진 물방울일까?) 소녀는 손으로 여기저기 더듬어봤다. 동글동글하고 차가운 것이 한 송이 손에 닿았다. 손으로 꼭 쥐어보니 끈적끈적한 즙이 흘러나왔다. 혀를 갖다 대고 맛을 보니 달콤하고 사람을 취하게 하는 싱긋한 향기를 풍겼다. "이게 바로 왕머루 아닌가?"하고 생각한 소녀는 포도송이를 따서 볼이 미어지게 먹어댔다. 먹고 또 먹었다. 그랬더니 눈이 번쩍 뜨이며 앞이 보이는 게 아닌가. 마침내 소녀는 보았다. 절벽을 꽉 메우며 포도덩굴이 뻗어 있고 덩굴 위에 붉은 왕머루가 탐스럽게 주렁주렁 열려 있는데 포도 알은 마치 투명한 진주처럼 반짝반짝 빛이 났으며 짙은 초록빛 잎이 비취처럼 절벽을 가득 메우고 있었다. 거위소녀는 덩굴을 그러안고 하늘을 올려다보았다. 푸른 하늘에는 흰 구름이 떠가고 있었다. 흰 구

름 아래는 산봉우리들이 솟아 있고 산에서 솟아나는 맑은 샘물이 조잘
조잘 반짝이며 흘러내려 거위소녀 옆의 왕머루 덩굴을 씻으며 흘러내린
뒤 깊은 계곡으로 흘러가고 있었다. 소녀는 "어쩌면 이런 샘물을 마시고
이런 산바람을 쐬며 이런 햇볕을 쐬었기 때문에 왕머루가 이처럼 달콤
하고 마치 붉은 진주처럼 아름답게 자랄 수 있었을지도 모른다"고 생각
했다. 샘물 옆 돌 틈 사이에 자라난 들꽃이 너무나도 아름다웠고 꽃 숲
속에 자라난 과일나무에는 열매가 주렁주렁 열렸⋯ 세상은 참으로 아
름답구나! 거위소녀는 덩굴 위에 앉아서 손뼉을 치기도 하고 두 다리를
흔들거리며 그네를 뛰기도 하였으며 즐겁게 노래를 부르기도 했다.

소녀는 노래를 부르면서 덩굴로 바구니를 엮기 시작했다. 바구니를 엮
은 뒤 거기에 왕머루를 한 바구니 가득 담았다. 소녀는 속으로 너무 기
뻤다. (이제 됐어! 마을 방앗간의 앞 못 보는 할아버지도 이제부터는 걸
을 때 벽을 짚지 않아도 되겠구나. 할아버지가 왕머루를 드시고 앞을
보게 되면 하늘의 별도 보고 밝은 햇살도 볼 수 있게 될 거야! 앞이 안
보이는 피리 부는 아저씨도 길을 걸을 때 아들의 손을 잡지 않아도 되
게 아저씨에게 왕머루를 드시게 해야지. 아저씨가 앞을 보게 되면 길옆
에 자라난 풀이 얼마나 푸른지도 볼 수 있게 될꺼야! 그리고 앞 못 보는
내 동생에게도 흰 거위가 얼마나 희고 예쁜지 볼 수 있게 해야지⋯)

거위소녀는 덩굴을 타고 계곡 아래로 미끄러져 내려갔다. 그리고 낭떠
러지를 따라 앞으로 걸어갔다. 그런데 소녀가 계곡을 하나 지나면 또 다
른 계곡이 나타나고 절벽을 하나 넘으면 또 다른 절벽이 앞을 가로막았
다. 아무리 걸어도 산속을 벗어나는 길을 찾을 수가 없었다. 달이 떴다.

크고도 밝은 달이었다. 소녀가 주위를 둘러보니 끝없이 이어진 산봉우리뿐이었다. (어떻게 집으로 돌아가지?) 소녀는 걱정이 되었다. 그때 새떼가 하늘을 날아 지나갔다. 그리고 또 한 떼, 또 한 떼… 빨갛고 파랗고 오색찬란한 새떼들이 꼬리에 꼬리를 물고 하늘을 가득 메우며 날아지나갔다. (저 새들 중 한 마리가 나를 산속에서 데리고 나가주면 얼마나 좋을까!) 하고 거위소녀가 생각했다. 그러나 새떼는 소녀를 본체만체 입에 먹이를 물고 빠르게 북방으로 날아갔다. 소녀는 한숨을 지었다. 그는 둥글고 큰 달을 바라보면서 또 수심에 잠겼다. 그때 산꼭대기에서 갑자기 바람이 부는가 싶더니 산짐승들이 무리를 지어 달려가는 게 아닌가! 사자며 호랑이 그리고 잿빛 코끼리며 큰 뿔이 난 사슴도 있었다. … 그들도 입에 먹이를 물고 서북과 동북 방향으로 달려갔다. 거위소녀는 깜짝 놀라 얼른 바위 뒤에 몸을 숨겼다. (저 짐승들은 어디서 왔을까?) 소녀는 궁금했다. 한참 지나 사방이 고요해지자 소녀는 새떼와 산짐승떼가 사라진 방향을 따라 걷기 시작했다. 산 고개를 몇 개 넘자 넓은 풀숲이 펼쳐졌다. 풀숲 맞은편은 구름 위로 높이 솟은 절벽이고 옆에는 울창한 숲과 계곡이었다.

  풀숲에는 온갖 과일과 열매 그리고 씨앗들이 가득 쌓여 있었다.… 거위소녀는 어리둥절해졌다. 여긴 어딜까? 소녀는 산신령이 새와 산짐승들을 불러 모임을 갖는다는 전설을 들은 적이 있었다. 어쩌면… 바로 그때 소녀는 거대한 바위노인이 맞은편 절벽에서 걸어오고 있는 걸 보았다. 바위노인은 왼쪽 어깨에 파란 벨벳을 걸쳤고 오른쪽 어깨에는 오색비단을 걸쳤으며 온 몸에는 온갖 짐승의 가죽과 새의 깃털을 걸쳤고 머리 위에는 금관을 쓰고 있었다. 발에는 유리 구두를 신고, 손에는 은지팡이를 짚고 있었으며, 목에는 여러 가지 보석과 구슬로 된 목걸이가 걸려 있었다. 바위노인은 달빛 아래서 눈부신 빛을 뿌리고 있었는데 그 빛이 풀숲을 비춰 풀숲이 반짝반짝 빛나고 있었다. 거위소녀가 몸을 돌려 달아나려 하였으나 이미 늦었다. 바위노인이 이미 소녀의 앞에 버티고 선 것이다

"넌 왜 동쪽으로도, 서쪽으로도 가지 않고 하필 내가 있는 이곳으로 왔느냐? 누가 널 여기로 데리고 왔느냐?"

거위소녀는 바구니를 꼭 끌어안으며 말했다.

"아무도 저를 데리고 오지 않았어요. 저 혼자 온 거예요."

바위노인은 믿을 수 없다는 듯이 머리를 절레절레 흔들더니 말했다.

"이렇게 어린 네가 친구도 없이 여기로 오는 길을 어떻게 알겠느냐? 쉽게 찾을 수 없었을 텐데…"

거위소녀는 무서움에 떨면서 말했다.

"저는 길을 몰라요. 새떼가 이리로 날아오고 산짐승 떼가 이리로 달려오는 것을 보고 이쪽으로 왔어요. 산을 몇 개 넘다보니 여기까지 왔어요."

그러자 바위노인이 빙그레 웃더니 말했다.

"참으로 영리한 아이구나. 그래, 무엇이 필요해서 날 찾아온 거니?"

그러자 거위소녀가 용기를 내서 말했다.

"사실 전 할아버지를 찾아온 게 아니에요. 다만 집에 가려다가 길을 잃고 헤매다가 여기가지 온 것이에요. 이제 저를 집에 보내주세요!"

"집으로 돌아가겠다고?"

노인은 거위소녀를 바라보다가 또 소녀 손에 들려 있는 바구니를 내려다보다가 물었다. "너는 집이 어디니? 왜 홀로 깊은 산속에 온 거니?"

상냥한 노인이라는 느낌이 든 거위소녀는 두려움을 떨쳐버리고 자기 처지를 처음부터 끝까지 다 이야기했다. 그리고 바구니 안의 왕머루를 노인에게 들어 보였다.

거위소녀의 이야기를 들은 바위노인은 소녀의 머리를 다독여주면서 말했다.

"넌 참 똑똑하고 용감하고 착한 아이구나. 난 너 같은 아이가 참 좋다! 여기 남아서 나랑 같이 지내자. 내 수양딸로 살려무나."

거위소녀가 바위노인을 이상하다는 눈으로 쳐다보면서 물었다.

"저는 할아버지 존함을 어떻게 쓰는지도 몰라요. 할아버진 누구세요?"

그러자 노인이 껄껄 웃으면서 대답했다.

"난 말이야. 난 이 산속의 신령이란다. 자, 봐봐…"

라고 말하면서 노인은 거위소녀를 들어 올려 안더니 앞을 가리켰다. 그러자 그 앞에는 온갖 과일나무가 가득 나타났다. 사과며, 아가위(산사열매를 말하는데, 즉 산사자 나무의 열매이다 - 역자 주)며 빨간 것, 노란 것, 자줏빛이 나는 것, 영원히 다 먹을 수 없을 만큼 많았다. 이번에 노인은 동굴 안을 가리켰다. 그러자 동굴 안에는 친칠라[03] 털가죽이며 담비가죽이며 온갖 가죽들이 가득 채워져 있었다. 노인이 또 산을 가리키

---

03) 친칠라 : 쥐목 친칠라과의 크기가 작은 남아메리카산 설치류. 안데스 산맥의 습기가 없고 바위가 많은 지역에 흩어져 산다.

자 산이 쩍 갈라지더니 그 안에서 보석이며 푸른 옥이며 온갖 금은보화가 하늘의 별들보다도 더 많이 나타났다.

다 보여준 뒤 노인은 소녀를 내려놓더니 물었다.

"어떠냐? 여기 남겠느냐? 숲속의 새들과 짐승들이 다 너의 말을 따를 것이고 산속의 금은보화도 마음껏 가지고 놀 수 있어."

거위소녀는 한참을 생각하더니 노인에게 물었다.

"제가 여기 남아서 뭘 하죠?"

"나를 도와 보석을 지키는 거지. 오색찬란한 보석을 가지고 놀 수도 있고, 숲속에 가서 열매를 딸 수도 있으며, 또 토끼와 춤을 추고 새들의 노래도 들을 수 있지. 매일 편안하게 먹고 놀 수 있어…"

라고 노인이 말했다.

그러나 거위소녀는

"싫어요! 저는 여기 있고 싶지 않아요. 집으로 돌아갈래요."

라고 대답했다.

"왜 그러니?"

바위노인이 알 수 없다는 듯이 물었다.

거위소녀가 대답했다.

"이 왕머루를 앞 못 보는 방앗간 할아버지에게 갖다 드릴 거예요. 할아버지가 걸을 때 더 이상 벽을 짚지 않아도 되고 문에 머리를 부딪치지 않아도 되고 또 하늘의 별들이 얼마나 밝은지를 볼 수 있게 할 거예요. 그리고 또 피리 부는 앞 못 보는 아저씨에게도 갖다 드릴 거예요. 아저씨가 흙구덩이에 빠지지 않을 수 있게 하고 또 길옆에 자라난 풀이 얼

마나 파란지 볼 수 있게 할 거예요. 그리고 제 동생에게도 갖다 줄 거예요. 동생이 밖에 나올 수 있고 강가에 가서 사랑스러운 흰 거위도 볼 수 있게 할 거예요… 그러면 그들이 얼마나 기뻐하겠어요!"

노인이 또 한 번 소녀를 만류했다.

"여기 남으면 평생 상상조차 할 수 없을 만큼 영원한 행복을 누릴 수 있고 말할 수도 없이 즐거울 거야. 이렇게 좋은 곳이 어디 또 있겠느냐?"

그러나 거위소녀는 머리를 가로저으며 단호히 거절했다. 노인은 소녀를 시험하기 위해 일부러 화가 난체 했다. 그는 수염을 치켜세우고 입김을 불어 거위 수녀를 허공으로 불어 올렸다. 바람이 너무 세어 소녀는 눈도 뜰 수 없었다. 한참 뒤 소녀가 땅에 내려앉자 노인이 물었다.

"어쩔 거냐? 여기 남을 거냐?"

그래도 소녀는 머리를 가로저으면서

"아뇨! 저는 여기 남지 않을 거예요."

라고 대답했다.

노인은 흥! 하고 콧방귀를 뀌더니 거위소녀를 구름 위로 불어 올렸다. 소녀는 바람에 휘말려 이리저리 굴러다녔다. 그러나 소녀는 쉴 새 없이 곤두박질하면서도 바구니만은 품에 꼭 껴안고 있었다. 소녀가 땅에 내려앉자 노인이 다시 물었다.

"어쩔 거냐? 이래도 집으로 돌아갈 거냐?"

그러나 거위소녀는 여전히

"저는 집으로 돌아갈래요."라고 대답했다.

노인은 입을 크게 벌리고 수염을 곤두세워 더 크게 입김을 불었다. 그
러자 삽시간에 하늘과 땅을 뒤엎을 것처럼 거센 바람이 휘몰아치기 시
작했다. 바람이 무섭게 울부짖고 모래와 돌이 공중에서 마구 날아다녔
다. 거위소녀는 바람에 휘말려 하늘로 날아올랐다가는 곤두박질쳐 떨어
지곤 하면서 공중에서 맴돌았다. 그러나 땅에 내려앉았을 때 소녀는 여
전히

"아뇨! 여기 남지 않을 거예요. 집으로 돌아갈래요."

라고 대답했다. 이번에는 바위노인이 더 엄한 벌을 내릴 거라고 소녀는
생각했다. 그런데 노인은 소녀를 품에 끌어안고 머리를 쓰다듬어주면서
친절하게 말했다.

"참으로 용감하고 착한 아이구나. 너를 맞이하는 사람은 모두 행복해
질 거야."

노인은 팔을 뻗어 푸른 나뭇가지를 한 대 꺾어 거위소녀의 손에 쥐어
주면서 말했다. "이걸 가지고 가거라! 집으로 돌아가는 길은 너무 멀단
다. 이걸 가지고 가면 지치지 않을 거야."

거위소녀가 노인에게 감사하다고 인사를 하려는데 노인이 손을 휙 젓
자 시원한 바람이 소녀를 산 아래까지 실어다주었다.

거위소녀는 집으로 돌아가는 길을 알 수 없어서 계속 앞으로 걷기만
했다. 노인이 꺾어준 나뭇가지는 참으로 신기했다. 그걸 손에 쥐고 걸으
니 걸음이 가볍고도 빠른 것이 마치 바람을 타고 가는 것 같았다. 소녀
는 걷고 또 걸어 한 보리밭에 이르렀다. 뜨거운 햇볕에 땅이 말라서 갈
라 터졌으며 보리 싹은 마치 가을철 마른 풀처럼 땅 위에 축 늘어져 있

었다. 밭가에 한 노인이 은백색의 긴 수염을 흩날리며 앉아 있었다. 그의 비쩍 마른 얼굴은 마치 늙고 마른 나무껍질 같았다.

그는 쉴 새 없이 머리를 흔들며 한숨을 짓고 있었는데 보고 있는 사람이 다 마음이 아플 지경이었다.

거위소녀가 달려가 할아버지의 팔을 잡고 물었다.

"할아버지, 왜 밭가에 앉아 한숨을 쉬고 있어요?"

할아버지가 소녀의 머리를 쓰다듬으면서 말했다.

"착한 애야, 난 너만 할 때부터 농사를 짓기 시작하였단다. 씨앗들을 땅에 심어 호미로 김을 매고 눈물과 땀으로 물을 대며 정성들여 가꿔 알알의 식량을 거둬들이곤 하였지. 그렇게 한 해 한 해 지나 이제는 땀도 눈물도 죄다 말라버렸단다. 앞 못 보는 늙은 내가 이제는 이 땅을 지키고 앉아 한숨밖에 쉴 수가 없구나."

거위소녀는 손에 들었던 바구니를 내려놓고 왕머루 한 송이를 꺼내 한 알씩 떼어 할아버지의 입에 넣어주었다. 머루를 한 알씩 받아먹던 할아버지가 갑자기 눈앞이 환해졌다. 드디어 할아버지의 눈에는 보리밭이 보이기 시작하였고 뜨거운 태양이 보였으며 땅 밑으로 흐르는 맑은 샘물도 보였다. 할아버지는 너무 기뻐서 거위소녀를 부둥켜안으며 말했다.

"이제부터는 땀방울과 눈물로 밭에 물을 대지 않아도 되겠다. 저 샘물을 땅 위로 끌어올릴 거야."

거위소녀는 다시 걷기 시작했다. 하늘에서 보슬비가 내리기 시작했다. 한 초가집을 지나는데 안에서 슬픈 울음소리가 새어나왔다. 문을 밀고 들어가 보니 어떤 연로한 아줌마가 직조기 위에 엎드려 눈물을 펑펑 쏟으며 울고 있었다.

소녀는 그 아줌마를 살포시 껴안으면서 물었다.

"아줌마, 왜 직조기 위에 엎드려 울고 계셔요?"

아줌마가 소녀의 머리를 쓰다듬으며 띄엄띄엄 말했다.

"착한 애야, 난 너만 할 때부터 비단을 짜기 시작하였단다. 한 해 또한 해 여러 가지 색깔의 견사를 아름다운 비단으로 짜내곤 하였단다. 실북이 드나들면 내 눈도 실북을 따라서 왔다 갔다 하였지. 그런데 이제 나는 앞을 볼 수가 없게 되었어. 실북이 멈추면서 엉켜버린 견사가 나를 직조기에 얽매어놨어. 난 이제 뒤엉켜버린 실타래에서 실마리도 찾을 수 없고 비단 무늬도 볼 수 없게 됐구나. 아무 것도 보이지 않아?"

말을 마친 아줌마는 또 슬피 울기 시작했다. 거위소녀는 바구니 덮개를 열고 왕머루 한 송이를 꺼내 한 알씩 뜯어서 아줌마의 입에 넣어주었다. 왕머루를 한 알씩 먹던 아줌마는 갑자기 앞이 보이기 시작했다. 아줌마는 뒤엉킨 실타래의 실마리를 찾을 수 있었고 아주 아름답고 정교한 꽃무늬도 볼 수 있게 되었다. 아줌마가 너무 기뻐서 거위소녀를 부둥켜안고 말했다.

"착한 애야! 이 아줌마가 세상에서 제일 아름다운 비단을 짜낼 거야!"

거위소녀는 또 다시 걷기 시작했다. 소녀가 초원까지 걸어왔을 때 큰바람이 불기 시작했다. 하늘을 가득 메우며 누런 바람이 불어오자 끝없이 넓은 초원이 바람에 설레며 푸른 파도가 일렁이고 있었다. 바람소리에 양치기 목동이 부르는 목가 소리가 이따금씩 섞여서 들려왔다. 그 소리는 마치 아이의 울음소리 같았다. 거위소녀는 여기저기 돌아다니다가 양떼를 발견했다. 한 어린 목동이 큰 숫양의 등에 올라타고 있었다. 머리에 빨간 색의 동그란 모자를 쓴 목동이 손에는 작은 채찍을 들고 처량한 목가를 부르고 있었다. 그 뒤를 양떼들이 머리를 수그린 채 바싹 뒤따르고 있었다.

거위소녀가 뛰어가 숫양의 뿔을 잡아 세운 뒤 목동을 안아주며 친절하게 물었다.

"꼬마야, 무슨 일 때문에 그렇게 슬퍼하고 있는 거니? 혹시 숫양의 뿔에 머리가 부딪친 거니? 아니면 큰 바람이 모래먼지를 일구는 바람에 눈에 티가 들어간 거니? 어서 얘기해봐. 내가 도와줄게."

목동은 양 등에서 뛰어내리더니 거위소녀의 목을 끌어안으며 말했다.

"누나, 난 태어날 때부터 앞을 보지 못해요. 매일 아침부터 저녁까지 양 등에 앉아 아빠를 따라 양떼를 몰고 양치기를 하고 있어요. 숲과 풀밭을 지나 산등성이 풀숲을 찾아다니거든요. 그런데 난 앞을 보지 못해요. 아무것도 보이지 않아요. 오늘은 아빠가 먹을 걸 얻으러 갔는데 큰 바람을 만나 아직까지 돌아오지 못하고 있나 봐요. 나는 양떼를 몰고 어디로 가야 해요? 우리는 센 바람에 쓸려 이쪽으로 왔다가 저쪽으로 갔다가 하다보니 이젠 어디까지 왔는지도 모르겠어요!"

말을 마친 목동은 또 흑흑 울기 시작했다.

거위소녀는 목동의 머리를 다정하게 쓰다듬어주었다.

"꼬마야, 괜찮아. 무서워하지 마. 내가 도와줄게."

소녀는 왕머루 한 알을 떼어 목동의 입에 넣어주었다. 그리고 또 왕머루를 한 알씩 떼어 목동에게 먹였다… 그러자 목동은 앞이 환해지더니

다 볼 수 있게 되었다. 목동은 너무 기뻐서 거위소녀를 와락 껴안고 풍 풍 뛰면서 즐겁게 노래를 불렀다. 그 노랫소리가 얼마나 감동적이었던지 바람도 멎고 흩날리던 모래먼지도 멎었다. 새들도 멀리서 날아오고 푸른 하늘에 흰 구름이 떠다녔다. 흰 구름 뒤에서 따스한 햇살이 눈부시게 쏟아졌다.

거위소녀는 계속 앞으로 걸어갔다…

소녀는 그렇게 한 곳을 지나고 또 한 곳을 지나 결국 고향마을로 돌아왔다. 마을 사람들이 모두 소녀를 뜨겁게 맞아주었다. 소녀의 고약한 작은 어머니는 병에 걸려 이미 세상을 떠난 뒤였다. 거위소녀는 앞 못 보는 방앗간 할아버지에게 하늘의 별을 볼 수 있게 해주고, 피리 부는 아저씨에게 길옆의 파란 풀을 볼 수 있게 해주었으며, 동생에게 흰 거위를 볼 수 있게 해주었다… 소녀는 또 아주 많은 앞 못 보는 사람들에게 빛을 볼 수 있게 해주었다. 앞 못 보는 수많은 사람들이 거위소녀를 찾아왔으며 소녀의 왕머루를 기다리는 사람이 점점 더 많아졌다.

Part
8

호두(核桃)산

호두(核桃)산

1
재앙은 언제나 예고 없이 들이 닥친다

새끼 곰은 고아가 되었다. 새끼 곰은 엄마를 잃었고, 아름다운 숲을 잃었으며, 안식처였던 동굴을 잃었고, 익숙하고도 따뜻한 보금자리를 잃었다. 새끼 곰은 홀로 산 속에 서서 주변을 둘러보았다. 앞뒤 좌우가 죄다 불에 타서 잿더미가 되었으며 그을린 냄새가 코를 찔렀다. 산 속의 모든 것이 큰 불에 타서 사라져버렸다. 파란 색 한 점 남기지 않고 죄다 타버렸다. 단단하던 바위가 뜨거운 불길에 타서 갈라 터져 무너져 내리면서 동굴과 계곡을 메워버렸다. 온 산이 황폐해졌으며 찬바람만이 기승을 부리며 울부짖었다.

새끼 곰은 목을 빼들고 울부짖었다. 눈물이 뚝뚝 떨어졌다. 예전에 이 곳은 얼마나 아름다운 보금자리였던가! 무성한 숲속에는 나무들이 하늘을 찌를 듯 높이 솟아있고, 이름도 모를 꽃과 풀들이 절벽과 계곡을 가득 메웠으며, 새들이 지저귀고 산짐승들이 울부짖었으며, 동물들이 즐겁게 뛰어놀았었다. 그런데 큰 불길로 생명이 있는 모든 것이 훼멸되었으며, 푸른 산은 죽은 산으로 변해버렸다. 화재에서 요행히 목숨을 건진 동물들은 살 길을 찾아 떠나가 버렸다. 황폐한 산은 불에 그슬려 온통 새까맣게 되었다. 폭우가 한바탕 쏟아진다 해도 검은 산에서는 검은 물만 흐를 뿐 산을 깨끗이 씻어낼 수는 없을 것 같았다. 온통 끝이 보이지 않는 시커먼 세상이 되었다. 그런데 이곳에 무슨 미련이 남아 차마 떠나지 못하고 있는 걸까? 그러나 새끼 곰은 여전히 이곳을 지키며 힘겹게 버티고 있었다. 아빠가 멀리서 돌아오면 따스한 봄이 올 것이라고 엄마가 알려줬기 때문이었다. 엄마는 땅에 구덩이를 파고 호두 여덟 개를 구덩이에 묻고 위에 흙을 덮어놓았다. 그리고 구덩이 위에 묵직한 돌을 올려놓았다. 그 여덟 개의 호두는 집으로 돌아올 아빠를 환영하기 위해 마련한 선물이었다. 아빠는 호두를 가장 좋아했다. 온 집 식구가 모이는 날 다 같이 호두 성찬을 즐길 수 있다면 얼마나 좋을까! 새끼 곰은 그날이 오기만을 손꼽아 기다렸다.

그런데 새끼 곰의 엄마는 불바다에서 빠져나오지를 못했다.

그날 새끼 곰은 엄마 몰래 산을 내려와 강가에서 열리는 운동회를 구경하러 갔었다. 큰 불이 났을 때 산짐승들이 다 산 아래로 달려 내려갔다. 그러나 새끼 곰이 산 속에 있는 줄로만 알았던 엄마 곰은 새끼를 구하려고 산으로 달려 올라갔던 것이다. 결국 불길에 휩싸여 목숨을 잃고 말았다. 불쌍한 엄마 곰! 새끼 곰은 이렇게 급작스레 엄마를 잃게 될 줄은 꿈에도 생각지 못하였던 것이다. 아침에 엄마가 맛있는 아침밥을 차려주며 "많이 먹어라. 그래야 튼튼하게 자라지!"

라고 웃으면서 말하던 모습이 기억에 생생하다. 그런데 이제는 다시는 엄마를 볼 수 없게 된 것이다.

그러니 새끼 곰이 어찌 이 산을 떠날 수 있겠는가? 엄마가 여기 묻혀 있다. 그는 엄마 곁을 지켜야 했다. 그리고 아빠가 돌아오기를 기다려야 했다. 만약 자기가 이 산을 떠난다면 아빠는 어디 가서 아들을 찾겠는가? 아빠까지 잃는다면 이 세상에 그의 가족은 없는 것이다. 다른 건 뭐든 대체할 수 있지만 부모만은 아무도 대체할 수 없다. 고아가 된다는 건 얼마나 불행한 일인가!

새끼 곰은 자기가 살던 집이 어디였는지 찾을 수가 없었다. 나무며 바위며 전부 타버려 온통 크고 작은 잿더미들만 무덤처럼 사처에 널려 있었다. 그중 어느 잿더미 아래에 엄마가 묻혀 있는 걸까? 엄마도 재로 변했을까? 밤이 되자 적막이 깃들었다. 낮에도 산속은 고요했다. 벌레가 우는 소리도, 새들이 지저귀는 소리도 없었고 산짐승의 그림자도 보이지 않았다. 이곳은 고독하고 처량한 세계로 변했다. 새끼 곰은 울다가 지쳐서 잠이 들고 잠에서 깨면 또 슬픔을 이길 수 없어 울곤 하면서 아무것도 먹지 않아 몸이 많이 야위었다.

백조가 날아와 새끼 곰을 달래주었다.

"날이 점점 추워지고 있어. 이제 곧 겨울이 올 거야. 어서 비바람을 피할 동굴을 찾아야 해. 안 그러면 얼어 죽어."

새끼 곰은 고개를 끄덕이고는 잿더미를 뒤지기 시작했다. 그렇게 하루하루 수많은 곳을 파보고서야 겨우 잿더미 속에 가려진 동굴을 찾을 수 있었다. 동굴 안 암벽은 온통 새까맣게 그슬려 있었다. 그러나 바위가 단단하였으므로 그는 그 동굴에서 지내기로 했다. 가족이 없는 집을 어찌 집이라고 할 수 있겠는가? 그저 잠자고 쉴 수 있는 공간일 뿐이었다.

외로운 나날들이 너무 괴로웠다. 낮에는 햇살이 비추어 마음에 희망의 불씨가 피어나다가도 밤이 되어 어둠이 깃들면 그 희망의 불씨가 꺼지고 쓸쓸해지면서 마치 삶이 끝나버리는 것 같았다.

백조가 날아와 함께 있는 날들이 새끼 곰에게는 가장 즐거운 시간들이었다. 고난 속에서 맺은 우정은 보석처럼 소중한 것이다.

새끼 곰이 말했다.

"하늘에 낀 저 구름은 산속에 널린 잿더미처럼 새카맣구나. 바람이 불고 비가 쏟아질 것 같은데도 날 보러 이 텅 빈 산까지 날아온 거니?"

그러자 백조가 말했다.

"난 바람도 비도 두렵지 않아. 내가 다쳐서 날지 못할 때 네가 내 목숨을 구해줬던 걸 난 영원히 잊을 수 없어. 곰아, 황폐한 이 산속에 너 홀로 있는 거 무섭지 않니?"

새끼 곰이 대답했다.

"아빠가 그러셨어. 우리 곰들은 숨이 붙어 있는 한 일어설 수 있다고. 난 아빠를 실망시키지 않을 거야. 봄이 되면 아빠는 돌아올 거야. 그때 되면 난 외롭지 않을 거야."

"그런데 겨울을 어떻게 나지? 먹을 것도 없고 눈이 쌓여 밖에 나갈 수도 없으니 넌 동굴 안에 숨어서 지내는 수밖에 없잖아!"

백조가 걱정스레 말했다.

"난 눈이 쌓여 바깥에 나갈 수 없게 되기 전에 배불리 먹고 동굴 안에서 잠을 잘 거야. 그렇게 봄이 될 때까지 잠을 자는 거야."

"그런데 이곳 산속에서는 먹이를 구할 수 없잖아."

백조가 근심에 겨워 말했다.

"산 아래 강에 가서 물고기를 잡아다가 나무에 걸어 얼리면 돼."

"그런데 산에는 나무가 없잖아."

백조가 말했다.

"그렇구나. 나무가 죄다 타버렸지. 그럼 물고기를 풀숲에 숨겨두면 돼지 뭐."

"그런데 산에는 풀숲도 없어져 버렸으니 어쩌지."

백조가 또 말했다.

"그렇지. 풀숲도 죄다 타버렸지. 그럼 물고기를 동굴 안에 넣어두는 수밖에 없겠다."

새끼 곰이 말했다.

"물고기를 어디에 담아서 산으로 날라 올거니?" 백조가 물었다.

"손에 들고 오면 되지."

"그럼 넌 물고기를 두 마리밖에 못 들고 오잖아. 겨울 내내 물고기 두 마리로는 모자라지!"

백조가 말했다.

"그럼 어떡하지? 난 손이 두 개뿐인데."

"가느다란 나뭇가지에 물고기를 꿰어 가지고 오면 되지. 가늘고 긴 버드 나뭇가지면 제일 좋을 거야. 물고기를 나뭇가지에 길게 꿰어 산으로 끌어오면 되겠다."

백조가 방법을 가르쳐주었다.

"그럼 되겠다. 백조야, 너 진짜 똑똑해. 나 이제 산을 내려가 물고기를 잡을 거야. 너 나랑 같이 가줄래?"

새끼 곰이 물었다.

밝은 빛줄기가 번쩍 하고 허공을 가르더니 우르릉! 꽝! 천둥이 울고 이윽고 "쏴~쏴~"하며 폭우가 쏟아져 내리기 시작했다. 새끼 곰과 백조는 얼른 동굴로 몸을 숨겼다.

"비가 오면 산 속에서 빗물이 강을 이루지. 그러나 아쉽게도 빗물에는 물고기가 없지."

새끼 곰이 말했다.

"넌 빗물을 모아둘 수 있잖아. 그러면 이후에 산에서 지내면서 마실 물은 있을 테니까. 그리고 넌 물에 물고기를 넣어 키울 수도 있어."

백조가 말했다.

"빗물이 죄다 산 아래로 흘러 내려가 버리면 어떡하지?"

새끼 곰이 어찌할 바를 몰라 했다.

"방법을 대 빗물을 받아두면 되지!"

"빗물을 어떻게 받아둬?"

"돌 구덩이를 파면 돼! 산 위에 돌로 구멍을 여러 개 만드는 거야. 연못에 물이 고이는 것처럼 빗물을 그 안에 받아두면 우물이 되는 거지!"

백조가 좋은 방법을 생각해냈다.

"좋아. 그럼 나는 지금 바로 가서 우물을 팔 거야."

새끼 곰이 말했다.

"비가 그치거든 가자. 저것 봐. 밖에서 번개도 치고 우레도 울잖아. 너무 무섭잖니?"

백조가 말렸다.

"비가 그치면 물이 다 흘러가 버릴 거야!"

새끼 곰은 마음이 급했다.

"비는 또 올 거야. 겨울에는 눈도 올 거잖아! 적설을 돌 구덩이 안에 저장해두면 봄에 나가 녹아서 맑은 물이 될 거야!"

백조가 말했다.

"좋아! 난 구덩이를 많이 파 물을 많이 저장할 거야. 난 또 제일 큰 못을 파고 그 안에서 목욕을 할 거야. 넌 연못가에서 거울을 비춰볼 수도 있지."

새끼 곰이 잔뜩 들떠서 떠들어댔다.

그런데 백조는 대답이 없었다. 새끼 곰이 고개를 돌려 보니 백조가 잠이 들어 있는 게 아닌가. 백조는 너무 지쳤던 것이다.

그때 새끼 곰은 어디선가 누가 부르는 소리를 들었다.

"새끼 곰아, 너 어디 있는 거니?"

비바람소리 속에서 그 소리는 마치 번개가 번쩍 하며 어두운 산속을 밝혀주는 것처럼 새끼 곰의 마음을 밝혀주었다.

새끼 곰은 바로 있는 힘을 다해 목청껏 소리쳤다.

"나 여기 있어요!"

엄마고슴도치였다.

그가 새끼 곰에게 큰 호박을 가져다주려고 왔던 것이다.

2
산 속에 황금이 묻혀 있다

비가 그치고 날이 개였다. 숱한 마음씨 착한 동물들이 새끼 곰에게 여러 가지 음식을 가져다주려고 산으로 올라왔다.

엄마 토끼는 당근을 몇 개 가져왔고, 엄마 소는 옥수수를 몇 자루 가져왔으며, 할아버지 말은 검은 콩을 일부 가져왔고, 코끼리는 강물을 조롱박에 가득 담아가지고 왔으며, 엄마사슴은 감자를 한 바구니 가져왔다. 그들 중 아무도 새끼 곰이 왜 산속에 계속 남아 있는지 묻지 않았다. 그저 "필요한 게 있으면 산을 내려와 우릴 찾아와. 우리가 도와줄게."라고만 말했다.

새끼 곰은 입을 헤벌쭉 벌리고 웃으면서 그러겠다고 대답했다. 그러나 그는 아무 요구도 하지 않았다. 그는 동물들에게 너무나도 고마운 마음이 들었다.

특히 다리를 저는 새끼 오리가 절룩거리면서 커다란 참외까지 가지고 새끼 곰을 보러 산으로 올라왔다.

새끼 곰은 너무 감동하여 말했다.

"여러분 감사해요! 너무 감사해요. 특히 마음씨 착한 새끼 오리야, 다리도 불편한데 어떻게 산을 내려가겠니?"

새끼 오리가 말했다.

"산을 올라올 수 있으면 내려갈 수도 있는 거야. 넌 나를 구하려고 부상까지 입었었잖아! 그리고 큰 부상까지 당하였으면서 날 산 아래까지 데려다주었잖아!"

"내가 널 산 아래까지 안고 내려갈게."

새끼 곰이 말했다.

"나는 매일 너 보러 올 건데 넌 매일 날 산 아래까지 데려다줄 거냐? 나 혼자서도 산을 내려갈 수 있어!"

새끼 오리가 말했다.

"새끼 오리야, 내 코 위에 올라 앉아. 내가 널 데리고 산을 내려가면 돼."

코끼리가 말했다.

"꽥꽥! 너무 좋아. 그럼 난 그네도 뛸 수 있겠네."

새끼 오리가 말했다.

동물들은 모두 새끼 곰을 보러 자주 오겠다고 말했다.

새끼 곰은 너무 감동하여 눈물이 났다. 세상에서 가장 소중한 것은 우정이다. 그것은 마음과 마음이 이어지는 따스함이다. 우정을 소중히 여길 줄 알아야 행운아가 될 수 있는 것이다.

이날 새끼호랑이가 새끼 곰을 보러 산속에 왔다.

"곰아, 이 바보야! 너 매일 산을 파느라고 힘들지도 않니? 혼자 산에 있는 게 심심하지도 않아?"

새끼 곰이 말했다.

"우리 아빠가 말씀하셨어. 마음에 용기만 있으면 마치 산에 황금이 묻혀 있는 것처럼 앞날에 대한 큰 희망을 안고 살아갈 수 있는 거라고 말이야."

새끼호랑이는 새끼 곰이 한 말 중 앞 구절은 제대로 듣지 않고 뒤 구절만 기억했다가 돌아가서 새끼여우에게 말했다. 새끼여우는 새끼호랑이의 말을 듣고

"산에 황금이 묻혀 있다고 아빠 곰이 말했대요."

라고 엄마여우에게 알려주었다. 엄마여우는 그 말을 듣고 깜짝 놀라 속으로 생각했다. (그래서 새끼 곰이 그 황폐한 민둥산을 떠나려 하지 않았던 거였구나. 황금을 캐려고. 아빠곰과 엄마곰이 새끼 곰에게 그 비밀을 알려준 게 틀림없어. 그래서 황폐한 산에서 도망쳤던 동물들이 너도나도 새끼 곰을 보러 간다고 산에 올라갔었구나. 산에 많은 황금이 묻혀 있어서였구나. 새끼 곰은 홀로 산에 남아서 황금을 캐고 있고, 그 많은 동물들이 산에 올라가는 것은 새끼 곰과 친해지려는 것이었구나!)

엄마여우는 새끼여우를 데리고 외로운 새끼 곰을 보러 가는 체 하면서 그 민둥산으로 올라갔다.

새끼 곰은 땀을 뻘뻘 흘리면서 물을 저장할 구덩이를 파고 있는 중이었다.

"새끼 곰아, 우리가 널 보러 왔어. 네가 항상 마음에 걸렸어. 어떻게 지내고 있니?"

엄마여우가 다정하게 말했다.

"고마워요! 잘 지내고 있어요."

새끼 곰은 진심으로 감사한 마음이 들어 얼른 백조가 가져온 음식을 꺼내 여우 모자를 대접했다.

새끼여우는 먹는 데 정신이 팔려 있었고, 엄마여우는 두리번거리며 주

위를 살피기에 바빴다.

"곰아, 넌 참 힘이 세구나. 그렇게 많은 돌 구덩이를 파서 뭘 얻었니?"

새끼 곰은 헤벌쭉 웃으면서 말했다.

"즐거움을 얻었어요. 그리고 자신감도요. 아빠가 돌아오면 날 칭찬해 주실 거예요."

엄마여우는 새끼 곰의 말은 들은 척도 하지 않고 계속 자기 말만 했다.

"얘, 새끼 곰아. 너 누굴 속이려고 그러니. 네가 보물을 찾는 걸 방해 하지는 않을게. 우리는 네가 산을 파는 걸 도와주려고 왔어."

엄마여우가 돌 구덩이 파는 걸 돕겠다는 말에 새끼 곰은 너무 기뻤다.

"잘됐어요. 돌 구덩이를 많이 팔수록 좋아요."

"난 어디를 파면 좋겠느냐?"

엄마여우가 물었다.

"마음대로 파세요. 어딜 파든 다 좋아요."

새끼 곰이 대답했다.

엄마여우는 잠깐 생각하더니 새끼 곰이 판 구덩이 옆에다 구덩이를 파 기 시작했다.

돌이 너무 단단하여 돌을 깨는 게 너무 힘들었다. 엄마여우는 돌 구덩 이를 하나도 채 파지 못하였는데 두 손에 벌써 피멍이 들었다.

"아이고! 도와주고 싶은데 힘에 부쳐서 안 되겠다. 새끼 곰아, 네가 돌 구덩이를 파는 걸 보면서 네 말동무나 해줄게. 네가 외롭지 않게 말이 야." 순진한 새끼 곰이 대답했다.

"좋아요! 말동무가 생기는 건 기쁜 일이니까요."

"그럼 네가 무슨 좋은 걸 파내게 되면 우리에게도 절반씩 나눠줘야 해. 그럴 수 있겠니?" 엄마여우가 말했다.

"좋아요. 그럴게요! 그런데 깨진 돌밖에 없어요."

새끼 곰이 말했다.

"급할 것은 없어. 보물을 찾는 게 어디 몇 번 파서 될 일이겠니? 꾸준히 파봐야지."

엄마여우가 말했다.

"네, 맞아요! 난 매일 산에서 구덩이를 파고 있어요. 계속 팔 거예요."

새끼 곰이 말했다.

"그럼 이렇게 하자꾸나. 우리 새끼여우가 매일 와서 널 동무해줄 거야. 너 심심하지 않게 말이야. 그리고 나는 며칠에 한 번씩 널 보러 산에 올게."

엄마여우가 말했다.

"좋아요!"

새끼 곰은 동무가 되어줄 친구가 생겨서 너무 신났다.

엄마여우는 산속을 둘러보면서 새끼 곰이 판 돌 구덩이를 세어 보고 그 위치를 기억해둔 뒤 새끼여우를 데리고 산을 내려갔다.

그때부터 엄마여우는 매일 새끼여우를 산으로 보냈다. 새끼 곰은 언제나 얼마 되지 않는 먹이를 새끼여우와 절반씩 나눠 먹곤 했다.

"새끼 곰이 오늘 황금을 캤니?"

엄마여우는 매일 새끼여우에게 묻곤 했다.

그러면 새끼여우는

"못 봤어요."

라고 대답하곤 했다.

"새끼 곰을 잘 살펴야 한다. 황금을 캐내는지 말이야."

엄마여우가 말했다.

"황금은 어떻게 생겼어요?"

새끼여우가 물었다.

"황금은 말이야. 눈부시게 번쩍번쩍하지. 마치 나뭇잎 틈을 뚫고 비쳐 드는 햇살과도 같아." 엄마여우가 말했다.

"뜨끈뜨끈한 거예요?"

새끼여우가 물었다.

"황금은 얼음처럼 차가운 거란다."

엄마여우가 대답했다.

"겨울에 강물 위에 덮이는 하얀 얼음 같은 건가요?"

새끼여우가 물었다.

"금은 누런색이란다. 껍질을 벗겨놓은 익은 고구마처럼…"

엄마여우가 대답했다.

"그럼 달콤한 맛이 나나요?"

새끼여우가 물었다.

"이 멍청한 애야, 황금은 먹을 수 있는 게 아니야."

엄마여우가 대답했다.

"그럼 그걸 해서 뭐해요?"

새끼여우가 또 물었다.

그러자 엄마여우가 이렇게 가르쳐주었다.

"황금은 세상에서 가장 귀중한 물건이란다. 너의 아빠는 늑대의 보석 가게에서 총지배인으로 일하고 있는데 그 가게에서는 황금과 보석만 전문 경영한단다. 황금만 있으면 갖고 싶은 건 뭐든 다 살 수 있거든. 먹는 것, 입는 것, 고급 차. 화려한 집, 뭐나 갖고 싶은 건 다 가질 수 있어.

아빠가 그렇게 고생스럽게 또 그렇게 오래 일해서 번 돈으로도 황금을 얼마는 살 수 없을 거야. 만약 우리가 황금을 얻을 수 있다면 그걸 늑대에게 팔아서 우리가 갖고 싶은 물건을 살 수 있거든."

"난 버들가지로 엮은 광주리가 갖고 싶어요. 그걸로 그네를 만들고 싶거든요. 그래도 돼요?"

새끼여우가 물었다. 그러자 엄마여우가 나무랐다.

"그 잘난 건 어디다 쓰려고? 우린 호화 자동차를 한 대 살 거야."

"그런데 우린 자동차를 몰 줄 모르잖아요."

새끼여우가 말했다.

"차를 몰 줄 아는 동물을 고용하면 되지. 황금만 있으면 차를 몰 줄 아는 동물은 얼마든지 있으니까. 우리는 또 큰 집도 한 채 살 거야…"

새끼여우는 신이 나서 말했다.

"그럼 숱한 동물들이 들어와 같이 살 수 있겠어요. 다 같이 게임도 하고…"

"그건 안 돼. 다른 동물들은 우리를 위해 일해야만 들어올 수 있어. 잘 들어. 넌 매일 새끼 곰에게 물어봐야 해. '황금을 찾았느냐? 얼마나 찾았느냐?' 라고 말이야. 반드시 절반은 우리에게 나눠줘야 하거든."

라고 엄마여우가 말했다. 그러나 새끼 여우는 산에 들어갈 때마다 먹고 노는 데만 정신이 팔려 새끼 곰에게 황금을 캤는지 묻는 걸 깜빡 잊어버리곤 했다.

그래서 엄마여우는 직접 산에 올라와 살펴보는 수밖에 없었다. 엄마여우가 산에 올라와 보니 엄마토끼가 이미 와 있었다. 그래서 엄마여우는 "토끼 엄마, 주머니에 담긴 건 뭐예요?"

라고 엄마토끼에게 말을 건넸다.

"잎은 파랗고 줄기는 싱싱하고 맛 좋은 배추예요."

엄마토끼가 대답했다.

"산 아래서 자라는 배추를 뭐하려고 산속까지 지고 올라와요?"

엄마여우가 물었다.

"민둥산을 지키고 있는 새끼 곰이 심심하고 외로울까봐 싱싱한 배추 맛이나 보라고요."

엄마토끼가 대답했다.

새끼 곰은 얼른 주머니를 열어보면서 연신 말했다.

"토끼 엄마, 고마워요. 배추가 정말 싱싱하군요."

"토끼 엄마, 주머니가 크기도 하고 든든하고 예쁘네요.

하산할 때 뭘 담아 가지고 가려고요?"라고 엄마여우는 말하면서 토끼 엄마를 뚫어지게 바라보았다.

엄마토끼가 웃으면서 말했다.

"큰 불에 다 타버려서 온 산이 황폐해졌는데 담아 갈 게 뭐가 있겠어요? 이 주머니를 몸에 두르고 찬바람이나 막으려고요. 옷을 하나 더 껴입은 것처럼 말이에요."

"새끼 곰이 황금을 주면, 그걸 지고 갈 수 있겠어요? 내가 도와드릴까요?"

엄마여우가 물었다. 그러자 엄마토끼가 또 웃으면서 말했다.

"우리 토끼들은 푸른 풀숲만 있으면 돼요. 매일 푸른 풀숲에서 뛰어다니다가 배가 고프면 무와 배추를 먹을 수만 있다면 매우 즐거울 거예요. 황금이 있다 한들 뭐하겠어요?"

엄마여우가 말했다.

"그래도 난 황금이 좋아요. 토끼 엄만 황금이 싫으면 나에게 줘요. 새끼 곰아, 네가 파낸 좋은 물건을 다 나에게 줄 수 있겠니?"

새끼 곰은

"그럴게요!"

라고 대답했다. 엄마여우는 속으로 은근히 기뻤다.

3
성악가를 꿈꾸다

새끼 곰은 어렸을 때부터 노래하기를 좋아했다. 그런데 아무도 가르쳐주려고 하지 않았다.

새가 말했다.

"넌 목소리가 너무 굵어. 노래하기에 적합하지 않아."

수탉이 말했다.

"넌 쉰 목소리가 나는데 어떻게 노래를 불러?"

그러나 새끼 곰은 노래가 너무 배우고 싶었다. 그래서 누구든 만나기만 하면 스승으로 모시곤 했다.

개구리가 말했다.

"노래를 부르려면 입을 크게 벌려야 해. 그리고 목청껏 소리쳐봐. '개굴, 개굴!'"

까마귀는 새끼 곰에게 "까악… 까악!" 하고 울라고 가르쳐주었다.

늙은 소는 새끼 곰에게 "음메…" 하는 소리를 내라고 가르쳐주었다.

오리는 새끼 곰에게 "꽥! 꽥!" 하고 소리치라고 가르쳐주었다.

절따마(赤多馬, 털빛이 붉은 말 - 역자 주)는 새끼 곰에게 "히잉…"하고 울부짖으라고 가르쳐주었다.

새끼 곰은 매일 산꼭대기에 서서 노래연습을 했다. 여러 가지 소리를 다 몇 번씩 연습하곤 했다.

동물들은 모두 "새끼 곰이 노래연습을 하는 소리 때문에 정신이 사나워. 온 산에 괴상한 소리가 울려 시끄러워 죽겠어." 라고 말했다.

새끼 곰은 미안해서 노래연습을 멈추는 수밖에 없었다. 그러나 마음은 조급하고 답답했다. 그는 꿈에서라도 노래가 부르고 싶었다.

큰 불이 나 숲이 다 타버리는 바람에 동물들은 모두 산에서 달아나버리고 새끼 곰은 홀로 남아 민둥산을 지키게 되었다. 이제는 다른 동물들이 시끄러워 할까봐 걱정하지 않아도 되니 새끼 곰은 목청껏 노래연습을 할 수 있게 되었다. 아침에 일어나서는 아침 해를 마주하고 노래를 불렀고, 저녁에 잠들기 전에는 별이 총총한 밤하늘을 올려다보며 노래를 불렀다. 구덩이를 파다가 힘이 들어 쉴 때도 노래를 불렀고, 일할 때도 노래를 불렀으며, 걸으면서도 부르고 앉아서 쉴 때도 불렀다. 아무 때나 어디서나 마음대로 자기가 부르고 싶은 노래를 부를 수 있는 것은 너무나도 즐거운 일이었다.

가끔씩 새끼 곰은 "자기 노래를 들어줄 친구가 있으면 얼마나 좋을까!" 하는 생각을 하기도 했다.

이날 새끼여우가 또 산으로 올라왔다.

"우리 엄마가 돈지갑을 잃어버려서 너무 속상해하고 있어. 까치가 훔쳐간 게 틀림없어."

새끼 곰은

"아빠가 그러셨어. 오직 자기가 가진 재주만은 아무도 훔쳐갈 수 없다고 말이야."

라고 말했다.

"너에게도 무슨 재주가 있는 거니?"

새끼여우가 물었다.

"물론 있지. 난 역도를 할 줄 알거든. 난 또 노래를 배워 성악가가 되고 싶어."

새끼 곰이 대답했다.

"하하하…"

새끼여우는 배를 끌어안고 웃었다.

"성악가가 되고 싶다고?"

"당연히 되고 싶지. 꿈에서도 성악가가 되고 싶어. 난 제일 듣기 좋은 노래를 부르고 싶어."

새끼 곰이 대답했다.

"그럼 어디 한 곡 들려줘봐."

새끼여우가 말했다.

그러자 새끼 곰이 큰 입을 쩍쩍 벌리며 노래를 부르기 시작했다.

오우 오… 높은 산아

푸른 하늘을 떠이고

흰 구름 허리에 두르고

땅을 딛고 우뚝 솟아 있네.

강물이 흘러가네.

산기슭을 돌아 흘러가네.

오우 오, 산속에는 보물이 넘쳐난다네…

"그만! 그만해!"

새끼여우가 마구 머리를 도리질 치면서 소리쳤다.

"어때?"

새끼 곰은 새끼여우가 격려해주길 바랐다.

"톱으로 나무를 켜는 소리 같아!"

새끼 곰은 말뜻을 알아듣지 못해 새끼여우만 멀거니 내려다보았다.

"귀에 거슬린다고!"

그제야 새끼 곰은 쑥스러워하며 고개를 숙였다.

"바람 노래 한 곡 더 들려줄게. 어때?"

"싫어, 안 들을 거야!"

새끼여우가 두 손으로 귀를 틀어막았다.

"그런데 난 정말 노래를 부르고 싶단 말이야. 어떡해? 그럼 너 먼저 산을 내려갔다가 내가 노래를 다 부른 다음에 다시 올라오렴."

"나 이제 막 올라왔는데 내려가라고?"

새끼여우는 내키지 않았다.

새끼 곰은 한숨을 내쉬더니 말했다.

"나 지금 노래가 너무 부르고 싶단 말이야. 목안이 다 근질거려. 나 몇 구절만 부르면 안 될까?"

"그럼 계란 줘. 나 며칠째 계란을 못 먹었어."

새끼여우가 말했다.

"나한테 계란이 어디 있어. 감자 두 알밖에 없어."

새끼 곰이 말했다.

"난 감자 먹기 싫어. 난 계란이 좋아. 계란 안 주면 너의 노래 안 들어줄 거야."

새끼여우가 말했다. 새끼 곰은 수심에 찬 얼굴로 말했다.

"그런데 계란이 없는 걸 어떡해?"

새끼여우가 생각하더니 말했다.

"그럼 넌 매일 나를 집까지 업어다줘."

새끼 곰은 그러마 하고 연신 대답했다. 자기 노래를 들어줄 친구가 있어서 그는 너무 신이 났다. 새끼 곰은 마음 놓고 목청껏 노래를 부르기 시작했다.

쏴~쏴~ 바람이 세차게 분다.
사방이 캄캄하다.
모래와 돌이 하늘을 날아다닌다.
동서남북도 분간할 수 없다.
산이 울부짖고 땅이 흐느낀다.
크고 작은 나무들이 모두 미친 듯…

"아이고, 아이고…"

갑자기 새끼여우가 땅바닥에서 마구 뒹굴면서 비명을 질러댔다.

새끼 곰은 노래를 멈추고 다급히 물었다.

"여우야, 왜 그러니?"

"나 배가 아파. 아이고…"

"어떡하지?"

새끼 곰은 안절부절 못했다.

"삶은 계란 한 알만 먹으면 나을 것 같아. 배가 아플 때마다 엄마는 나에게 계란을 먹였거든."

"그런데 계란이 없는데 어떡하지?"

새끼 곰이 근심에 겨워 말했다.

"내가 찾아봐! 어미닭에게 가서 달라고 해보렴. 오리 알도 돼. 거위 알도 되고. 얻어올 방법이 있을 거야."

새끼여우가 어리광을 부리며 말했다.

"그러면 산을 내려가 얻어 와야 하는데 오래 걸릴 거잖아! 넌 어떡할 거니?"

새끼 곰이 물었다.

"날 업고 산을 내려가면 되지!"

새끼여우가 말했다. 새끼 곰은 하는 수 없이 새끼여우를 업고 산을 내려가기 시작했다. 산비탈이 가팔라서 새끼 곰은 한 걸음 한 걸음 조심스레 걸었다. 자칫 잘못하여 미끄러져 새끼여우를 떨어뜨리기라도 할까 걱정하면서…

새끼여우는 새끼 곰의 등에 업혀서 쉴 새 없이 몸을 흔들어대면서 소리질렀다.

"좀 빨리 가란 말이야! 빨리!"

새끼 곰은 얼굴이 땀투성이가 되었지만

"그래! 그래! 빨리 갈게!"

라고 연신 대답하며 새끼여우가 하자는 대로 해주었다. 그러나 새끼 곰은 빨리 걸을 수가 없었다. 새끼여우는 새끼 곰의 어깨를 호되게 내리치면서 소리 질렀다.

"좀 빨리 가! 빨리!"

마음이 급해서 서둘러 걸음을 옮기던 새끼 곰은 그만 몸이 앞으로 기우뚱하며 휘청했다. 바로 그때 새끼여우가 또 등을 밀치는 바람에 새끼 곰은 그만 땅에 넘어져 산 아래로 굴러 내려가고 말았다.

새끼 곰은 머리에서 피가 흐르고 몸에도 부상을 입었지만 새끼여우 걱정만 했다. (여우는 어떻게 되었을까? 다치기라도 했으면 어떡하지. 계속 울기만 할 거야. 얼마나 아플까! 다 내 탓이야. 나 때문에 여우가 다쳤어. 빨리 가서 여우를 찾아봐야 해!)

새끼 곰은 머리에서 피가 흐르는 것도 닦을 생각도 않고 허리며 다리가 아픈 건 돌볼 새도 없이 서둘러 산 위로 뛰어올라갔다. 너무 지쳐서 새끼 곰은 온몸이 땀 투성이가 되었다.

4
이상한 알

새끼여우는 산중턱에 앉아서 계속 울고 있었다.

새끼여우는 부상은 입지 않았다. 새끼 곰이 넘어질 때 여우는 곰의 등에 엎드려 있다가 잽싸게 뛰어내렸기 때문에 다친 곳은 없었다. 그러나 새끼 곰은 넘어져 산 아래로 굴러 내려갔다. (불쌍한 새끼 곰이 만약 산에서 굴러 죽기라도 했다면 누가 나를 업고 산을 내려갈까?)… 그때 목이 쉰 소리로 노래를 부르는 소리가 새끼여우의 귓가에 들려왔다. 그 노랫소리는 점점 가까워지고 있었다.

무슨 새가 빨리 날까?

독수리가 날개를 펼치면 빨리 난다네.

푸른 하늘 머리에 떠이고 구름 옷 입었다네.

무슨 물고기가 빨리 헤엄칠까?

잉어가 꼬리를 흔들며 즐겁게 헤엄친다네.

파문을 일구며 물속으로 뛰어든다네.

누가 목소리가 제일 클까?

호랑이 울부짖는 목소리가 제일 크다네.

으르렁 소리에 모두가 두려워 떤다네.

꽃사슴은 껑충껑충 토끼는 깡충깡충.

원숭이는 찍찍 울고

코끼리는 느릿느릿 걸으며 빙긋이 웃는다네.

"곰아, 빨리 와…"

새끼여우가 큰소리로 불렀다. 새끼 곰은 노래를 부르며 산을 오르다가 새끼여우의 부름소리를 듣고 바로 소리 나는 곳으로 뛰어갔다. 새끼 곰은 숨이 차서 헐떡거리면서 불렀다.

"아이고! 여우야, 너 어디 다친 덴 없어?"

새끼여우가 어리광을 부리며 울기 시작했다.

"엉엉엉, 넌 참 나빠. 날 이렇게 내팽개치면 어떡해!"

새끼 곰이 미안해하면서 말했다.

"내가 잘못했어. 내가 넘어지지 말았어야 하는데. 넘어져서 산 아래로 구르지 말았어야 하는데. 그래서 이렇게 돌아왔잖아! 어디 다친 데는 없어? 어디 아픈 데는?"

새끼여우가 훌쩍거리면서 말했다.

"안 아픈 곳이 없어! 빨리 날 산 아래까지 업어다줘!"

"그래! 그래! 지금 바로 업고 내려갈게."

새끼 곰이 말했다. 새끼여우는 새끼 곰의 머리에서 피가 많이 나는 것을 보더니 또 소리 질렀다.

"너 피 많이 나! 내 몸에 피가 묻지 않게 조심해."

"그럴 리 없어. 머리에 난 피가 이젠 다 말랐어. 이제는 피가 멎었어."

새끼 곰이 말했다. 새끼 곰은 새끼여우를 등에 업고 절룩거리면서 산을 내려가기 시작했다. 새끼 곰은 또 새끼여우를 떨어뜨릴까 걱정되어 감히 빨리 걷지를 못했다. 그렇게 걷고 또 걸어 오래 동안 걸어서야 새끼여우를 업고 겨우 산 아래까지 내려왔다.

그때 새끼여우가

"나 계란 얻어 주는 걸 잊지 마. 오리 알도 돼."

라고 말했다. 새끼 곰은 그러마고 대답하는 수밖에 없었다.

새끼 곰은 새끼여우와 작별하고 강가로 걸어갔다. 걸으면서 속으로 생각했다. (이게 다 내 탓이야. 내가 여우를 떨어뜨렸어. 계란을 얻어오지 못하면 여우는 화를 낼 거야. 그런데 어디 가서 계란을 구한단 말인가? 혹시 강가에 가면 오리 알이나 새알 같은 걸 발견할 수 있지 않을까…)

새끼 곰은 강가를 따라 걷기 시작했다. 그렇게 아주 오래 걸었지만 계란도, 오리 알도, 새알도 발견하지 못했다. 새끼 곰은 풀이 죽어 갈대숲

옆에 멍하니 앉아 있었다.

　서쪽 하늘에 해가 지고 있었다. 하늘가에서 눈부신 저녁노을이 화산처럼 붉게 타오르고 새떼들이 갈대숲으로 날아들고 있었다. 갈대숲 깊은 곳에 새들의 둥지가 있으니 새떼들이 잠을 자려고 둥지로 돌아오고 있었다. 새끼 곰은 갈대숲속으로 걸어 들어갔다. 혹시 물오리 알이라도 주울 수 있을지? 새끼 곰은 강모래 바닥을 이곳저곳 뒤져보았다. 아! 이게 뭐야? 보드라운 강모래 아래 하얀 알 두 개가 묻혀 있는 게 아닌가! 비둘기 알만한 크기에 동그란 게 두 개의 작은 공 같았다. 엥? 이게 알이야? 무슨 알일까? 새끼 곰은 그 알을 자세히 살펴보았다. 흰 껍데기에서 윤기가 나는 것이 틀림없는 알 껍데기였다. 무슨 알이건 새끼여우만 만족하면 그뿐이었다. 새끼 곰은 그 동그란 알 두 개를 손에 꼭 쥐고 흐뭇해서 산으로 올라갔다.

　저녁노을이 사라지자 밤하늘에 별이 반짝이고 달님이 얼굴을 내밀고 방긋 웃는다. 새끼 곰은 걸으면서 노래를 부르기 시작했다.

작은 나무 한 그루를 산에 심었네.

나무가 쑥쑥 자라나네.

새들이 나무 위에 둥지를 틀었네

매일매일 즐겁게 노래를 부른다네.

원숭이가 와서 그네를 뛰네.

흔들흔들 곤두박질하며 재롱을 피운다네.

토끼가 나무 아래서 춤을 추네.

나무 위에서는 다람쥐가 신이 났네.

바람도 달려와 떠들썩하게 즐기며

나뭇잎에 부딪쳐 사르륵사르륵 웃고 있네.

작던 나무가 훌쩍 높이 자라

달도 별도 나무 꼭대기에 걸렸네.

별을 따려고 나무 위에 기어오르네.

나무 꼭대기에 이르니 날이 밝았네…

밤이 깊어서야 새끼 곰은 산속에 돌아왔다. 그는 돌 구덩이에 마른 풀을 깔고 그 위에 주워온 하얀 알을 올려놓은 다음 갈대 잎으로 덮어놨다. 그리고서야 깊은 잠에 빠져들었다.

며칠 뒤 새끼여우가 왔다. 새끼여우는 오자마자 소리 질렀다.

"곰아! 어서 계란 줘. 내 몸에 난 상처가 아직 낫지 않았어!"

"그래! 그래! 이리 와 봐!"

새끼 곰이 서둘러 대답했다. 새끼 곰은 주워온 알을 새끼여우에게 보여주었다. 알을 본 새끼여우가 또 소리를 질렀다.

"요렇게 작아?!"

새끼 곰이 서둘러 말했다.

"그래도 알들이 동그랗고 하얀 게 너무 예쁘잖니!"

새끼여우가 의혹에 차서 물었다.

"이건 무슨 알이니?"

새끼 곰은 미처 대답을 못하고 우물쭈물하며 말했다.

"공작의 알이 아닐까?"

새끼여우는 고개를 살래살래 흔들며 말했다.

"허튼 소리, 공작은 그렇게 큰데 알이 이렇게 작을 수 없어."

"자세히 보자. 무슨 알일까?"

새끼 곰이 말했다. 새끼 곰과 새끼여우는 알 두 개를 이리저리 뒤집으면서 살펴보고 또 봤다. 그러나 무슨 알인지 도무지 알 수 없었다.

그때 갑자기 짝 소리와 함께 알껍데기가 갈라지더니 알에서 아기 거북이 두 마리가 기어 나오더니 목을 길게 빼들고 조그마한 발을 옮겨놓으며 돌 위에서 앙기작앙기작 기어 다녔다. 그리고는 눈을 동그랗게 뜨고 새끼여우를 빤히 올려다보는 것이었다.

새끼여우가 비명을 질렀다.

"앗?! 징그러! 알에서 거북이가 두 마리 기어 나왔어. 뱀이 두 마리 기어 나왔더라면 얼마나 무서웠겠어! 놀라 죽었을 거야.

내가 뱀 알이라도 먹었더라면 어쩔 뻔 했어? 뱀 새끼가 내 뱃속에서 기어 다닐 뻔 했잖아."

새끼여우가 큰소리로 울기 시작했다. 새끼 곰은 당황하여 어쩔 줄 몰랐다.

"나 일부러 그런 거 아냐! 정말이야. 여우야, 제발 화 내지 마."

그래도 새끼여우는 계속 울면서 발을 동동 굴렀다.

"이제 어떡할 거야?"

새끼 곰은 멍하니 서서 새끼여우를 바라보면서 어찌할 바를 몰라 쩔쩔 맸다. 그때 아기 거북이가 새끼 곰의 발가락 위에 기어 올라왔다. 새끼 곰은 간지러움을 참을 수 없어 그만 히히히 웃음을 터뜨리고 말았다.

"너 어떻게 웃을 수 있어! 어떻게!"

새끼여우는 씩씩거리며 소리쳤다. 새끼 곰이 미안해하며 말했다.

"안 웃을게! 다시는 안 웃을게! 여우야, 내가 노래 불러줄게."

"안 들을 거야!"

새끼여우가 고개를 홱 돌리며 말했다.

새끼 곰은 속수무책으로 물었다.

"그럼 어떡해? 나 어떻게 하면 돼?"

"계란이 먹고 싶단 말이야."

새끼여우가 말했다.

"계란을 구할 수 없잖아!"

새끼 곰이 말했다.

"그럼 황금 한 덩이 캐줘. 우리 엄마가 황금이 갖고 싶대."

새끼여우가 말했다. 새끼 곰은 하는 수 없이 승낙했다. 새끼여우가 울음만 그칠 수 있다면 캐면 되니까. 새끼 곰은 아기 거북이를 돌 구덩이 안에 넣어두고는 계속하여 산을 파기 시작했다. 새끼여우는 땅에 엎드려 아기 거북이를 데리고 놀았다.

새끼 곰은 저녁때까지 팠지만 아무 것도 캐내지 못했다. 새끼여우가 또 화를 내려는 것을 보고 새끼 곰이 말했다.

"우리 아빠가 그러셨어. 개구리가 이런 이야기를 하였대. 신기한 거울이 있는데 그 거울로 비춰보면 산속 어디에 보물이 있는지 똑똑히 보인대. 마치 그림을 보는 것처럼 말이야."

"그럼 그 거울로 동물을 비춰보면?"

새끼여우가 물었다.

"그럼 그 동물이 뭘 먹었는지 뱃속을 똑똑히 볼 수 있겠지. 양, 토끼, 병아리… 뭐가 있는지 말이야."

"그럼 계란을 먹어도 똑똑히 보일까?"

새끼여우가 물었다.

"당연히 보이지."

새끼 곰은 아주 당당하게 대답했다.

"똑똑히 볼 수 있은 다음에는? 어떻게 되는데?"

새끼여우가 물었다.

"그럼 배를 가르고 양이며, 토끼며, 병아리며 꺼내는 거지!"

새끼 곰이 말했다.

"엉? 그럼 누가 배를 갈라?"

새끼여우가 물었다.

"그건… 그건 모르지."

새끼 곰이 말했다.

"혹시 네가 배를 가르는 거니?"

새끼여우가 물었다. 새끼 곰이 놀라면서 말했다.

"나? 난 칼이 없는데!"

"너지? 틀림없어! 그렇잖으면 네가 그걸 어떻게 알아?"

새끼여우가 말했다.

"아빠가 그러셨어. 개구리가 그렇게 말했다고 말이야."

“그 개구리가 어디 있어?”

새끼여우가 물었다.

“큰 불이 나서 산이 타버리기 전에 개구리는 개울물을 따라 산 밖으로 흘러나가 버렸어.” 새끼 곰이 대답했다.

“그럼 그 신기한 거울은 어디 있어?”

새끼여우가 캐물었다.

“개구리에게 가서 물어보는 수밖에 없지.”

새끼 곰이 대답했다.

“그럼 넌 꼭 그 신기한 거울을 찾아 나에게 가져다줘!”

새끼여우가 말했다. 새끼 곰은 하는 수 없어 약속하고 말았다.

5
신기한 거울은 어디 있을까?

새끼 곰은 꼭 개구리를 찾아 그 신기한 거울을 얻어오겠다고 새끼여우에게 약속했다.

이날 새끼 곰은 강가로 나갔다. 무성하던 풀숲은 다 시들어버리고 강물 위에는 얼음이 얼기 시작했다. 개구리의 모습은 아무데도 보이지 않았다. 그러다가 흰 토끼를 만났다.

“곰아, 왜 강가에서 헤매고 있어? 뭘 찾는 거니?”

토끼가 물었다.

“예전에 풀숲에 그렇게 많은 개구리가 폴짝폴짝 뛰어다니고 귀뚜라미도 쉴 새 없이 울더니 지금은 왜 하나도 보이지 않는 거니?"

새끼 곰이 물었다.

"날이 추워져서 개구리들은 다 숨어서 동면할 준비를 하고 있어."

토끼가 말했다.

"그래? 나도 동면해야 하는데. 그런데 난 동면하기 전에 배불리 먹어야 하거든."

새끼 곰이 말했다. 토끼는 새끼 곰을 집으로 청해 무와 배추를 대접했다. 고슴도치도 콩과 호박을 가져왔다. 새끼 곰은 배가 불룩 튀어나오도록 배불리 먹었다.

토끼 엄마는

"산속에 야수는 없지만 그래도 동면하는 동안에는 동굴입구를 단단히 막아놔야 한다."

라고 거듭 당부했다. 새끼 곰이 산속으로 돌아온 이튿날 큰 눈이 내리기 시작했다. 눈꽃이 흩날리며 세상이 온통 은빛세계로 변했다. 새끼 곰은 너무나도 기뻤다. 새끼여우가 산에 올 수 없으니 신기한 거울을 찾아오라고 강요하지 못할 것이니까. 새끼 곰은 산굴 속에 들어가 바위로 입구를 단단히 막아놓고 편안하게 누워 깊은 잠에 곯아떨어졌다. 내년 봄 얼음이 녹고 눈이 녹으면 다시 개구리를 찾아 나설 것이다!

큰 눈이 내려 산이 봉쇄되었다. 산속은 고요한 세상으로 바뀌었다. 새끼 곰은 깊은 잠에 곯아떨어졌다. 산속은 온통 새하얀 눈에 뒤덮여 마치 두터운 솜이불을 덮고 있는 것 같았다. 눈 위에는 아무 발자국도 찍히지 않고 햇살이 하얀 눈을 비추어 눈부신 빛을 뿜고 있었다.

찬바람이 쌩쌩 불어 햇볕 아래서도 여전히 추위가 뼛속까지 파고들었다. 온통 얼음과 눈에 뒤덮인 이 황폐한 산속에 누가 오겠는가?

용감한 백조가 날아왔다.

울부짖는 광풍은 마치 사나운 짐승이 사냥감을 물어뜯는 것처럼 마구 불어치는 바람에 백조는 하마터면 땅에 내리꽂힐 뻔했다. 그러나 백조는 끝내 산 위까지 날아왔다. 백조는 거듭 살피며 오래 동안 찾아 헤매서야 겨우 새끼 곰이 있는 동굴 입구를 찾을 수 있었다. 온 산이 두터운 눈에 뒤덮여 있어 그 동굴입구는 위쪽에 좁은 틈만 보일 뿐이었다. 큰 바위가 동굴 안에서부터 입구를 막아놓은 데다가 두텁게 쌓인 눈에 틈새가 막혀 동굴은 잘 가려져 있었다.

"곰아, 곰아!"

백조가 몇 번이나 불렀지만 안에서는 대답이 없었다.

새끼 곰은 잠이 들면 누가 아무리 불러도 깨지 못한다.

백조는 물고기 몇 마리를 새끼 곰의 동굴 앞에 내려놓았다. (곰이 잠에서 깨어 배가 고프면 동굴입구를 막은 바위를 젖히고 나올 거야. 그러면 이 살진 물고기들을 발견하겠지. 배불리 먹은 뒤에는 다시 동굴입구를 막고 들어가 자겠지. 눈바람이 휘몰아치는 속에서도 자기를 생각해주는 친구가 있다는 걸 알면 곰은 좋아할 거야.)

백조는 선물을 놓고 거센 바람을 헤치며 날아갔다. 산속에는 또다시 고요가 찾아들었다.

새끼 곰은 꿈을 꾸었다.

꿈에 아빠 곰이 집에 돌아왔다. 아빠 곰은 새끼 곰을 안아 높이 들어

올려주었다. 새끼 곰은 너무 좋아서 어쩔 줄 몰랐다.

아빠 곰은 달콤한 꿀을 한 단지 가지고 왔다. 새끼 곰은 꿀을 한 입 떠서 먹고는 입을 쩝쩝 다셨다. 참으로 달콤하고 맛있었다.

새끼 곰은 아빠의 등 위에 엎드렸다. 아빠가 새끼 곰을 업고 이리저리 뛰어다니면서

"무섭지 않아?"

하며 거듭 물었다.

새끼 곰은 깔깔깔 웃으며 소리쳤다.

"안 무서워요! 더 빨리 뛰세요."

아빠 곰은 더 빨리 뛰었다. 마치 바람이 땅 위를 스치며 불어 지나가는 것처럼 빨랐다. 새끼 곰은 너무나도 신이 났다.

새끼 곰은 아빠의 등에서 미끄러져 내려오더니 물었다.

"아빠, 어디 갔었어요? 왜 이렇게 오래 돌아오지 않았어요? 나 혼자 산에 남아 얼마나 외로웠는데요!"

"엄마가 같이 있으며 늘 보살펴주고 있잖니!"

아빠가 말했다.

새끼 곰은 "엄만 산불이 나서 타죽었어요. 아직도 엄마를 찾지 못하였어요."라고 말하고 싶었다. 그러나 아빠가 괴로워할까봐 말하지 않았다. 아빠가 이제 막 집에 돌아왔으니 기쁘게 해드려야겠다고만 생각했다.

그런데 아빠가 또 물었다.

"네 엄마는 어디 있니? 아직 네 엄마를 보지 못했구나!"

새끼 곰은 어떻게 대답해야 할지 몰라 당황했다. 새끼 곰이 그런 꿈을

꾸고 있는 동안 아빠 곰도 다른 곳에서 꿈에 새끼 곰을 만나고 있었다.

아빠 곰의 꿈에서는 무성한 숲 속에 들꽃들이 활짝 피어 있고 샘물이 조잘조잘 흘러가고 있으며 눈부신 햇살이 비추고 있는데 숱한 산짐승들이 모여 역도 챔피언을 맞으려고 기다리고 있었다.

"왔다! 왔다!"

숱한 새들이 일제히 우짖고 숱한 산짐승들이 일제히 울부짖었다. 그 소리에 하늘과 땅이 들썩였다. 숲속에서 이처럼 떠들썩한 장면은 한 번도 있어본 적이 없었다. 역도 챔피언이 천천히 다가오며 손을 들어 인사를 건넸다.

"에구머니나! 저건 내 아들이잖아? 참으로 잘 생겼구나! 커다란 몸집에 튼튼한 사지, 온몸의 다갈색 모피는 윤이 자르르 흐르는 것이 강물처럼 번뜩이는군. 커다란 두 손은 마치 쇠닻 같았다. 그러니 역도 챔피언이 될 수 있는 거지. 장하다! 내 아들아, 너무 자랑스럽구나!"

아빠 곰이 큰 소리로 울부짖었다.

"내 새끼! 아빠 여기 있다."

그러나 아빠 곰의 소리는 뭇짐승들의 환호소리에 묻혀 버려 새끼 곰의 귀에까지는 아예 닿을 수 없었다. 아빠 곰은 온 힘을 다해 동물들 틈을 비집고 새끼 곰에게 다가가려고 애썼다. 그런데 힘이 센 짐승들이 너무 많았다. 호랑이, 사자, 코끼리… 숱한 동물이 밀치며 몰려가는 바람에 아빠 곰은 앞으로 비집고 나갈 수가 없었다. 그래서 아빠 곰은 안달아 나서 발만 동동 굴렀다.

아빠 곰이 큰 소리로 외쳤다.

"나는 챔피언의 아빠입니다. 나 좀 지나갑시다. 챔피언 곁으로 다가가게 해주시오!"

그러나 모든 동물이 다 챔피언 앞으로 다가가려고 소리 지르고 환호하면서 있는 힘껏 밀쳐댔다. 아빠 곰이 뭐라고 소리 지르는지 아무도 귀를 기울이지 않았다.

아빠 곰은 뭇짐승들이 새끼 곰을 에워싸고 점점 멀어져가는 것을 눈을 뻔히 뜨고 바라보고만 있을 수밖에 없었다. 부자간에 서로 만났으면서도 가까이 다가갈 수 없는 슬픔을 참을 수 없어 아빠 곰은 하늘을 우러러보며 울부짖으며 소리 내어 엉엉 울었다.

아빠 곰은 괴로워하다가 놀라서 깼다. 꿈에 아들 곰을 보았던 것이다.

6
민둥산 꼭대기에 푸른색 한 점

겨우내 기승을 부리던 거센 바람도 이제는 맥이 소진됐는지 발걸음을 늦추고 산과 들을 가볍게 스치며 지나갔다. 눈부신 햇살이 쏟아지고 두텁게 쌓였던 눈이 녹기 시작하더니 방울방울 고여 개울이 되어 흘러내렸다. 새끼 곰은 여전히 산굴 속에서 깊은 잠에 빠져 있었다.

새끼여우가 산에 올라왔다. 새끼 곰은 보이지 않고 산굴 앞에 생선 몇 마리가 놓여 있는 것을 발견했다. 새끼여우는 속으로 생각했다. (이건 곰이 나를 위해 준비해놓은 것일 거야. 내가 곰을 보러 산에 올라오면 이 생선을 나에게 대접하려고 했을 거야!)

새끼여우는 그 생선 몇 마리를 뼈만 남기고 죄다 먹어버렸다.

"으음! 정말 맛있어!"

배불리 먹은 새끼여우는 새끼 곰의 이름을 몇 번 불러도 대답이 없자 산을 내려갔다. 새끼여우는 신기한 거울을 얻지 못해 속으로 못내 서운했다. 그 거울은 새끼여우가 겨울 내내 기다려온 것이었다!

풀들이 파릇파릇 돋아나고 갈대숲에서도 파란 새싹이 뾰족뾰족 돋아나기 시작했다. 강물 위에 덮여 있던 단단하던 얼음 층이 갈라지며 크고 작은 얼음조각이 강물 위에 둥둥 떠서 멀리 흘러가고 있었다.

물고기들이 수면 위로 머리를 내밀고 지느러미를 흐느적거리며 강물 위에 배처럼 떠내려가는 얼음조각들 가까이 다가가지는 못하고 멀리서 바라만 보고 있었다. 그러나 대담한 개구리는 마치 수영장 다이빙대 위에 오르는 듯이 떠내려가는 얼음조각 위에 폴짝 뛰어오른다. 그리고는 멋지게 사지를 쭉 펴고 풍덩하고 강물에 뛰어들어 물방울을 튕기곤 했다. 제비가 지저귀면서 분주하게 날아다니며 강가에서 진흙을 물어다 지난해에 틀었던 낡은 둥지를 손질하고 있다.

파란 물이 오르기 시작한 버드 나뭇가지가 바람에 가볍게 흔들렸다.

봄이 왔다. 대지에 생기가 넘쳤다. 토끼가 신이 나서 깡충깡충 뛰어다녔다. 고슴도치가 풀숲에서 뒹굴면서 즐거워했다. 오리들이 강물에 뛰어들어 헤엄을 치기 시작했고, 소와 양떼도 강가 풀숲을 찾아왔다. 원숭이는 또 나무 위에서 그네를 뛰기 시작했다. 강아지는 이리저리 뛰어다니면서 새로 발생한 일이 없는지를 물었다. 추운 겨울을 지나보내고 모두가 또 다시 한자리에 모였으니 다를 신이 나 있었다.

새끼 사슴이 달려오며 물었다.

"새끼 곰은 왜 보이지 않지?"

"새끼 곰은 아직도 자고 있겠지 뭐."

새끼호랑이가 말했다.

"우리 곰을 보러 산에 갈까?"

토끼의 말에 모두가 앞서 거니 뒷서 거니 하면서 산을 오르기 시작했다. 사방에서는 두텁게 쌓였던 눈이 녹아내리고 있었다. 큰 불에 타고 남은 재가 눈 녹은 물에 젖어 진흙이 되어 동물들의 발밑에서 질척질척 소리가 났다. 토끼는 특히 온 몸에 흙탕물이 튕겨 흙투성이가 되었다. 참으로 특별한 여행이었다.

"저기 좀 봐! 고슴도치가 진흙덩어리가 되었어…"

강아지가 멍멍 하고 짖어댔다.

고슴도치는 자기 걸음이 너무 늦어 뒤처질까봐 아예 땅에서 굴러가는 바람에 온몸이 진흙투성이가 되었던 것이다. 모두가 자기를 보고 웃는 걸 본 고슴도치가 말했다.

"곰을 보러 가는데 진흙덩어리가 좀 되면 어때. 산에서 내려가면 깨끗이 씻을 거야."

(고슴도치 말이 맞아. 친구를 위한 일인데 몸에 흙이 좀 묻으면 어때?)

모두가 웃고 떠들면서 산을 올라갔다. 새끼 곰의 산굴은 입구가 여전히 막혀 있는 채 그대로였다.

예상대로 새끼 곰은 산굴 안에서 자고 있었다.

"곰아! 곰아!"

모두가 소리쳐 불렀다.

우르릉 쾅! 동굴 입구를 막고 있던 바위가 젖혀지더니 새끼 곰이 하품을 하며 동굴에서 걸어 나왔다.

"어찌 된 일이니? 왜 모두가 흙투성이가 돼 있어?"

새끼 곰이 물었다.

"봄이 왔어. 날씨가 따뜻해졌어. 눈과 얼음이 다 녹았어."

모두들 한 마디 씩 마구 떠들어댔다.

새끼 곰은 하늘을 올려다보았다가 땅을 내려다보았다가 또 모두들을 바라보았다가 했다. 이렇게 많은 친구들이 자기를 보러 산에 와준 것에 너무 감동했다. 그는 무슨 말을 했으면 좋을지 몰라서 그저 벌쭉벌쭉 웃기만 했다.

"너희들에게 대접할 음식이 없어서 어쩌지. 아무 것도 없어. 너무 미안해. 노래를 불러주면 어떨까?"

새끼 곰이 미안한 기색을 지으며 말했다.

해가 솟아올랐어요. 온 세상이 붉게 물들었어요…

새끼 곰이 이제 막 한 구절을 불렀는데 강아지가 큰 소리로 외치는 소리가 들렸다.

"빨리 와봐! 산에 나무가 자라났어!"

모두가 뛰어가 보니 돌 틈에 작은 나무 묘목이 여덟 그루 자라나 있었다. 파란 나뭇잎이 돋아나 따스한 햇살을 받아 반짝반짝 빛나고 있었다. 엄마 곰이 파묻었던 호두 여덟 알이 싹이 터 작은 묘목으로 자라난 것이다. 그 묘목들은 구덩이를 막아놓은 돌 주위로 머리를 내밀고 아주 억세게 자라고 있었다. 파릇파릇 물이 오른 나뭇잎, 꼿꼿하게 뻗은 가지… 너무나도 사랑스러웠다.

황폐하던 민둥산에 나무가 자라기 시작한 것이다! 그 조그마한 푸른색 한 점이 마치 진귀한 보석처럼 모두의 관심을 끌었다. 그것은 희망이었고 아름다운 꿈이었다!

새끼호랑이가 말했다.

"작은 나무가 자라나면 산에 숲이 생길 거야. 그러면 난 산속으로 돌아올 거야."

새끼다람쥐가 말했다.

"작은 나무가 높이 자라나면 새들이 날아와 둥지를 틀 거야. 그럼 나는 나무 위에 집을 지을 거야."

새끼 원숭이가 말했다.

"작은 나무가 자라서 큰 나무가 되면 숱한 굵고 튼튼한 나뭇가지를 뻗을 거야. 그럼 난 다시 그네를 뛸 수 있을 거야."

그 작은 묘목을 본 새끼 곰은 마치 오래 동안 헤어졌던 가족을 만난 것 같았다. 그 묘목은 엄마의 소원이었고 엄마가 남긴 기대와 당부였다. 그 작은 나무의 뿌리와 잎 속에는 엄마의 생명이 깃들어 있었다!

"우리는 온 산에 푸른 나무가 가득 자라게 하자!"

동물들이 다 같이 환호했다.

새끼호랑이가 소리쳤다.

"돌 구덩이와 돌우물이 정말 많구나. 이 웅덩이들마다에서 큰 나무가 자라나겠지."

새끼 곰이 자세히 살펴보니 자기가 판 돌 구덩이와 돌우물이 마치 하늘의 뭇별들처럼 산비탈에 가득 널려 있었다. 겨우내 두텁게 쌓였던 눈이 녹아내리면서 큰 불에 타고 남은 재와 흙이 씻겨내려 돌 웅덩이마다에 가득 차고 넘쳤다. 웅덩이마다가 천연 화분이 되어 그 안에 수많은 푸른 나무가 자라날 것이다!

"웅덩이마다에서 나무가 자랄 수 있게 하자."

새끼 원숭이가 말했다.

동물들은 모두 박수를 치며 찬성했다. 산속에 환호소리가 울려 퍼졌다. 온 산에 무성한 숲이 이루어져 온통 푸른빛을 띨 수 있다면 얼마나 좋을까! 그래서 숲이 다시 동물의 보금자리가 되어 동물들이 대대손손 이곳에 머물러 살 수 있게 된다! 그것은 너무나도 아름다운 꿈이었다!

민둥산에 파란 묘목이 자라났다. 동물들은 그 좋은 소식을 산 아래에 전하기에 급급했다.

친구들을 배웅하고 작은 묘목 옆에 앉아 생각에 잠긴 새끼 곰은 저도 모르게 노래를 흥얼거렸다. 그러다가 혼잣말로 중얼거렸다.

"노래 부르는 걸 배워야겠어. 그래서 노래 부르고 싶을 때 부를 수 있게. 그런데 노래 부르는 건 너무 어렵단 말이야. 난 머리가 나쁜가봐! 바람도 부를 수 있는 노래를 난 왜 잘 부르지 못할까."

그때 바람이 산들산들 스쳐지나가면서 말했다.

"노래 부르는 건 제일 어려워. 노래 부르는 건 별로 어렵지 않아."

"무슨 뜻이에요?"

새끼 곰이 물었다.

바람이 말했다.

"뭐랄까? 노래를 잘하는 건 물론 어렵지. 어떻게 해야 노래를 잘하는 걸까? 기실은 어렵지 않아. 마음속에서 우러나오는 노랫소리라면 그 소리가 맑은 소리건 목 쉰 소리건, 높건 낮건 관계없이 진실한 감정이 넘쳐 흐르게 되거든. 그게 바로 아름다운 노랫소리인 거야. 아름다운 노랫소리는 마음의 공명을 자아내며 감정을 교류하여 서로 알지 못하던 대상과도 친구가 될 수 있게 하고 서로 미워하던 대상에 대해서도 이해할 수 있게 하거든. 몰랐어? 노랫소리는 우주공간의 공동 언어거든. 새, 짐승, 물고기, 새우, 거북이, 조개가 알아들을 수 있을 뿐 아니라 산, 물, 나무, 화초도 느낄 수 있어. 형태가 없는 구름과 바람도 아름다운 노랫소리에 빠져들 수 있거든. 구름은 폭포의 노랫소리를 제일 좋아해. 그래서 때로는 산속 개울물의 노랫소리에 푹 빠져 떠날 생각을 않기도 하지. 바람은 숲의 노래를 제일 좋아해.

그건 우렁찬 대 합창과 같은 것이거든. 가끔씩은 저도 모르게 그 하모니에 가담하기도 하지. 달은 꽃의 노래를 제일 좋아해. 노랫소리가 아무리 미세하고 가냘파도 감동을 주어 마음을 움직이거든. 꽃이 왜 부드러운 노랫소리 속에서 활짝 피어나는 걸까? 바로 그런 이치에서지. 꽃은 가장 미세한 소리인 이슬의 노랫소리에 귀를 기울일 수 있거든. 누구나다 자기만의 독특한 목소리를 갖고 있어. 노래를 부르는 건 다른 사람의 목소리를 본뜨는 게 아니야. 노랫소리에서 마음을 움직이는 힘을 느낄 수 있도록 애써봐. 그 힘이 바로 진실한 감정이 주는 아름다움이야. 그 진실한 마음만 가지고 있다면 그 누구라도 노래할 때는 다 아름다울 것이야.”

말을 마친 바람은 기지개를 쭉 켜더니 물었다.

“무슨 말인지 알아들었니?”

새끼 곰은 바람을 바라보면서 머리를 긁적였다.

“조금은 알 것 같기도 하고 또 모르는 것 같기도 해요.”

바람이 말했다.

“잘 생각해봐. 언젠가는 알게 될 거야. 네가 제일 부르고 싶은 노래를 불러. 너 자신을 감동시킬 수 있는 노래 말이야. 그러면 꼭 잘 부를 수 있을 거야. 명심해. 제일 훌륭한 스승은 너 자신의 마음이지 다른 사람의 칭찬이 아니라는 걸 말이야.”

새끼 곰이 말했다.

“많은 걸 깨달은 것 같아요. 가르침 감사해요.”

바람이 멀리 사라지자 새끼 곰은 혼잣말로 중얼거렸다.

“한 번 불러볼까.”

그리고 새끼 곰은 소리 높이 노래를 부르기 시작했다.

7
맹세에 깃든 비밀

새끼 곰은 소리 높이 목청껏 노래를 불렀다. 한 번 또 한 번 노래를 부르고나니 즐거움이 가슴에 가득 차올랐다. 노래는 행운을 가져다준다. 그건 너무나도 좋은 일이다.

"묘목아 어서 어서 자라라! 넌 우리 모두의 희망이야!"

새끼 곰이 묘목에게 속삭였다.

"작은 나무가 빨리 자라날 수 있게 내가 도울 수 있어."

어디선가 또랑또랑한 목소리가 들려왔다.

새끼 곰이 주위를 둘러봤지만 달빛만 민둥산을 비추고 있을 뿐 주위는 고요했다.

"넌 누구니?" 새끼 곰이 큰 소리로 물었다.

"난 산의 요정이란다. 깊은 산속 어디에나 내가 있거든."

새끼 곰이 고개를 들어 보니 눈부신 초록빛 한 점이 보였다. 마치 잎이 무성한 작은 나무 같기도 하고 아름다운 꽃송이 같기도 하였으며 떠다니는 초록빛 구름 같기도 했다. 그것은 소녀의 드레스였다. 그 소녀의 얼굴은 달덩이 같고 눈은 반짝이는 별 같았으며 사랑스러운 웃음은 마치 활짝 핀 빨간 장미 같았다.

"작은 나무를 빨리 자라나게 네가 도울 수 있다는 말이지. 너무 잘됐어."

새끼 곰이 기뻐하며 말했다.

"그러나 나에게 한 가지만 약속해줘."

산의 요정이 말했다.

"그게 뭐든 얼마든지 약속할 수 있어."

새끼 곰이 단호하게 말했다.

"산을 잘 지켜줘. 산 속의 보물을 아무도 절대 가져가지 못하게."

"그래. 꼭 그럴게."

온 몸이 초록빛인 산의 요정 소녀가 호두나무 묘목 주위를 빙빙 돌기 시작했다. 산의 요정은 긴 팔소매를 휘저으며 반짝이는 금가루를 묘목 위에 흩뿌리고 초록빛 드레스로 따스한 바람을 일구었다. 해맑은 웃음소리가 민둥산에 울려 퍼졌다. 잠깐 사이에 호두나무 묘목이 쑥쑥 자라났다. 나무줄기가 높고도 굵게 자라고 나뭇가지가 쭉쭉 뻗어나갔으며 나뭇잎이 무성해지더니 어느새 여덟 그루의 커다란 호두나무로 자라났다. 산의 요정 소녀가 또 큰 호두나무에 반짝이는 금가루를 뿌리자 순식간에 나무 위에 초록빛 열매가 주렁주렁 열렸다. 처음에는 앵두만한 크기이던 열매가 잠깐사이에 계란만큼 커졌다. 동그랗고 탐스러운 초록빛 호두가 마치 초롱처럼 나뭇가지에 대롱대롱 가득 매달렸다. 여덟 그루의 호두나무가 커다란 나무그늘을 만들었다. 나뭇잎 틈새로 내리 비추는 달빛이 마치 점점이 은 조각 같았다.

새끼 곰은 주위가 따뜻하고 깨끗해진 것 같은 느낌이 들었다. 얼마나 아름다운 산속의 달밤인가!

산의 요정 소녀는 춤추기를 멈추고 웃으면서 말했다.

"약속 잊지 마."

새끼 곰은 연신 고개를 끄덕이면서 말했다.

"잊을 리 없어. 우리 아빠가 그러셨거든. 우리 불곰 가족은 말하면 꼭 말한 대로 한다고. 그리고 너와 약속하지 않았어도 난 산을 지킬 거거든."

산의 요정 소녀가 말했다.

"넌 믿음직한 친구야. 단 탐욕스러운 놈들을 방비해야 돼. 세상에서 제일 무서운 게 탐욕과 잔인함이거든. 산에서 보물을 캐려는 놈들은 언제나 있어."

새끼 곰이 말했다.

"나는 온 산에 호두나무를 심어 산 전체를 호두산으로 만들 거야. 그러면 아무도 와서 산을 파헤치지 못하겠지. 아참. 이 나무 위에 열린 호두를 씨앗으로 삼아 심어도 돼?"

산의 요정 소녀가 말했다.

"물론이지. 이건 다 익은 열매거든. 게다가 신기한 힘이 있어 심기만 하면 바로 큰 나무로 자라날 수 있어."

새끼 곰은 너무 좋아서 손뼉을 짝짝 치면서 연신 소리쳤다.

"너무 좋아. 우리 산이 호두산으로 변할 수 있어."

새끼 곰은 즐거운 나머지 저도 모르게 노래가 흘러나왔다.

무슨 산?

호두산

탐스러운 열매가 온 산에 열렸네.

무슨 산?

푸른 산

온 몸에 초록빛 옷 입었네.

산의 요정 소녀가 말했다.

"날 보았다고 아무에게도 말하면 안 돼. 우리 비밀도 말하면 안 돼. 알겠니? 난 널 믿어. 그러니 너도 신용을 지켜. 명심해. 네가 신용을 저버리면 호두나무는 다 말라 죽는다는 걸 말이야."

"나 꼭 비밀을 지킬게."

새끼 곰이 다짐했다.

새끼 곰이 호기심에 차 물었다.

"넌 호두나무를 순식간에 큰 나무로 자라나게 할 수 있으면서 왜 너 자신은 크지 않는 거니?"

산의 요정 소녀가 웃으면서 말했다.

"알려줄 테니 잘 들어. 산의 요정은 영원히 젊은 채로 있어. 늙지도 죽지도 않거든. 산의 요정은 생명이 있는 모든 것을 아끼고 그들을 해치지 않기 때문이란다.

너 그거 알아? 즐거움은 항상 내 곁에 있다는 것을. 난 꾸준히 창조하여 세상이 더 아름다워지게 하거든. 아무 것도 얻으려고 하지 않고 남에게 주려는 생각만 하고 있어.

이것이 바로 산의 요정이 영원히 젊음을 유지할 수 있는 비결이란다. 내 나이는 수백 살이 넘었어. 상상도 못했지?"

새끼 곰은 깜짝 놀랐다. 이 소녀가 수백 살이라니? 정말 꿈을 꾸고 있는 것만 같았다.

새끼 곰이 어리둥절해서 생각에 빠져 있는 동안 산의 요정 소녀는 이미 어디론가 사라져버렸다.

밤빛이 어렴풋이 깔리고 주위는 쥐 죽은 듯 고요했다. 새끼 곰은 호두나무에 등을 기대고 앉아 꿈속에 빠져들었다.

이튿날 숱한 친구들이 작은 묘목을 보려고 산에 올라왔다. 그런데 이게 웬 일일까! 동물들은 모두 놀라 어리둥절해졌다.

여덟 그루의 무성한 호두나무가 온 산비탈을 가득 메우고 있는 게 아닌가. 새파란 호두가 가지마다에 주렁주렁 열려 바람 속에서 흔들거리고 있었다. 헤아릴 수도 없이 많은 작은 방울들 같았다. 이게 대체 어찌된 일이지?

"곰아, 곰아, 어서 일어나. 얘기해봐. 어떻게 된 일이니?"

새끼 곰은 눈을 비비며 주위를 둘러보고 또 여덟 그루의 튼튼하게 자란 호두나무를 바라보더니 어리둥절한 표정으로 말했다.

"나 지금 꿈을 꾸고 있는 건가?"

새끼다람쥐가 말했다.

"넌 이미 깼어. 봐봐. 우리 모두 너의 눈앞에 있잖니."

새끼호랑이가 말했다.

"너 발을 한 번 물어봐. 아프면 꿈이 아닌 거야. 한 번 해봐. 신통하거든."

새끼고슴도치가 말했다.

"아니면 내가 뾰족한 가시로 널 한 번 찔러볼까?"

새끼 곰은 산의 요정 소녀에게 한 약속이 생각났다. 이 여덟 그루의 호두나무는 진짜였다. 너무나도 신기한 일이었다!

새끼 곰이 신이 나서 울부짖었다.

"어서 호두를 따서 구덩이를 파고 심자! 산을 호두산으로 만들자!"

"좋아! 산을 호두산으로 만들자."

새끼원숭이와 새끼다람쥐가 나무 위로 기어 올라가 호두를 따기 시작했다. 탱탱한 호두가 후드득후드득 땅에 떨어져 이리저리 나뒹굴었다.

동물들은 호두를 주워 구덩이마다에 하나씩 심었다. 구덩이에는 눈 녹은 물이 고이고 물에 씻겨 내려온 흙먼지가 쌓여 부드러운 토양층이 형성되었다. 신기한 것은 호두를 구덩이에 심기 바쁘게 싹이 트기 시작하더니 구덩이마다에 호두를 다 심었을 때는 온 산이 호두나무숲으로 변해 있는 것이었다. 튼튼한 나무줄기에서 숱한 나뭇가지가 뻗어져 나왔고 푸른 잎이 무성하였으며 탐스러운 열매가 주렁주렁 달렸다… 맙소사! 동물들은 모두 눈이 휘둥그레져서 입을 딱 벌린 채 두리번거렸다. 다들 너무 놀라 멍해졌다.

새끼 곰도 그 기적이 진짜 사실이라는 게 믿어지지 않았다. 어찌 된 일이냐며 캐어묻는 동물들 앞에서 새끼 곰은 뭐라고 대답해야 할지 몰라 입을 벌린 채 멍하니 서 있을 뿐이었다. 한참이 지나서야

"오… 호두산!"

하고 한 마디만 부르짖었다.

동물들은 모두 이게 어찌된 일이냐고 계속 캐물었다.

"곰아! 곰아! 빨리 얘기해봐. 이게 어찌된 일이니?"

그러나 새끼 곰은 대답할 수가 없었다. 비밀을 반드시 지켜야 했으니까. 그러나 동물들은 쉽게 물러나지 않았다. 계속 끈질기게 캐물었다.

새끼 곰은 급해서 큰 소리로 울부짖었다.

"그만들 물어봐! 어서 숲으로 이사를 하지 않고 뭐해!"

그 소리에 동물들은

"참, 그렇지! 호두산에 숲이 우거졌는데 빨리 살 집을 마련하지 않고 뭐하고 있는 거야?"라고 하면서 뿔뿔이 흩어져 자기 보금자리를 틀 곳을 찾느라 분주했다.

새끼 곰이 너무 즐거워 막 노래를 부르려고 할 때 백조가 허둥지둥 날아와 내려앉았다.

새끼 곰은 신이 나서 소리쳤다.

"백조야, 이것 좀 봐! 호두산이야…"

백조가 날개를 퍼덕이면서 말했다.

"그래! 그래! 온 산에 푸른 나무가 자라나 너를 찾느라고 얼마나 헤맸는지 몰라. 이게 대체 어찌된 일이니?"

새끼 곰이 난감한 기색을 지으며 말했다.

"그건 말해줄 수 없어. 그렇다고 화내는 건 아니지?"

"왜 말해주면 안 되는데?"

"친구랑 약속했거든. 비밀을 지켜주겠다고."

"약속했으면 지켜야지. 성실하고 신용을 지키는 건 미덕이야. 더 이상 묻지 않을게."

새끼 곰이 감격에 찬 목소리로 말했다.

"고마워. 백조야. 넌 나의 가장 믿음직한 친구야."

백조가 말했다.

"너에게 중요한 일을 알려주려고 왔어. 너의 아빠를 찾았어!"

"진짜?"

새끼 곰은 너무 좋아서 풀쩍풀쩍 뛰며 온 몸을 부르르 떨었다.

그리고는

"아빠는 왜 나를 보러 오지 않는대?"

라고 슬프게 물었다.

"아빠는 돌아올 수 없어!"

백조가 괴로워하며 고개를 떨어뜨렸다.

8
아빠, 내가 왔어요

"아빠에게 무슨 일이 생겼어?"

새끼 곰이 다급히 물었다.

"너의 아빠가 다쳤어."

백조가 대답했다.

"아빠는 어디 있어?"

새끼 곰이 물었다.

"동물원에 있어."

백조가 대답했다.

원래 아빠 곰은 늑대의 일을 봐주고 있었다. 늑대의 명품회사가 많은 동물을 고용해 일을 시키고 있었던 것이다. 그들은 무거운 광석을 켜서 여러 가지 보석을 다듬어서는 금은 장신구들을 제련하는 일을 했다.

일하던 동물이 다치거나 혹은 늙어서 일을 못하게 되면 늑대가 경영하는 동물원으로 보내져 유람객들에게 관람시키곤 했다. 동물원 입장권이 비쌌기 때문에 동물들을 계속 보충해야 했다. 그래서 늑대는 가끔씩 어린 동물들도 동물원에 가두곤 했다.

누구든 검은 심보의 늑대를 만나는 건 불행한 일이었다.

아빠 곰은 돈을 벌어 선물을 사가지고 집에 오려고 늑대의 회사에 가서 일하다가 부상을 당했으며 그래서 동물원 우리 안에 갇히게 되었던 것이다. 아빠 곰은 매일 아들을 부르며 슬픔의 눈물을 흘렸지만 우리에서 벗어날 방법이 없었다.

새끼 곰은 아빠가 처한 상황을 알고 아빠를 구하러 가기로 작심했다.

백조가 하늘을 날면서 길을 안내하고 새끼 곰은 한 걸음씩 땅에서 걷는 수밖에 없었다. 마음에서는 불길이 이는 듯 애가 탔고 걸음은 무거웠다. 두 다리 걸음으로는 백조의 속도를 따라잡을 수 없었다.

백조는 곰을 기다려주느라고 한참 날다가는 멈추고 날아올랐다가 내려앉았다 하며 가다보니 너무 지쳤다. 그러나 달리 방법이 없었다.

그렇게 무거운 곰을 백조가 등에 태우고 날아갈 수도 없는 노릇이 아닌가!

새끼 곰은 좀 더 빨리 뛰고 싶었다. 그러나 얼마 뛰지 못하고 숨이 차서 헐떡거렸다.

"난 너무 우둔해. 뜀박질도 빨리 하지 못해. 새로 변해서 날아갈 수 있으면 얼마나 좋을까."

새끼 곰은 자기에게 날개가 없는 것이 한스러웠다.

새끼 곰이 걸음을 빠르게 옮기려고 애쓰며 앞으로 달려가고 있는데 난데없이 큰 강이 앞을 가로막았다. 출렁출렁 흘러가고 있는 강물은 어디가 끝인지 보이지 않았다. 강 위에는 다리도 없었고 배도 없었다. 어떡하지? 강물에 뛰어들어 건너는 수밖에 없었다. 새끼 곰은 물살이 세지 않은 구간을 골라 강을 건너려고 했다. 그때 강가에 한 할아버지가 앉아 있는 게 보였다. 그 할아버지는 귀밑머리가 희끗희끗하고 깡마른 몸매였다. 그는 떨리는 목소리로 새끼 곰에게 말을 건넸다.

"새끼 곰아, 날 업어 강을 건널 수 있겠니?"

"물론 되죠."

새끼 곰은 흔쾌히 대답하면서 할아버지 앞에 쭈그리고 앉았다.

"제 어깨를 꼭 잡으세요. 강을 건널 때 굴러 떨어지면 절대 안 되니까요. 강물에 빠지기라도 하면 목숨을 잃을 수도 있어요."

할아버지는 새끼 곰의 등에 엎드렸다. 새끼 곰은 한 걸음씩 조심스럽게 강을 건너기 시작했다. 절반쯤 건넜을 때 할아버지가 갑자기 특별히 무거워진 것 같았다.

새끼 곰은 눌려 숨도 쉴 수 없을 지경이었다. 그렇게 깡마른 노인이 왜 갑자기 그렇게 무거워졌는지 새끼 곰은 알 수 없었다.

그때 할아버지가 말했다.

"물살이 세서 혼자 강을 건너는 것도 힘에 부칠 텐데 나까지 업고 어떻게 걸을 수 있겠어? 넘어지기라도 해서 강물에 휩쓸리면 목숨을 잃을 수도 있어. 나를 그냥 강물에 버려. 그래야 넌 목숨을 부지해 강을 건널 수 있어."

새끼 곰이 말했다.

"그러면 안 되죠! 전 할아버지를 버릴 수 없어요. 그리고 연로하고 몸이 약한 할아버지가 얼음 섞인 강물에 할아버지 발과 다리가 얼까봐 걱정이에요. 할아버지는 내 목에 올라타세요. 제가 할아버지를 어깨 위에 태우고 갈게요."

"넌 참으로 착한 곰이구나."

라고 할아버지가 말하면서 새끼 곰의 어깨 위로 기어 올라가 그의 목위에 타고 앉았다.

새끼 곰이 말했다. "제 머리를 단단히 잡고 앉으세요. 굴러 떨어지지 않게요!"

그런데 참으로 신기했다. 할아버지가 갑자기 너무 가벼워진 느낌이 들었다. 마치 무게가 없는 것처럼. 얼마 안 가 새끼 곰은 강 건너편에 당도할 수 있었다.

새끼 곰은 할아버지를 강 언덕에 조심히 내려놓고 말했다.

"몸을 움직여보고 떠나세요. 저는 빨리 가서 아빠를 구해야 해서요."

그때 백조가 내려앉으면서 다급하게 말했다.

"우린 날이 밝기 전에 목적지에 도착해야 돼. 늦으면 너의 아빠를 구할수 없을 뿐 아니라 너의 목숨까지도 위험해진단 말이야. 그리고 대낮에 도시에서는 나도 낮게 날 수 없거든."

새끼 곰이 초조해하며 말했다.

"그럼 어쩌지? 난 뛰어가도 너무 늦은걸. 날개라도 달려 날 수 있으면 얼마나 좋을까!"

할아버지가 말했다.

"너에게 주문을 세 구절 가르쳐주마. 잘 기억해뒀다가 외우면 몸이 커졌다가 작아졌다 할 수가 있어."

할아버지가 입속으로 중얼거렸다.

하늘도 빙글빙글
땅도 빙글빙글
아름다운 소원이 이루어진다.
변해라!

새끼 곰은 자기 몸이 자꾸자꾸 작아지는 것을 느꼈다… 마지막엔 손가락 만해졌다. 그는 너무 놀라 소리를 질렀다. 그런데 그 소리는 마치 모기소리처럼 미약해 거의 들리지 않을 지경이었다. 그는 백조의 다리를 꼭 껴안았다. 백조는 날개를 퍼덕이며 날아오르기 시작했다.

할아버지가 뒤에서 소리쳤다.

"주문을 꼭 기억해! 난 하백이야. 행운을 빈다. 착한 곰아!"

새끼 곰은 할아버지에게 감사를 표하였지만 목소리가 너무 미세하여 할아버지가 알아들었는지 알 수가 없었다. 백조가 밤하늘로 날아올랐다. 하백은 어둠 속으로 사라져 버렸다.

새끼 곰은 난생 처음 밤하늘을 날고 있었다. 마치 별이 바로 옆을 스쳐 지나가는 것 같았다. 그는 놓칠세라 백조의 다리를 꼭 붙잡고 있었다.

높은 하늘은 바람이 너무 차가웠다. 차가운 강물보다도 더 깊이 뼛속을 파고들었다. 그러나 그는 이를 악물고 버텼다. 그러면서 계속 백조를 격려하면서 노래를 불렀다.

별도 밝고 달도 밝아
백조를 위해 초롱불 밝혔네.
바람도 가벼이 구름도 가벼이
백조를 멀리멀리 날려 보내네.

백조가 갑자기 아래로 급강하하기 시작했다. 새끼 곰은 백조가 먼 길을 날아 지친 줄 알았다. 그런데 한 쇠 우리 밖에 내려앉았다.

"아빠 곰! 아들이 구하러 왔어요."

백조가 우리 안에 대고 소리쳐 불렀다.

노쇠한 곰 한 마리가 몸을 움직이려고 애썼으나 몸을 일으킬 수 없어 땅바닥에 엎드린 채 다급하게 물었다.

"어디? 어디 있는데?"

그러나 목소리는 메마르고 가라앉았다.

"여기! 바로 눈앞에 있어요."

백조가 대답했다.

"아빠! 나 왔어요. 사랑하는 아빠…"

새끼 곰이 들뜬 목소리로 계속 불렀다. 그러나 그 목소리는 너무 미약해 마치 모기소리처럼 앵앵거렸다.

"어디 있어? 내 아들, 왜 네가 보이지 않는 거니?"

아빠 곰이 울먹이면서 울부짖었다.

"나 여기 있어요! 바로 아빠 눈앞에."

새끼 곰이 있는 힘을 다해 외쳤다. 그러나 땅콩 껍데기 만해진 새끼 곰이 아빠 곰의 눈에 보일 리 없었으며 그 목소리도 들릴 리 없었다.

"난 커질 거야. 아빠를 구할 거야! 지금 바로 주문을 외워야겠어!"

새끼 곰이 주문을 막 외우려고 하는데 백조가 말렸다.

"잠깐만! 우리 먼저 방법을 대서 우리 문부터 열어야 해. 만약 네가 커지면 우리 안에 들어갈 수가 없어. 밖에서는 빗장을 열 수가 없어!"

새끼 곰은 백조의 말에 따라 우리 안으로 기어들어갔다. 우리 문은 잠금쇠로 잠그지 않고 굵고 든든한 쇠 빗장을 끼워놓았을 뿐이었다. 쇠 빗장만 열면 우리 문을 열 수 있었다.

새끼 곰과 백조가 있는 힘을 다해 쇠 빗장을 뽑으려고 했지만 그 쇠몽둥이가 너무 무거워 백조와 새끼 곰의 힘으로는 턱없이 부족했다.

새끼 곰은 서둘러 주문을 외웠다.

하늘이 빙글빙글

땅이 빙글빙글

아름다운 소원이 이루어진다.

변해라!

새끼 곰은 몸이 점점 커지기 시작했다…

"내 아들…"

아빠 곰이 새끼 곰을 품에 와락 껴안으며 통곡했다. 새끼 곰도 설움이

북받쳐 울음을 터뜨렸다.

"어서 우리 문을 열고 동물원에서 빠져나가자!"

백조가 소리쳤다. 새끼 곰은 얼른 몸을 돌려 빗장을 뽑았다. 백조도 힘써 도왔다.

빗장이 거의 다 빠지려고 할 때 백조가 당황하며 소리쳤다.

"큰일 났어! 늑대가 오고 있어!"

백조는 황망히 하늘로 날아올랐다.

9
위급해지면 지혜가 생긴다

늑대와 여우가 손에 전기 곤봉을 들고 걸어오면서 소리를 질렀다.

"야간 순찰이다! 점호를 하겠다."

늑대가 다가오는 것을 본 새끼 곰은 서둘러 주문을 외웠다.

하늘이 빙글빙글

땅이 빙글빙글

아름다운 소원이 이루어진다.

변해라!

새끼 곰은 몸이 점점 작아지기 시작했다.⋯ 늑대가 앞에까지 다가왔을 때 새끼 곰은 몸이 또 다시 손가락 만해져 마치 땅콩 껍데기 같이 되었다. 바로 옆에 나뭇잎이 하나 있었으므로 새끼 곰은 나뭇잎 아래 몸을 숨겼다. 늑대가 어리둥절해 있더니 몸을 돌려 여우에게 말했다.

"이상하네. 방금 전에 여기서 흰 새 한 마리가 하늘로 날아오르는 걸 분명히 보았는데. 그리고 덩치가 큰 곰도 한 마리 우리 앞에 서있는 것 같았는데 왜 갑자기 없어졌지?"

여우는 빨리 돌아가서 잠잘 생각에 마음이 급해서 얼른 대답했다.

"곰은 우리 안에 멀쩡하게 누워있습니다."

늑대가 말했다.

"곰은 애초에 일어설 수도 없잖아. 문 앞에 서 있었던 건 다른 곰이라니까." 여우가 말했다.

"혹시 나무 그림자가 아니었을까요? 잘못 보셨을 겁니다."

늑대가 담배를 붙여 물더니 새끼 곰 옆에서 담배를 피우기 시작했다. 담배연기가 코를 자극하는 바람에 새끼 곰은 참지 못하고 그만 재채기를 하고 말았다.

늑대가 경계를 하며 물었다.

"무슨 소리지?"

그는 땅 위를 자세히 살펴보았지만 나뭇잎 하나만 있을 뿐 새끼 곰을 발견하지는 못했다.

여우가 말했다.

"아마도 새소리였을 겁니다."

늑대가 담배꽁초를 땅에 버렸다. 불이 꺼지지 않은 담배꽁초가 우리 안으로 굴러들어가 하마터면 새끼 곰을 가리고 있던 나뭇잎을 태울 뻔했다. 새끼 곰이 얼른 담배꽁초를 늑대의 발 위에 털어버렸다. 늑대는 아우~ 하고 비명을 질렀다. 내려다보니 발등의 털에 불이 붙어 타고 있었다. 늑대는 황망히 발등의 불을 끄고 주위를 둘러봤다. 아무 기척도 없는 것을 확인하고서야 시름을 놓으며 말했다.

"동물원 소득이 괜찮아서 어린 동물들을 더 구해와야겠어. 키워서 부려먹다가 늙고 병들면 동물원에 도로 돌려보내면 되지. 여우 집사 잘해봐. 자네에게 대우는 섭섭잖게 해줄 테니."

여우가 얼른 말을 받았다.

"고맙습니다! 주인님은 참으로 마음씨 좋은 주인이십니다."

늑대가 의기양양해서 입을 크게 벌리고 「늑대의 노래」를 부르기 시작했다.

가없이 넓은 하늘과 땅
온 세상은 나의 것
아름다운 모든 것을 소유하는 것이
나에겐 제일 큰 즐거움
아우~ 아우~ 아우~
이건 내 노래 내 노래

가없이 넓은 하늘과 땅
온 세상이 나의 것
아름다운 모든 것을 누리는 것이
나에겐 제일 큰 즐거움

아우~ 아우~ 아우~
이건 내 노래 내 노래

한 밤중에 들리는 늑대의 목 쉰 노랫소리가 너무 귀에 거슬렸다.
여우는 늑대의 노래가 끝나기를 기다렸다가 이어서 「여우의 노래」를 부르기 시작했다.

거센 바람이 이리 불고 저리 부는데
온 세상이 당신의 것
이 세상에 좋은 건
당신에게 몽땅 드릴거야.
우~우~우~
이건 불변의 법칙
거센 바람이 이리 불고 저리 부는데
온 세상이 당신의 것
좋은 걸 발견하면
하루 빨리 달려가 알릴거야.
우~우~우~
이 법칙 명심하리.

늑대와 여우가 멀어져갔다. 새끼 곰은 그제야 나뭇잎 아래서 뛰어나왔다. 그리고 허리도 쭉쭉 펴보고 다리도 차본 뒤 우리 대문 앞에 서서 주문을 외웠다.

하늘이 빙글빙글
땅이 빙글빙글
아름다운 소원이 이루어진다.
변해라!

그러자 새끼 곰은 몸이 점점 커졌다… 마지막에는 원래 새끼 곰의 모습으로 돌아왔다. 그때 백조가 날아 내리더니 새끼 곰을 도와 우리 대문을 열어 젖혔다.

"늑대와 여우가 잠든 틈을 타서 날이 밝기 전에 빨리 동물원을 빠져나가야 해." 백조가 새끼 곰에게 귀띔했다. 새끼 곰은 아빠 곰을 들쳐 업고 밖으로 내달았다. 다행이 밤빛이 짙어 주위의 모든 사물이 어렴풋하게만 보였기 때문에 아무도 그들을 발견하지 못했다. 백조가 앞에서 길을 안내하고 새끼 곰이 힘겹게 발걸음을 옮겨놓으면서 동물원 우리에서 도망쳐 나왔다.

10
누가 함정에 빠졌을까?

아빠 곰은 무사히 큰 산으로 돌아왔다. 무성한 푸른 호두나무숲을 본 그는 감탄해 마지않았다. 얼마나 아름다운 삶의 보금자리였던가!

숱한 동물들이 아빠 곰을 둘러싸고 위안과 축복의 말을 해주고 새끼 곰을 총명하고 용감하다고 칭찬했다.

그때 새끼여우가 허둥지둥 달려와 말했다.

"큰일 났어! 늑대가 아빠 곰을 잡으러 왔어."

새끼호랑이가 물었다.

"아빠 곰이 산에 돌아온 걸 늑대가 어떻게 알았을까?"

새끼여우가 말했다.

"우리 아빠가 늑대에게 얘기했어!"

새끼다람쥐가 물었다.

"아빠여우는 아빠 곰이 산에 돌아온 걸 어떻게 알았을까?"

새끼여우가 말했다.

"우리 엄마가 우리 아빠에게 얘기했어!"

새끼고슴도치가 물었다.

"엄마여우는 아빠 곰이 산에 돌아온 걸 어떻게 알았을까?"

새끼여우가 말했다.

"내가 우리 엄마에게 얘기했어."

"엉?!" 모두가 놀라서 이구동성으로 소리를 질렀다.

새끼 원숭이는 화가 나서 울부짖었다.

"여우야! 네가 아빠 곰을 배신했구나. 가증스러운 놈!"

새끼여우는 엉엉 울기 시작했다.

새끼 곰이 말했다.

"여우가 일부러 그랬겠니. 이렇게 소식을 전하러 왔잖아. 여우는 우리를 도와주려는 거야!"

새끼여우가 말했다.

"그래! 나 소식 듣자마자 바로 뛰어왔어. 늘대는 또 작은 동물들을 더 많이 잡아가려고 해!"

엄마사슴이 말했다.

"빨리 늑대를 막을 준비를 해야 돼. 늦으면 손쓸 틈이 없어."

엄마토끼가 말했다.

"우리 함정을 파자. 늑대를 함정에 빠뜨리는 거야."

새끼원숭이가 말했다.

"늑대가 산을 오를 때 어느 길로 오는지 누가 알고 있어?"

새끼여우가 말했다.

"늑대가 여기 자라난 여덟 그루의 호두나무를 보러 올 거래."

아빠 곰이 말했다.

"그럼 여기 여덟 그루 호두나무 주변에 함정을 파자. 그리고 내가 여덟 그루 호두나무 아래에 앉아 있을게. 그러면 늑대는 틀림없이 그 함정에 빠질 거야."

엄마사슴이 말했다.

"좋은 생각이에요. 모두들 빨리 움직입시다!"

저녁 무렵 모두가 힘을 합쳐 함정을 다 팠다. 여덟 그루의 호두나무를 빙 둘러 참호처럼 깊은 함정을 팠다. 그리고 그 위에는 나뭇가지와 싱싱한 풀을 덮어놨다. 해가 지고 어둠이 깃들었다. 한 동물이 주위를 두리 번거리면서 산을 올라오고 있었다. 동물들은 모두 흩어져 숨었다.

그 동물이 슬금슬금 여덟 그루의 호두나무가 있는 곳으로 다가오는가 싶더니 풍덩 하고 함정에 빠져들었다.

아빠 곰이 큰 소리로 울부짖었다.

"잡았다!"

새끼여우가 제일 먼저 함정 변두리로 달려갔다. 그런데 함정 안을 들여 다보던 새끼여우는 깜짝 놀랐다. 에구머니! 함정에 빠진 건 자기 아빠가 아닌가!

새끼호랑이가 울부짖었다.

"함정에 돌을 던져. 뭉개버려!"

새끼여우가 울면서 말했다.

"그러지 마! 돌을 던지지 마. 우리 아빠가 함정에 빠졌어."

동물들이 모두 모여들었다. 아빠여우가 가엾은 모습으로 애걸했다.

"나 좀 꺼내줘요! 늑대가 아빠 곰을 잡아오라고 시켰어요."

새끼 원숭이가 말했다.

"지금 꺼내주면 또 늑대를 도와 모두를 해칠 거잖아요."

아빠여우가 말했다.

"날 꺼내줘도 난 늑대에게 돌아갈 수 없어. 늑대가 나를 해칠 거야. 그 리고 날 동물원에 가둘 거야. 그럼 난 영원히 나오지 못할 거거든. 날 믿어줘. 난 온 집안 식구를 데리고 여길 떠나 아주 멀리 가서 살 거야. 그래서 늑대가 다시는 날 찾지 못하게 할 거야.

거짓말 아니야. 약속할게."

새끼여우가 말했다.

"나도 약속할게요."

새끼 곰이 말했다.

"그럼 아빠여우를 함정에서 꺼내주자."

새끼 곰이 광주리에 줄을 묶어 함정에 드리워 넣었다. 아빠여우가 광주리에 앉자 모두가 힘을 합쳐 위로 끌어올리기 시작했다. "영차! 영차…" 아빠여우가 함정에서 나왔다. 그는 미안하고 창피해서 말했다.

"난 늑대 곁으로 절대 돌아가지 않을 거야. 날 용서해줘서 고마워. 그럼 안녕."

새끼여우가 아쉬움이 가득한 얼굴로 작별인사를 하고 아빠여우를 따라 산을 내려갔다.

그때 새끼 곰이 새끼여우를 쫓아가 투명하고 반들반들한 작은 돌멩이를 새끼여우에게 주며 말했다.

"신기한 거울을 찾지 못했어. 대신 강에서 반들반들한 작은 돌멩이를 찾았어. 이 돌멩이에 너의 모습을 비춰볼 수 있어. 너에게 줄게!"

새끼여우가 고개를 끄덕이며 투명하고 반들거리는 작은 돌멩이를 받으며 말했다.

"고마워, 마음씨 착한 곰아."

아빠여우와 새끼여우의 모습이 사라지자 아빠 곰이 무거운 마음으로 말했다.

"모두들 조심해. 늑대가 직접 올 수 있어!"

엄마사슴이 말했다.

"우린 항상 경계를 늦춰서는 안 돼. 무슨 상황이라도 생기면 바로 새끼곰에게 알리는 걸로 하자."

동물들이 모두 흩어져 갔다. 새끼 곰은 나무 한 그루를 찍어 참호 위에 이동식 나무다리를 놓았다. 아빠 곰은 그 다리를 이용해 참호를 건너 여덟 그루의 호두나무 아래서 걸어 나오기도 하고 나무 아래로 걸어 들어가기도 했다.

달빛 아래서 새끼 곰은 아빠 곰을 업고 숲 속을 한 바퀴 돌았다. 그리고 커다란 바위 위에 앉아 새끼 곰은 아빠 곰에게 말했다.

"저에게 어떤 물건이 하나 있는데 그것이 무엇인지 모르겠어요."

새끼 곰이 큰 바위 밑에서 반짝이는 돌멩이를 하나 꺼냈다. 주먹만 한 크기에 푸른빛을 띤 투명하고도 반들반들한 돌이었는데 묵직하고 반짝반짝한 것이 참으로 귀여웠다.

아빠 곰이 놀라며 물었다.

"이건 어디서 난 거니?"

새끼 곰이 말했다.

"저 절벽 아래서 돌 구덩이를 팔 때 캐낸 거예요."

아빠 곰이 말했다.

"이건 진귀한 보석이야. 내가 늑대의 회사에서 일할 때 본 적이 있어."

새끼 곰이 물었다.

"보석이요? 이걸 어디다 둘까요?"

아빠 곰이 말했다.

"깊이 묻어버리자. 이 산 속에 보석이 묻혀 있다는 걸 아무에게도 말하지 말자. 그렇잖으면 모두가 보물을 캐려고 산으로 들어올 거잖아. 그러면 이 산이 다 파헤쳐져 또 다시 황폐해질 거야. 보물은 항상 허영과 연결되게 되거든. 게다가 탐욕과 재난을 부르게 되지. 이 무성하고 울창한 호두산은 대대손손 자손들에게 물려줄 풍성한 식량이란다."

새끼 곰은 진귀한 보석을 깊은 돌 구덩이 속에 묻고 그 위에 흙을 덮은 뒤 호두나무를 심었다. 아무도 그 진귀한 보석을 볼 수 없을 것이다. 그렇게 하는 것은 아빠 곰의 소원이었다. 또 그래야만 새끼 곰이 산의 요정 소녀에게 한 약속을 지킬 수 있도록 보장할 수 있었다.

달빛이 물처럼 흐르고 나무 그림자가 아른거렸다. 새끼 곰은 흥에 겨워 노래를 부르기 시작했다. 노랫소리가 온 산에 울려 퍼졌다. 우렁차고 그윽한 노랫소리가 마치 큰 종소리처럼 구름층을 뚫고 멀리 울려 퍼졌다. 그것은 새끼 곰 마음 속 깊이에서 우러나오는 울부짖음이었다.

겹겹의 산 갈래 갈래의 비탈
온 산의 푸른 나무에 열매가 주렁주렁
하나의 열매에 하나의 마음
산과 너와 나를 이어주는
숲은 우리의 사랑하는 보금자리
아름다운 소원, 아름다운 새 삶을 창조하리.

아침노을이 눈부시다. 햇살이 짙푸른 호두산을 비추고 있다. 샘물이 솟아나고 풀이 무성했다. 나비가 춤을 추고 새들이 지저귀었다. 동물들이 뛰놀고 바람이 즐겁게 웃었다. 새끼 곰의 노랫소리가 숲속에 울려 퍼졌다. 모두는 그의 노래를 듣기 좋아했다.

코끼리가 말했다.

"곰은 성악가가 될 거야."

새끼 곰은 그저 헤벌쭉 웃기만 했다. 이제 그는 성악가가 되는 것에 더 이상 연연하지 않았다. 그의 노래가 모두를 기쁘게 할 수 있는 것만으로 그는 즐거울 뿐이었다.

받으려는 마음 대신 오로지 남에게 베풀고자 하는 마음을 가질 수 있다면 항상 즐거울 것이라고 생각했다.

새끼 곰은 즐거운 곰이었다.

Part
9

밤나무골

밤나무골

1
소중한 상품

다람쥐 요요(优优)는 춤추기를 좋아한다. 무용가가 되는 것이 요요의 꿈이다. 그런데 누굴 스승으로 모시고 배워야 할까?

봄바람이 불어온다. 온갖 꽃들이 만발하고 나비들이 날아다닌다. 다람쥐는 나비에게서 춤을 배우고 싶었다. 나비는 날개를 팔락이며 춤을 추는데 꽃망울 위에 내려앉기도 하고 꽃가지 위에 멈추기도 하며, 날 때는 마치 화사한 꽃잎과도 같아 춤을 추는 모습이 너무나도 아름다웠다. 다람쥐에게는 아름다운 날개가 없었기 때문에 앞발을 날개로 삼아 춤을 출 수밖에 없었다.

나비가 말했다.

"날개 없이 어떻게 춤을 추니? 넌 가서 높이 뛰기며 멀리 뛰기나 배우렴."

그래도 다람쥐는 계속 춤을 배우겠다고 고집을 부렸다. 나비는 하는 수 없이 다람쥐에게 굽히기, 돌리기, 몸 뒤집기, 몸을 뒤로 젖히기 등 여러 가지 허리동작을 가르쳐주었다. 다람쥐는 너무 힘이 들어 온몸이 땀

투성이가 되었다. 고요한 밤 달빛이 물처럼 흐르고 뭇별들이 반짝이고 있다. 백조가 호수에서 물장난을 하면서 춤을 추고 있다. 흘러가는 흰 구름 같은 그 모습이 너무나도 아름다웠다! 다람쥐는 백조에게서 춤을 배우고 싶었다. 그런데 다람쥐는 물 위에 떠 있는 우아한 춤동작을 따라 할 수가 없었다.

눈부신 햇살이 강물 위에 쏟아진다. 강물은 마치 반짝이는 금가루를 덮어쓴 것처럼 반짝이면서 먼 곳으로 흘러가고 있다. 파도가 일렁이면서 수면 위에 크고 작은 파문을 일군다. 물속에서 비단잉어가 춤을 추고 있다. 물속으로 가라앉았다가 떠올랐다 하기도 하고 솟구치기도 하며 빙글빙글 돌기도 하는 것이 마치 한 줄기의 흐르는 빛과도 같았다. 다람쥐는 비단잉어에게서 춤을 배우고 싶었다. 그러나 다람쥐는 수영을 할 줄 몰랐다. 그래서 다람쥐는 꼬리를 이용해 높이 뛰어오르기를 익혔다.

비단잉어가 다람쥐에게 뛰어오르기 요령을 친절하게 가르쳐주었다.

"몸은 꼿꼿하게, 꼬리는 영민하게, 동작은 민첩하게, 착지점은 눈으로 정확하게 파악할 것."

다람쥐는 요령을 명심했다.

그러나 다람쥐 요요를 비웃는 동물들도 많았다. (네가 나비로 변할 수 있겠니? 백조처럼 하늘로 날아오를 수 있겠니? 물고기처럼 물속에서 헤엄칠 수 있겠니? 멍청해서 헛된 꿈을 꾸는 거지. 무용가가 되겠다고? 너무 웃겨.)

그러나 다람쥐는 낙심하지 않았다. 그는 계속 스승을 모시고 재주를 꾸준히 배워나갔다. 그는 긴팔원숭이에게서 머리를 아래로 드리우고 거

꾸로 매달리는 재주를 배웠고, 토끼에게서 멀리 뛰기를 배웠으며, 고슴
도치에게서 뒹구는 재주를 배웠고, 여우에게서 뒷다리로 일어서기를 배
웠으며, 잠자리에게서 물을 차는 재주를 배웠다.

다람쥐는 또 개구리에게서 폴짝폴짝 높이뛰기도 배웠다.

청개구리는 나무 위에 뛰어오를 수가 있다. 몸길이가 2센티미터밖에
안 되는 청개구리는 높이뛰기 능수여서 몸길이의 15배나 되는 높이까지
뛰어오를 수가 있다.

월리스날개구리는 몸이 가늘고 길며 아주 날렵하여 이 나무에서 저
나무로 비행할 수 있다. 월리스날개구리는 오리발처럼 발가락 사이에
단단한 물갈퀴가 있고 가늘고 긴 다리에는 비막이 있어 공중에서 단숨
에 12미터 거리를 비행할 수 있다. 월리스날개구리는 다람쥐에게 자신
의 활공 비결을 알려주었다.

"숨을 크게 들이쉴 것, 힘은 요령 있게, 대담하게, 세심하게, 용맹하게,
몸을 솟구칠 때 망설이지 말 것."

다람쥐는 비결을 달달 외웠다.

아침 해가 산꼭대기에서 얼굴을 내밀자 아침노을이 하늘을 붉게 물들
였다. 공작이 숲 속에서 나풀나풀 춤을 추었다. 공작은 머리를 쳐들고
목을 길게 빼들었다. 그의 병풍처럼 활짝 펼친 꽁지는 화려한 비단 같
았다. 공작의 우아한 춤 자태는 마치 선녀가 꽃잎을 뿌리는 것처럼 기품
있고도 아름다웠다. 다람쥐는 공작에게서 춤을 배우고 싶었다. 그러나
아름다운 깃털이 없었으므로 털이 보송보송한 긴 꼬리를 흔들며 춤을
연습했다.

공작이 다람쥐에게 친절하게 일러주었다.

"춤은 말이야. 마음속의 소망과 감동을 동작으로 표현하는 것이야. 그러니 춤을 어떻게 추든 다 좋아. 중요한 것은 자기 스스로 독특한 아름다움을 창조하는 것이니까."

다람쥐는 공작 선생님의 말을 명심하고 남들의 비웃음과 조롱을 아랑곳하지 않고 애써 배우고 연습했다. 그랬더니 몸이 제비처럼 점점 가벼워지는 것 같았다. 멈추면 구름 같고 움직이면 바람 같았다. 아름다운 꿈이 점차 눈앞의 현실로 바뀌고 있는 것이다.

다람쥐는 동물계 무용공연대회에 참가했다.

시상식 진행을 맡은 코끼리가 선포했다.

"다람쥐가 무용대회 1등의 영예를 안았습니다. 주목해주세요. 상품은 수수께끼 안에 있는 물건입니다. '나무함 하나, 쪼갤 수 없으나 한 입 베어 물면 황금이 나온다.' 누가 맞춰 보겠어요?"

너도나도 모두 수수께끼를 맞춰보느라고 떠들어댔지만 아무도 맞추지 못했다. 코끼리는 하는 수 없이 정답을 공개했다. 수수께끼 정답은 밤이었다.

"다갈색 나무함 안에 열매가 가득 들어찼으며 노랗고 반들반들한데 입안에 넣으면 달콤하고 삼키면 부드러운 것이 참으로 희귀한 음식입니다. 밤나무는 아주 깊은 큰 산속에서만 자라고 있지요."

다람쥐가 무대에 올라가 수상할 때 모두가 뜨거운 박수갈채를 보내주었다. 그 상품은 너무나도 진귀한 것이었다.

다람쥐는 잣, 백자인(측백나무 씨앗 – 역자 주), 개암을 즐겨 먹었지만 밤은 먹어본 적이 없었다.

딱따구리가 다람쥐에게 밤은 바삭하고도 달콤한 것이 과일처럼 맛있다고 알려주었다.

곰은 다람쥐에게 밤을 삶아 먹으면 부드럽고도 달콤한 것이 참외보다도 맛있다고 알려주었다.

다람쥐는 상품으로 받은 밤을 먹기가 아까워 두 손에 받쳐 들고 집으로 뛰어가 엄마에게 주었다.

엄마는 밤을 보물단지처럼 손바닥 위에 받쳐 들고 좋아서 입을 다물지 못했다.

"애야, 네 외할머니는 한 평생 밤을 구경하고 싶어 하셨단다. 이 상품을 외할머니에게 가져다 보여드리면 얼마나 기뻐하실까!"

다람쥐는 외할머니를 기쁘게 해드리고 싶어서 바로 외할머니의 집으로 떠났다.

지금까지는 외할머니에게서 선물을 받기만 했던 다람쥐는 이번에는 자기가 외할머니에게 선물을 드릴 수 있게 되어 너무도 기뻤다. 다람쥐는 밤을 손에 꼭 쥐고 깡충깡충 뛰어 가면서 흥에 겨워 노래를 불렀다.

까치가 깍깍 울 때
나는 외할머니 집으로 가요.
인사부터 하고 꽃을 드리고
또 선물을 드릴 거예요.
외할머니가 기뻐하며 나를 칭찬해 주시겠죠.

나에게 대추도 꺼내 주시고

땅콩이며 수박도 꺼내 주시겠죠.

배불리 먹고

외할머니를 우리 집으로 초대할 거예요.

"다람쥐야, 네가 탄 상품이 보고 싶어. 보여줄 수 있니?"

토끼와 여우가 뒤쫓아 오면서 말했다.

"물론이지."

다람쥐는 자기가 상품으로 탄 밤을 꺼냈다.

"와, 껍질이 정말 반들반들하구나. 속은 어떨까? 발라 봐도 돼?"

여우가 물었다.

"그건 안 돼. 외할머니에게 드릴 선물이거든. 밤 껍질은 외할머니만 바를 수 있어."

다람쥐가 말했다.

"네가 받은 상품을 보여줄 수 있겠니?"

고슴도치와 돼지가 헐레벌떡 뛰어오며 말했다.

너도나도 보려고 이 손에서 저 손으로 가져갔다가 빼앗아왔다가 밀고 당기고 하다가 밤은 그만 바위 위에 떨어져 "땍때구루루…"하며 구르기 시작했다. 밤은 구르고 굴러 벼랑 아래로 굴러 떨어지더니 바위틈에 끼어버렸다.

"앙!…"

하고 다람쥐는 너무 속상하여 울음을 터뜨렸다.

2
어찌 해야 보물을 되찾을 수 있을까?

토끼가 앞발을 뻗어 밤을 잡으려고 했으나 바위틈이 너무 좁아 발이 들어가지 않았다.

여우가 꼬리로 밤을 감아올리려고 했으나 꼬리가 너무 물렁해서 잡을 수가 없었다.

고슴도치가 몸에 돋친 가시로 밤을 찍어 내려고 했으나 바위틈이 너무 깊어 고슴도치 몸에 돋친 가시가 밤에 닿지를 않았다.

돼지가 주둥이로 바위를 떠밀어 옮겨보려 하였으나 바위가 너무 커서 아무리 떠밀어도 바위는 끄떡도 하지 않았다.

"어떡하지? 어떡해야 하지?!…"

다람쥐는 바위 위에 앉아서 엉엉 울기만 했다. 토끼는 한숨만 풀풀 쉬었다. 고슴도치는 울상이 되어 고개를 푹 숙이고 있었다. 돼지는 어찌할 방도가 없어 입을 삐죽 내밀고 있었다. 여우는 이맛살을 찌푸리고 두 눈이 퀭해서 있었다.

어찌 해야 바위틈에서 밤을 꺼낼 수 있을까?

그러다가 다섯 친구는 다 같이 울음을 터뜨렸다. 울음소리가 산골짜기에 울려 퍼져 바람소리 빗소리보다도 더 세게 들렸다.

그들이 슬프게 우는 것을 본 금꾀꼬리가 엄마다람쥐에게 날아가 소식을 전했다.

엄마다람쥐가 허둥지둥 달려왔다. 엄마다람쥐는 바위틈에 떨어진 밤을 보더니 화도 내지 않고 나무람도 하지 않고 그들을 위안했다.

"나에게 좋은 생각이 있단다…"

토끼가 눈물을 닦으며 물었다.

"바위를 깨버릴 거예요?"

여우가 다급히 말했다.

"그러면 밤도 깨질 거야."

고슴도치가 물었다.

"밤이 산에서 흘러내리는 물에 씻겨 나오게 할 거예요?"

돼지가 다급히 말했다.

"저 절벽을 넘어가야 산에서 흘러내리는 물이 있단 말이야."

엄마다람쥐가 말했다.

"이 밤을 바위틈에 이대로 두는 게 좋겠구나!"

"네?…"

모두가 어리둥절해졌다.

새끼다람쥐는 또 다시 울음을 터뜨렸다.

"그럼 내가 탄 상품은 없어지는 거잖아요. 외할머니에게 선물하려고 했단 말이에요…"

엄마다람쥐가 말했다.

"밤을 씨앗으로 삼아 바위틈에 그대로 두고 그 위에 흙을 덮어 주고 맑은 샘물을 뿌려주자꾸나. 그래서 밤나무가 자라나 밤이 아주 많이 달리면 그때 외할머니에게도 선물하고 친구들에게도 나눠주면 더 좋지 않겠니?"

"좋아요!"

모두가 박수를 치며 너무 좋아서 퐁퐁 뛰었다. 다람쥐는 앞으로 나무에 밤이 주렁주렁 달릴 것을 상상하며 너무 좋아서 꼬리를 흔들면서 춤을 추기 시작했다.

엄마다람쥐가 말했다.

"이제는 바위틈에 흙부터 채워 넣자. 밤에게 흙이불을 덮어줘야지. 흙이 없으면 밤나무가 자라날 수 없잖니?"

"제가 흙을 져오겠어요."

토끼가 앞질러 말했다.

"저는 흙을 파겠어요."

여우가 잇달아 말했다.

"우리는 광주리로 흙을 날라 오겠어요."

고슴도치와 돼지가 말했다.

"그런데 흙이 어디 있지?"

그제야 그들은 주위에는 온통 민둥민둥한 바위들뿐이라는 걸 발견했다. 나무도 자라지 않고 풀도 자라지 않으며 흙도 없고 푸른색이라곤 전혀 찾아볼 수 없는 황폐한 계곡이었다. 이곳에는 새들이 날아올 리 없고 짐승들도 이 곳에 머물려고 하지 않았다. 앞뒤좌우 사면이 험악한 절벽이었고 절벽들 사이에는 서로 맞닿을 수 있는 틈새가 있어 계곡 밖의 산비탈로 통하는 두 갈래의 좁은 통로를 이루고 있었다. 비가 오면 빗물은 그 두 갈래의 틈새로 흘러나가 버리곤 했다. 마치 물통에 금이 간 것처럼 아예 물이 고여 있을 수가 없었다. 다람쥐는 그 중 한 틈새로 계곡에 들어왔다가 다른 한 틈새로 계곡을 빠져나가려고 하였었다. 그러면 산을 넘어 먼 길을 돌아갈 것 없이 지름길을 질러 외할머니의 집에 빨리 도착할 수 있었다.

그런데 이 황폐한 계곡의 바위틈에 밤을 떨어뜨리게 될 줄이야? 흙을 얻으려면 황폐한 계곡 밖으로 나가야 했다. 물을 얻으려면 절벽 밖으로 나가야 했다.

"밤이 풀숲에 떨어졌으면 좋았을걸."

토끼가 아쉬움에 차서 말했다.

"밤이 강가에 떨어졌으면 좋았을걸."

고슴도치가 안타까워하며 말했다.

"밤이 화분 안에 떨어졌으면 더 좋았을 텐데."

돼지가 말했다.

"내가 보기엔 밤이 바위틈에 떨어져서 정말 좋은 것 같아. 아무도 꺼낼 수 없고 산에서 흘러내리는 물에 씻겨 내려갈 리도 없으니 틀림없이 밤나무가 자라날 거잖아. 그렇지?"

엄마다람쥐가 말했다.

"그렇지! 밤이 바위틈에 떨어져 아무도 꺼낼 수 없고, 아무도 먹어버릴 수 없으니 밤나무가 잘 자라날 수 있을 거잖아!"

그렇게 생각하니 모두가 기분이 좋아졌다. 밤나무가 바위틈에서 자라날 수 있다니 너무 좋았다. 이제 가지와 잎이 무성한 밤나무가 자라나면 황폐하던 계곡도 더 이상 황폐하지 않을 수 있을 것이다. 그러면 여러 가지 새들이 날아올지도 모른다. 새들이 여기서 노래를 부른다면 얼마

나 좋을까! 동물들이 밤나무 아래서 뛰놀기도 하고 놀다가 지치면 사각
사각하고 달콤한 밤을 먹을 수도 있고… 그들은 말하다가 점점 신이 나
서 서로 얼싸안고 깔깔 웃었다.

엄마다람쥐가 말했다.

"이제 가서 흙을 구해오자."

그들은 바로 흩어져서 흙을 구하러 계곡 밖으로 나갔다.

3
단밤에 깃든 꿈

다람쥐는 홀로 남아서 도로 주워올 수 없고 바라만 봐야 하는 밤을 지
키고 있었다.

다람쥐는 하늘에 떠가는 구름을 불렀다.

"구름아, 네가 손뼉을 한 번 치면 우레가 울고 재채기를 한 번 하면 비
가 내리잖아. 그러니 손뼉을 한 번 치고 재채기를 한 번 해줄 수 없을
까?" 다람쥐의 말에 구름이 고개를 돌려 다람쥐를 내려다보더니 투덜거
렸다.

"봉황산 꽃들이 미인선발대회를 하는데 난 그곳에 초대를 받아 가는
길이야."

말을 마치고 구름은 서둘러 가버렸다.

다람쥐는 한숨을 쉬고는 계속 기다리기 시작했다. 햇볕이 쨍쨍 내리쬐
어 머리가 어지럽고 배도 고프고 목도 말라 온 몸이 나른했다.

그러나 다람쥐는 그 곳을 떠날 수 없었다.

밤이 나무로 자라날 것을 기다리면서…

해가 서산 고개를 넘어가자 황폐한 계곡은 더 적막해졌다. 다람쥐는 셈을 세기 시작했다. 다람쥐가 만까지 거의 다 세었을 무렵 꼬마 친구들이 잇달아 돌아왔다.

토끼는 풀뿌리가 섞인 흙을 가져오고, 여우는 흰 모래흙을 안아왔으며, 고슴도치는 흙덩이들을 등에 져서 오고, 돼지는 부드럽고 푸석푸석한 황토를 가득 담은 큰 조롱박을 등에 지고 돌아왔다. 엄마다람쥐는 강가에서 검고 윤기 나는 진흙을 한 바구니 옆구리에 끼고 돌아왔다.

그들은 흙을 바위틈에 쏟아 넣어 밤에게 흙 옷을 입혀주고 흙 이불을 덮어주었다.

"밤아, 어서어서 싹을 틔워라."

그들은 또 물을 얻어오려고 하였지만 해가 져서 계곡에 어둠이 내리기 시작하였으며 절벽도 어렴풋한 게 잘 보이지 않게 되었다. 돼지는 끄덕끄덕 졸기 시작하였고, 여우는 허리가 아프다고 아우성이었으며, 토끼는 배가 고프다고 투정을 부렸고, 고슴도치는 말없이 바위 아래 누워 잠이 들어버렸다.

엄마다람쥐가 말했다.

"물은 내일 나가 구해오기로 하고 지금은 집으로 돌아가자."

다람쥐는 밤의 곁을 떠나는 것이 아쉬웠지만 배가 너무 고팠으므로 엄마를 따라 집으로 돌아가는 수밖에 없었다.

날이 완전히 어두워졌다. 달도 없고 별도 없었으며 크고 작은 절벽과 바위들은 시커먼 그림자로 보였다. 길도 보이지 않고 발밑은 온통 어두컴컴했다. 여우는 넘어져 무릎이 벗겨졌고 돼지는 바위에 머리가 부딪쳐 부어올랐으며, 토끼는 몇 번이나 바위 위에서 굴러 떨어질 뻔 하면서 놀라서 비명을 질렀고, 고슴도치는 여우 곁에 바싹 붙어 걸으면서 몇 번이나 넘어져 뒹굴었다.

"집으로 돌아가는 길이 왜 이렇게 멀어진 걸까?"

엄마다람쥐가 말했다.

"상상을 해보자. 밤이 밤나무로 자라나고 밤나무에 단밤이 가득 열릴 거야. 밤들은 작은 방울들처럼 바람 속에서 흔들릴 거고…"

그런 생각을 하며 걷다보니 힘든 느낌이 온데간데없이 사라지는 것이었다. 엄마다람쥐가 여우에게는 자기 뒤를 바싹 따르게 하고, 토끼는 여우 뒤에, 돼지는 토끼 뒤에, 다람쥐는 돼지 뒤에, 고슴도치는 다람쥐 뒤에 차례로 서서 각각 앞의 친구의 꼬리를 잡고 줄을 지어 걷게 했다. 그러면 대오에서 뒤떨어져 서로 흩어지지 않을 것이라고 했다. 그들은 모두 기뻐서 깡충깡충 뛰면서 걸었다.

우르릉 쾅! 갑자기 우레가 울더니 이윽고 폭우가 쏟아지기 시작했다. 앞뒤좌우로 머리에서 발끝까지 빗물이 마구 흘러내렸다. 솨~솨~ 바람이 비를 싣고 비가 바람을 타고 물 채찍을 휘두르면서 그들의 몸을 마구 두들겨댔다.

여우가 바위에 부딪쳐 "아이고…"하고 비명을 지르더니 울어버렸다. 토끼는 추워서 온몸을 바들바들 떨었다. 돼지는 넘어져 몇 번 곤두박질치고는 헐떡헐떡 숨을 몰아쉬었다. 고슴도치는 다람쥐를 꽉 껴안았다.

그 바람에 다람쥐는 고슴도치의 가시에 다리가 찔려 피가 났다. 다람쥐는 울음을 터뜨렸다. 그러나 눈물은 바로 빗물에 씻겨 내렸다.

엄마다람쥐가 그들을 달랬다.

"두려워할 것 없어! 비가 오는 거야. 이제 사방으로 물을 구하러 다니지 않아도 돼. 밤이 흙 이불을 덮고 시원한 빗물을 마시면 싹이 트고 밤나무로 자라날 거야. 그렇지?"

엄마다람쥐의 말을 들은 꼬마 동물들은 기뻐서 소리쳤다.

"아이 좋아라! 밤이 이제 곧 싹이 트고 굵고도 튼튼한 밤나무로 자라나 금빛 열매가 아주 많이 열릴 거야!"

엄마다람쥐가 말했다.

"단밤을 꿈 꾸면 즐거워질 거야."

다람쥐가 「단밤의 노래」를 지어 큰 소리로 부르기 시작했다.

나무 집, 삼베 장막 그 안에 단밤이 살아요.
통통한 단밤의 머리 위에서 싹이 돋아나요.
여린 싹은 쑥쑥 자라 큰 나무로 자라고 열매가 열려요.
금빛 열매는 달콤하고 맛있어요. 채소가 되고 식량이 된대요.

이번엔 모두들 같이 따라 불렀다. "금빛 열매는 달콤하고 맛있어요. 채소가 되고 식량이 된대요.…"

우레 소리, 빗소리, 바람소리, 노랫소리 속에서 모두 함께 산길을 걸으니 힘든 줄도 모르고 배고픈 줄도 몰랐으며 무섭지도 않았다.

마음으로 단밤을 꿈 꾸고 있자니 정말 신이 났다.

4
단밤의 집

단 잠에서 깬 다람쥐는 서둘러 황폐한 계곡으로 달려갔다.

눈부신 햇살이 절벽을 비추고 있었다. 민둥민둥한 바위는 마치 목욕을 한 것처럼 반들반들하고 깨끗했다. 엉? 밤새 내린 빗물은 다 어디 갔지? 단밤은 싹이 났을까? 다람쥐는 바위틈 위에 엎드려 들여다보았다. 에구머니나…

어젯밤에 단밤 위에 덮어줬던 흙 이불이 산에서 흘러내리는 물에 몽땅 씻겨가 버리고 단밤만 덩그러니 바위틈에 외롭게 끼어 잠이 들어 있지 않은가. 그리고 빗물은 산골짜기에서 죄다 빠져 나가버렸다.

"앙~!"

다람쥐는 바위 위에 앉아서 슬피 울었다.

흙 이불이 없으면 단밤이 어떻게 싹을 틀 수 있겠는가? 싹이 트지 않으면 어떻게 큰 나무로 자라나겠는가?…

여우가 달려와 흙 이불을 잃은 밤을 보더니 입을 비죽거리며 또한 울음을 터뜨렸다.

토끼도 달려와 밤 위에 덮어놓았던 흙 이불이 없어진 것을 보더니 엉엉 울기 시작했다.

고슴도치와 돼지도 달려왔다. "엉? 어제 얻어다 덮어놓은 흙이 어디 갔지?"하며 그 둘도 울음을 터뜨렸다.

"엉엉, 앙앙"

너도 울고 나도 울고 모두가 슬피 울었다.

그때 엄마다람쥐가 와서 보더니 손뼉을 치면서 웃는 것이었다.

"흙이 없어졌으면 다시 가져오면 돼. 빗물이 다 흘러가버렸으면 가서 물을 다시 얻어오면 되지. 그래도 밤은 잃어버리지 않았잖니?. 만약 밤이 빗물에 휩쓸려 가버렸으면 밤나무는 꿈도 꿀 수 없는 거잖니? 얘들아, 밤이 아직 있으니 얼마나 다행이니. 기뻐해야지!"

"그래! 맞아! 밤이 없어지지 않았으니 얼마나 다행이야."

그들은 기분이 좋아져 손뼉을 치며 노래를 불렀다. 다람쥐는 춤까지 췄다.

엄마다람쥐가 말했다.

"흙이 왜 흘러가버렸을까? 빗물에 씻겨서야. 빗물은 왜 흘러가버렸을까? 돌로 물을 막아놓지 않아서야. 밤이 끼어 있는 바위틈 양 옆에 작은 돌멩이들을 채워 넣자. 그리고 밤 주변에 둥그렇게 빙 둘러 돌로 튼튼한 울타리를 만들어주자. 그러면 물이 고일 수 있고 흙도 씻겨 내려가지 않게 할 수 있어. 그리 되면 밤이 큰 나무로 자라날 수 있을 거야. 그렇지?"

"좋아요!"

꼬마 동물들은 손뼉을 치면서 즐거워했다.

"밤에게 집을 지어주자. 돌담을 쌓고 돌집을 짓는 거야. 그리고 부드러운 황토로 따뜻한 침대를 만들어 주면 정말 좋을 것 같아."

여우, 토끼, 돼지, 고슴도치가 각자 흩어져 흙을 구하러 가고 엄마다람쥐는 물을 구하러 갔다. 다람쥐는 남아서 돌멩이를 옮기기 시작했다.

황폐한 계곡에는 작은 돌멩이들이 많았다. 자갈돌, 돌덩이, 돌조각이 있는가 하면 큰 것, 작은 것, 얇은 것, 두터운 것 각양각색의 돌들이 많기도 했다. 다람쥐는 돌멩이들을 가득 주워왔다.

해가 하늘 높이 떠서 황폐한 계곡의 돌 비탈이며 절벽이며 돌무지를 뜨겁게 달구었다. 작은 돌멩이는 마치 막 삶아낸 뜨거운 계란 같아 다람쥐는 손바닥이 빨갛게 익을 지경이었고 발바닥은 마치 뜨거운 솥뚜껑을 밟은 것처럼 뜨거웠다. 다람쥐는 입을 비죽거리면서도 울지는 않았다. 다람쥐는 온힘을 다해 튼튼한 돌 울타리를 쌓기 시작했다. 단밤이 들어 있는 바위틈 양 끝을 돌조각으로 단단히 막았다. (이젠 됐어.) 이제 흙을 구해서 폭신폭신한 침대를 만들고 맑은 물을 뿌려준 뒤 햇볕을 쬐어주기만 하면 된다. 그러면 단밤이 싹이 트고 큰 나무로 쑥쑥 자라나 시원한 그늘을 지어줄 것이다.

다람쥐는 또 크고 작은 바위틈을 더 많이 찾아 돌멩이로 틈을 하나하나 둘러막기 시작했다. 그러면서 속으로 생각했다. (이제 나의 단밤이 큰 밤나무로 자라나 숱한 밤이 열리게 되면 그 밤을 따다가 바위틈 속에 심을 거야. 아하! 그러면 숱한 밤나무들이 자라나 울창한 숲을 이루게 될 것이다. 그러면 황폐하던 계곡이 밤나무골로 바뀌게 될 것이다. 그러면 얼마나 아름다울까!)

다람쥐는 생각할수록 신이 났다. 바위틈 하나씩 발견할 때마다 마치 보물을 얻은 것처럼 바로 돌멩이를 날라다 울타리를 만들곤 했다.

해가 질 무렵까지 다람쥐는 황폐한 계곡에 숱한 돌 울타리를 쌓아올려 앞으로 밤나무가 자랄 수 있는 보금자리를 만들어놓았다. 묵직한 돌멩이를 져서 나르느라고 다람쥐는 숨이 턱에 차서 씩씩거렸으며 온 몸이 물러앉을 것처럼 나른했다. 다리가 무겁고 허리가 시큰거렸으며 팔도 아팠다. 그러나 다람쥐는 힘든 줄 몰랐다. 머릿속에는 온통 앞으로 형성될 밤나무 숲에 대한 생각뿐이었다.

해가 졌다. 저녁노을이 황폐한 계곡을 비추며 눈부신 빛을 뿌렸다. 앞으로 밤나무들이 온 계곡을 가득 메우며 자라나게 되면 더 아름다울 것이다.

그들은 흙과 맑은 물을 구해다가 바위틈에 부어넣었다. 두 번째로 단밤에게 이불을 덮어준 것이다. 그리고 단밤이 어서 빨리 싹이 트기만 기다렸다.

다람쥐는 너무 지쳐서 걸음도 옮겨놓지 못할 지경이었지만 속으로는 기쁘기만 했다. 다람쥐는 빨리 집으로 돌아가 편안하게 자고 싶었다.

그들이 황폐한 돌 계곡을 벗어나 집으로 돌아가고 있는데 엄마 개가 마주 달려왔다. 엄마 개는 다람쥐의 손을 잡고 애원했다.

"나는 아주 먼 길을 뛰어왔어. 날 좀 도와주겠니? 어서 나와 같이 가자. 가서 불쌍한 강아지와 고양이를 구해줘."

"무슨 일이에요? 제가 뭘 해드리면 돼요?"

다람쥐가 물었다.

"춤을 좀 춰주렴. 부탁이야. 꼭 좀 들어줘."

엄마 개가 간절하게 말했다.

"춤을 춰요? 저는 지금 너무 지쳐서 걸음도 걸을 수 없는데요."

엄마 개는 애가 타서 안절부절못하면서 다람쥐의 손을 꼭 잡고 간곡하게 부탁했다.

"목숨이 달린 일이야. 구해줘! 부탁이야. 꼭 좀 들어줘. 강아지 수십 마리, 그리고 고양이도 몇 마리 굶어죽게 생겼어. 네가 그들을 구할 수 있어."

"제가요?"

다람쥐가 어리둥절해서 물었다.

모두가 다급히 물었다.

"무슨 일이에요? 빨리 말해봐요."

"이런 일이야. 어떤 강아지들은 고귀한 품종이 아니라는 이유로 태어나자마자 버려져 거리를 떠돌아다니는 유기견이 되었어. 그리고 길고양이들도 마찬가지이고. 나는 그 강아지와 고양이들이 불쌍하여 거뒀는데 어디 가서 그들에게 먹일 먹이를 구해오겠느냐? 그래서 무료로 콘서트를 열어 모두가 공연을 보러 오게 해서 돌아갈 집이 없는 그 강아지와 고양이들을 데려가도록 할 거야. 다람쥐 요요야, 꼭 공연에 참가해줘. 많은 관중들이 너의 춤을 보겠다고 너를 지명하였어…"

"그런데 오늘은 내가 너무 지쳐서 춤을 출 수 없을 것 같아요…"

다람쥐가 난감해하면서 말했다.

"돌아갈 집이 없는 강아지와 고양이들을 불쌍하게 여겨줘! 내 부탁을 들어주겠다는 약속을 받아내기 전에 나는 돌아갈 수 없어!"

엄마 개는 눈물이 그렁그렁했다.

동물들 모두가 다람쥐를 설득했다.

"가주라! 가줘! 목숨을 구하는 일인데 어떻게 거절할 수 있겠니?"

엄마다람쥐도 말했다.

"이런 일은 마땅히 해야 할 일이야. 가봐!"

"난, 난…"

다람쥐는 하는 수 없이 엄마 개를 따라 갔다.

5
숲 속 공연대회

엄마개가 새끼다람쥐를 등에 태우고 바람처럼 내달렸다. 그들은 산을 내려 다리를 건너고 도랑을 건너뛰어 산비탈로 치달아 올랐으며 숲을 지났다. 준마보다도 더 빨리 마치 화살처럼 달려 공연 무대에 당도했다. 공연은 더 이상 이어갈 수 없는 상황이었다. 얼룩수탉이 노래 한 수를 여섯 번이나 반복해 부르고 오리 무리의 합창도 세 번이나 반복했다. 역도 공연을 보여주는 곰은 역기를 더 이상 들어 올릴 수 없을 지경이 되었다. 공연 무대의 진행을 맡은 비둘기는 무대 위에 서서 다음 프로그램을 어떻게 소개해야 할지 몰라 쩔쩔매고 있었다. 그때 엄마개가 다람쥐를 데리고 오는 것을 본 비둘기는 너무 감동해 눈물이 날 지경이었다. 비둘기가 얼른

"다음은 무용대회에서 우승을 따낸 다람쥐 요요가 춤을 보여드리겠습니다."

라고 공연대회 진행을 이어나갔다.

무대 아래서 뜨거운 박수소리가 터져 나왔다.

다람쥐는 엄마 개의 등 위에서 떠밀리다시피 무대 위로 옮겨졌다. 다람쥐는 놀라기도 하고 당황하기도 하여 바로 설 수도 없었다. 게다가 온 몸에 힘이 없어 다리가 천근 무게나 되는 것 같았다. 그러니 어떻게 춤을 출 수 있겠는가? 그러나 눈물이 그렁그렁해 있는 강아지와 고양이를 본 다람쥐는 안쓰러운 마음에 저도 모르게 온 몸에 힘이 솟는 것 같았다. 다람쥐는 무대 위에 폴짝 뛰어오르며 빙그르르 돌아보았다. 다리가 가볍고 날렵해진 것 같아 저도 모르게 열정적으로 활발하게 춤을 추기 시작했다. 어느새 다람쥐는 무아의 경지에 빠져들었다. 뜨거운 박수갈채가 울려 퍼져 다람쥐의 사기를 북돋아주었다.

다람쥐는 자기가 구름으로 변해 하늘에서 자유롭게 떠다니는 것 같았고, 물보라로 변해 물결 따라 즐겁게 튕겨 오르는 것 같았으며, 새로 변해 날개를 펴고 숲 속을 날아예는 것 같았으며, 나비로 변해 꽃잎 위에 사뿐히 내려앉는 것 같았다.

다람쥐 눈앞에 금빛 별들이 반짝였다. 마치 숱한 반딧불이 날아다니는 것처럼, 날개 달린 숱한 작은 사람이 날아다니는 것처럼 나뭇잎 위에서 춤의 스텝에 맞춰 통통 튀면서 다람쥐와 함께 춤을 추는 것 같았다. 수많은 새들이 나뭇가지 위에서 재잘재잘 지저귀면서 다람쥐를 위해 노래를 불러 주었다. 귀뚜라미와 베짱이가 풀잎 위에서 음악을 연주했다. 아름다운 음악과 다람쥐의 춤이 절묘하게 어우러졌다.

다람쥐는 춤으로 관중들의 애심을 불러일으켰다. 부드러운 달빛과 다람쥐의 춤이 한데 어우러져 다람쥐의 춤 자태가 몽롱한 분위기 속에서 더욱 우아하고 아름답게 돋보이게 하여 모든 관중의 심금을 울려주었다. 시원한 바람, 둥근 달, 새들의 지저귐, 벌레의 울음소리, 진심 어린 눈빛, 감동 어린 마음이 춤과 어우러져 하나의 완벽한 통일체를 이루어 대자연의 아름다운 화면을 연출했다. 활발한 작은 비행체들, 사랑스러운 새들, 연주에 능한 벌레들 모두가 마치 다람쥐와 마음이 서로 통한 것처럼 다람쥐에게 힘과 희망을 불어넣었다.

다람쥐는 때로는 팽이처럼 빙글빙글 돌기도 하고 때로는 폭포가 쏟아져 물보라가 이는 것처럼 뛰어오르기도 했다. 다람쥐가 공연을 마치고 무대에서 뛰어 내릴 때 우레와 같은 박수소리가 오래 동안 끊이지 않았다. 떠돌이 강아지와 고양이들이 무대에 등장하기 바쁘게 관중들은 그들을 한 마리도 남기지 않고 죄다 데려갔다. 마지막 한 관중은 강아지를 세 마리나 데려갔다.

다람쥐 요요가 다시 무대에 올라 관중들에게 인사를 하자 다시 한 번 뜨거운 박수소리가 울려 퍼졌다. 관중들이 모두 흩어져가고 공연장에 고요가 깃들었을 때 다람쥐는 무대에 쓰러지고 말았다. 다람쥐는 일어설 힘조차 없었다.

엄마 개가 얼른 다람쥐를 안아 일으켜 이름을 부르며 흔들었다. 그러나 다람쥐는 두 눈을 꼭 감은 채 꼼짝도 하지 않았다.

"굶어서 기절한 것 같아요."

얼룩 수탉이 닭 모이를 꺼내 다람쥐에게 먹이려고 하였으나 다람쥐는 입도 벌릴 수 없었다.

비둘기가 콩알들을 가져왔으나 다람쥐는 삼킬 수 없었다.

엄마 개가 모여선 동물들을 위안했다.

"모두들 많이 피곤할 텐데 어서 돌아가 쉬어. 다람쥐가 깨어날 때까지 내가 옆에 있을 테니까."

모두들 이튿날 다시 다람쥐를 보러 오기로 하고 흩어졌다.

엄마 개가 큰 나무 아래 다람쥐를 안고 앉아서 계속 이름을 불렀으나 다람쥐는 꼼짝도 하지 않았다.

밤하늘에 둥근 달이 높이 걸리고 별들이 반짝였다. 찬바람이 불어오자 나무 그림자가 아른거렸다. 벌레들도 잠이 들고 새들도 꿈나라로 들어가 주위는 고요했다. 엄마개만 다람쥐를 안고 가볍게 다독거리고 있었다. 밤이슬이 떨어졌다. 엄마 개는 다람쥐가 이슬에 젖을까 걱정되어 품에 꼭 껴안았다. 다람쥐는 그 떠돌이 강아지와 고양이들에게 가족을 찾아주기 위해 지쳐서 쓰러진 것이다!

엄마 개는 손가락을 깨물어 다람쥐의 입에 피를 떨궈 넣었다. 한 방울, 두 방울… 피가 다람쥐 몸 안으로 천천히 흘러들어갔다. 잠시 후 다람쥐 요요가 눈을 떴다.

"다람쥐야, 정신이 드니?"

엄마개의 눈에서 기쁨의 눈물이 흘러내렸다.

"돌아갈 집이 없이 떠도는 강아지와 고양이들이 드디어 주인을 만났으니 다시는 굶주리지 않게 되었어요."

다람쥐가 기뻐하며 말했다.

"정말 고맙다, 다람쥐야. 너의 춤은 정말 훌륭하였어. 네가 빨리 건강을 회복할 수 있도록 내가 잘 보살필 거야!"

"저는 빨리 돌아가야 해요. 제가 심은 단밤에 매일 물을 줘야 하거든
요." 다람쥐는 몸을 일으켰다. 그러나 바로 땅에 쓰러지고 말았다. 그는
너무 지쳤던 것이다. 돌멩이를 옮기느라고 너무 많은 체력을 소모한데다
가 또 춤까지 추느라고 너무 지쳤다. 그리고 오랜 시간 동안 먹지도 마시
지도 않아 몸이 너무 허약해져 있었다. 그래서 며칠 동안 머물며 쉴 수
밖에 없었다.

다람쥐는 매일 밤낮으로 밤이 싹이 텄을지 생각했다.

다람쥐는 숲을 사랑하게 되었다. 지난 번 숲 속 공연대회가 다람쥐에
게 아름다운 추억이 되었던 것이다. 원래 숲 속의 요정들은 모두 춤을
잘 추며 그 많은 벌레와 새들은 모두 음악에 뛰어난 재능이 있었다. 가
장 훌륭한 음악과 춤은 마음속 깊은 곳에서 우러나오는 것이다. 그 느
낌은 참으로 미묘한 것이었다. 그것은 다람쥐가 무용대회에서는 느껴보
지 못한 느낌이었다. 숲은 춤의 요람이다.

다람쥐는 단밤이 큰 나무로 자라나 황폐하던 계곡이 밤나무골로 변할
수 있기를 바랐다. 그래서 밤나무 숲에서 춤을 출 수 있기를 바랐다….

6
길을 잃다

다람쥐는 기쁜 마음으로 집으로 돌아가려고 했다.

엄마 개는 다람쥐가 너무 고마워 다람쥐를 집까지 데려다주려고 했다.

공연회에서 함께 무대에 올라 공연하였던 친구들이 모두 와서 배웅했다.

"내 등에 올라타. 내가 나는 듯이 달려 너를 집까지 데려다줄게."

엄마개가 헤어지기 아쉬워하면서 말했다.

그런데 바로 어젯밤 엄마 개는 또 돌아갈 집이 없는 강아지를 한 마리 주워왔다. 그 강아지는 젖도 떼지 않은 강아지였는데 깽깽거리며 엄마 개 뒤를 졸졸 따라다녔다.

"개 엄마, 고마워요. 나 홀로 집에 갈 수 있어요. 저 강아지를 보살피세요."

다람쥐가 간곡하게 말했다.

"정말 미안해. 저 강아지가 좀 크거들랑 데리고 너를 보러 갈게."

엄마 개가 미안해하면서 말했다.

"또 같은 무대에서 공연할 수 있는 기회가 생겼으면 좋겠어."

친구들이 친절하게 말했다.

"그래, 그래! 안녕."

다람쥐가 친구들과 작별하고 집으로 돌아가는 길에 올랐다.

동물들은 모두 다람쥐의 뒷모습이 점차 멀어져가는 것을 바라보았다. 마지막에 그 뒷모습이 보이지 않을 때까지 바라보다가 뿔뿔이 흩어져갔다. 다람쥐는 마음이 급해서 걸음을 서둘렀다. 그는 걷고 또 걸었다…

그런데 올 때 길이 어디지? 왜 찾을 수 없을까?

어제 엄마개가 다람쥐를 업고 공연회장으로 올 때는 지름길로 달려왔던 것이다. 밀림을 지나고 벌판을 지났으며 강도 건넜다…. 그때는 또 밤길이어서 주위가 어두컴컴했다. 그러니 다람쥐가 길옆의 풍물을 어찌 기

억할 수 있었겠는가? 해가 지고 있었다. 그런데 다람쥐는 발이 아플 정
도로 걸었지만 집에 돌아가는 길을 찾을 수 없었다.

"어떻게 하지?"

"개굴, 개굴!" 개구리가 풀숲에서 흥에 겨워 노래를 부르다가 한숨소리
를 듣고 노래를 멈추고 관심 어린 어조로 물었다.

"나는 지금 파란 풀, 향기로운 들꽃, 꿀벌이 분주하게 날아다니며 꿀
을 채집하고 있어. 다람쥐야, 왜 한숨을 쉬는 거니? 누가 널 괴롭혔어?
누가 널 놀라게 했어?"

다람쥐가 울상이 되어 대답했다.

"미안해, 개구리야, 노래를 부르는 걸 방해했구나. 집에 돌아가는 길을
찾을 수 없어 걱정하고 있었어."

개구리가 말했다.

"세상에 길은 천만 갈래나 되지만, 집으로 돌아가는 길은 너의 마음속
에 있어. 그것은 희망의 길이요, 그리운 길이요, 즐거운 길이니까 아무
리 멀고 아무리 험난해도 결국 틀림없이 찾을 수 있을 거야. 그런데 왜
한숨을 쉬는 거니?"

다람쥐가 말했다.

"고마워, 개구리야, 네 말이 맞아. 나는 빨리 집에 돌아가려는 마음이
급해서 마음에 온통 걱정만 했던 것 같애."

개구리가 말했다.

"잘 생각해봐. 집에서 나올 때는 해를 마주 보며 나왔어, 아니면 해를
등지고 나왔어? 혹은, 달이 너의 왼쪽에 있었는지 아니면 오른쪽에 있

었는지? 어떤 산비탈을 지났고, 어떤 나무를 보았으며, 어떤 강을 건넜는지?…"

다람쥐가 기뻐하며 말했다.

"맞다! 잘 생각해볼게."

개구리가 새를 불러다 물었다.

"넌 멀리 높이 날 수 있으니 다람쥐가 집으로 돌아가려면 어떻게 가야하는지 알 수 있겠지?"

다람쥐가 말했다.

"우리 집은 큰 산 아래 황폐한 계곡 근처에 있어."

새가 날개를 파닥거리면서 말했다.

"먼 길을 떠나려면 먼저 방향을 분명히 분간해야 해. 반대되는 방향으로 가면 목적지와 점점 더 멀어지게 돼."

다람쥐는 한참 동안 곰곰이 생각해보고 또 사방팔방을 자세히 살펴보았다.

북쪽을 바라보니 큰 길이 멀리까지 뻗어있었다. 그 길은 어디로 향하는 걸까? 북쪽에는 산의 모습이 보이지 않았다. 그러니 그쪽에 자기 집이 있을 리가 없었다.

남쪽을 바라보니 강물이 요동치며 흘러가고 있었다. 그 강은 어디로 흘러가는 걸까? 남쪽에도 산의 모습이 보이지 않았다. 그러니 그쪽에 자기 집이 있을 리가 없었다.

동쪽을 바라보니 울창한 숲이 보였다. 다람쥐는 거기서 오면서 자기 집을 발견하지 못했다.

다람쥐는 서쪽을 내다보았다. 서쪽에는 큰 산이 보였다. 비록 아득히 멀었지만 큰 산의 꼭대기가 하늘가에 뚜렷이 보였다. 마치 거인이 눈부시게 아름다운 노을 삿갓을 쓰고 우뚝 솟아 있는 것처럼 눈부신 빛을 뿌렸다.

다람쥐는 서쪽으로 가기로 마음먹었다.

"고마워, 새야, 개구리야. 너희들이 즐겁고 행복하길 바래."

다람쥐가 희망을 가득 안고 길을 떠났다.

"잘 가!"

개구리와 새가 뒤에서 소리쳤다.

다람쥐는 풀숲을 걸어 지났다. 풀숲에서 귀뚜라미가 울고 베짱이가 노래를 불렀으며 나무 위에서는 매미가 목소리를 길게 빼며 울고 있었다. 다람쥐도 저도 모르게 노래를 부르기 시작했다.

하늘에는 별이 반짝반짝

눈을 깜박이고 있네.

반딧불은 초롱처럼

날아다니면서 앞을 밝혀주네.

오솔길 옆에는 풀이 파랗고

들꽃들은 풀숲에 숨어 있네.

풀숲에서 뒹굴고 싶지만

벌레들의 꿈을 깨울까 걱정이네.

시원한 바람과 밝은 달빛이

집으로 돌아가는 나의 친구가 되어주네.

다람쥐는 노래를 부르면서 숲을 걸어 지났다. 무성한 나뭇가지와 나뭇잎이 달을 가려 점점의 달빛이 나뭇잎 틈새로 비추고 있었다.

짙은 나무 그림자가 겹겹이 드리웠는데 새들은 꿈나라로 간 지 오래고 벌레들도 깊이 잠들어 주위는 어둡고도 적막했다. 다람쥐는 용기를 북돋우기 위해 큰 소리로 노래를 불렀다.

멍청한 아저씨 우둔한 아저씨
새 집을 짓고 새 집에 살았네.
새 신발, 새 모자, 새 옷에
징도 치고 북도 울리고
나팔까지 불며 신부를 맞이하네.
너무 좋아 이리저리 뛰어다니며
둥둥~ 징징 삐익~ 삐익
꽃가마가 집문 앞에 이르니
커다란 멧돼지 한 마리 뛰어 나오네…

갑자기 "오우~~" 하고 날카롭게 울부짖는 소리가 났다.

어디선가 거대한 검은 그림자가 불쑥 튀어나왔다. "에구머니나!" 그건 진짜 커다란 멧돼지였다. 버드렁니를 드러내고 눈을 부릅뜨고 다람쥐를 노려보면서 소리 질렀다.

"거기 섯! 어디 가?"

다람쥐가 예의 바르게 대답했다.

"집으로 돌아가는 길에 이곳을 지나게 되었어요."

"안 돼!"

멧돼지가 난폭하게 소리쳤다.

"왜죠? 제가 이곳을 지나가는데 방해가 되는 것도 아닌데."

다람쥐가 온화한 태도로 말했다.

"이곳을 지나가려면 선물을 내놔야 돼!"

"뒤돌아서 이곳을 둘로서 돌아가면 안 되겠어요?"

"그래도 안 돼. 여길 벗어나려고 해도 선물을 내놔야 해."

"왜 억지를 부려요?"

"감히 나에게 도리를 따져? 널 갈기갈기 찢어놓을 거다!"

멧돼지가 돌진해왔다. 다람쥐가 몸을 슬쩍 피하자 멧돼지는 허탕을 치고 말았다.

멧돼지는 성이 나서 울부짖었다. "감히 날 갖고 놀아? 가만두지 않겠어. 선물을 내놓지 않으면 널 선물로 먹어치울 테다."

"선물 옛다! 받아라!"

다람쥐는 날렵하게 몸을 돌리며 솔방울을 하나 따서 멧돼지 입에 던져 넣었다.

우지끈! 멧돼지가 솔방울을 깨물자 단단한 껍질이 깨지며 멧돼지 입안을 찌르는 바람에 입안이 온통 피투성이가 되었다.

멧돼지는 미친 듯이 울부짖으며 다람쥐에게 덤벼들었다.

다람쥐는 잽싸게 폴짝 뛰어 높고 굵은 나뭇가지 위에 기어올랐다.

"내려와. 안 내려오면 나무를 넘어뜨릴 거야."

멧돼지는 사납게 울부짖었다.

"그럼 난 다른 나무로 옮겨가지. 숲 속에서는 나뭇가지들끼리 서로 이어져 있거든. 숲 속의 나무를 모조리 넘어뜨릴 수 있겠어?"

다람쥐는 전혀 두려워하지 않고 나뭇가지에 앉아서 즐겁게 그네까지 뛰었다.

"오우~!"

멧돼지는 성이 나서 씩씩거렸지만 다람쥐를 쳐다보기만 할 뿐 어찌 할 도리가 없었다.

다람쥐는 이 나뭇가지에서 저 나뭇가지로 옮겨 뛰고 이 나무에서 저 나무로 옮겨 뛰었다. 멧돼지는 다람쥐를 쫓으려고 나무 아래서 뛰었지만 다람쥐를 잡을 수는 없었다.

다람쥐는 나뭇가지에서 이리저리 옮겨 앉다가 지치면 쉬어가곤 했다. 다람쥐는 심지어 오래 묵은 호두나무 위에서 잠까지 잤다. 그리고 잠에서 깨서는 호두를 까먹고 호두껍데기를 나무 아래서 올려다보는 멧돼지에게 던져주었다. 멍청한 멧돼지는 호두껍데기를 받아 물더니 쓰고도 떫은맛에 성이 나서 연신 울부짖었다.

다람쥐는 멧돼지가 낭패한 모습을 보면서 화도 나고 우습기도 했다.

해가 떴다. 숲 속이 훤히 밝아졌다. 다람쥐를 쫓아오느라고 지쳐버린 멧돼지는 하는 수 없이 자리를 뜨고 말았다.

숲을 벗어난 다람쥐는 기쁨을 금할 수 없어 소리를 질렀다.

엄마가 숲 밖의 길에서 기다리고 있었다. 새가 엄마에게 소식을 전했던 것이다.

7
황폐한 계곡의 눈 아이

다람쥐는 너무 기뻤다. 단밤이 파릇파릇 싹이 돋기 시작하더니 바위틈으로 살며시 밖을 기웃거리는 게 아닌가. 그 모습이 너무나도 귀여웠다.

단밤나무 묘목은 친구들의 마음을 하나로 이어주었다. 모두 서로 다투어 물을 길어다 묘목에 주었으며 번갈아가면서 묘목을 지켰다. 다람쥐가 묘목을 지킬 때면 계속 바위틈을 찾아 다녔으며 바위틈 주위에 돌로 울타리를 쌓아 더 많은 밤나무를 심을 준비를 했다. 다람쥐가 쌓은 돌울타리가 점점 많아져 멀리서 보면 마치 동그란 구슬을 한데 꿰어서 만든 목걸이들이 황폐한 계곡의 가슴팍에 걸려 있는 것 같았다. 만약 그 동그란 구슬 중간에서 숱한 작은 나무들이 자라난다면 틀림없이 더 아름다울 것이다!

단밤나무 묘목은 하루하루 쑥쑥 자라났다. 이제는 바위틈에서 머리를 내밀었으며 더 많은 나뭇잎까지 자라나 햇살과 시원한 바람을 맞으며 손을 흔들었다. 바위뿐인 이 황폐한 계곡에서 그 푸른빛 한 점은 마치 비취처럼, 보석처럼 눈부셨다.

폭풍이 휘몰아치고 소나기가 쏟아질 때면 다람쥐와 그 친구들이 밤나무를 지켰다. 그들은 밤나무를 위해 우박을 막아주고 거센 바람을 막아주어 나무가 쓰러지지도 않고 부러지지도 않으며 연한 나뭇잎이 다치지도 않을 수 있게 해주었다. 뜨거운 햇볕이 쨍쨍 내리쬐는 날이면 시원하고 맑은 물도 부어주고 흙도 더 얹어주었다. 시간이 하루하루 흘러갔다. 밤나무 묘목에는 더 많은 잎과 가지가 자라났다.

파랗고 윤기가 반지르르한 것이 마치 싱싱한 비취색 버섯 같았다. 다람쥐와 그의 친구들이 밤나무 묘목을 둘러싸고 앉아서 즐겁게 '박수' 송을 불렀다.

너 손뼉 하나, 나 손뼉 하나, 통통한 아기 돼지는 행운아.
너 손뼉 둘, 나 손뼉 둘, 고슴도치는 온 몸이 가시투성이.
너 손뼉 셋, 나 손뼉 셋, 여우는 멋쟁이.
너 손뼉 넷, 나 손뼉 넷, 토끼는 제일 총명해.
너 손뼉 다섯, 나 손뼉 다섯, 다람쥐는 마음이 착해.

고슴도치가 울상이 되어 말했다.
"싫어, 싫어! 온 몸이 가시투성이가 뭐야. 난 싫어."
그리고는 울음을 터뜨렸다. 아기 돼지가 얼른 말했다.
"너 손뼉 둘 나 손뼉 둘 고슴도치 눈물 흘리네."
고슴도치가 또 소리쳤다.
"더 싫어! 싫어, 싫어."
다람쥐가 얼른 말했다.
"너 손뼉 둘, 나 손뼉 둘, 고슴도치 정말 힘이 세."

고슴도치가 말했다.

"이제야 됐어. 그래도 아주 좋은 건 아냐."

다람쥐가 또 말했다.

"너 손뼉 둘, 나 손뼉 둘, 고슴도치가 착한 일 했네."

고슴도치는 그제야 웃었다. 여우가 말했다.

"내 것도 마음에 안 들어. 싫어, 싫어, 싫어."

토끼가 말했다.

"너 손뼉 셋, 나 손뼉 셋, 여우가 선녀 저리 가라네."

여우가 흡족해서 웃었다.

밤나무 묘목은 즐거운 듯 바람 속에서 고개를 끄덕이고 손을 흔들었다. 황폐한 계곡은 지금처럼 떠들썩해본 지가 오래다.

찬바람이 불면서 밤나무 잎이 노랗게 변하더니 노랑나비들처럼 떨어졌다. 다람쥐는 그 황금빛 잎을 주워 친구 한 사람 한 사람에게 선물했다. 그들은 그 나뭇잎을 집에 소중히 간직할 것이다. 다람쥐는 그 단밤의 "사진"을 모두에게 선물하고 싶었다.

추운 겨울이 되었다. 북풍이 윙윙 불어쳤다. 거센 바람에 밤나무가 몸을 가누지 못하고 이리저리 마구 흔들렸다. 다람쥐는 밤나무가 바람에 흔들려 쓰러지지 않도록 굵은 나뭇가지며 막대기를 구해다가 높은 버팀대를 만들어주었다.

큰 눈이 흩날리더니 산과 골짜기가 온통 하얀 세상이 되었다. 다람쥐는 추위도 아랑곳하지 않고 자기가 아끼는 밤나무를 살피러 황폐한 계곡으로 달려왔다. 오는 길에는 눈이 두텁게 쌓여 다람쥐는 다리 전체가 눈에 푹푹 빠져 매 한 걸음 옮기는 데도 너무 힘들었다. 울퉁불퉁한 눈판을 걷다가 눈 더미에 엎어져 뒹굴어 온 몸에 눈을 새하얗게 뒤집어쓸 때도 있었다. 하늘에서 흩날리는 눈이 다람쥐 목덜미 안으로 파고들어 써늘했다.

겨우 황폐한 계곡에 이르렀다.

"엥? 밤나무가 왜 보이지 않지?"

작은 눈사람만이 눈으로 뒤덮인 계곡에 외롭게 서 있을 뿐이었다.

밤나무는 마치 눈 두루마기를 입은 것 같았다. 그리고 버팀대는 눈사람의 뼈대가 되었다. 눈바람을 맞받아 서 있는 눈사람은 위풍당당해보였다.

엄마다람쥐가 왔다. 친구들도 왔다. 모두가 눈사람을 둘러싸고 웃고 떠들어댔다.

"눈사람이 밤나무를 꼭 껴안아주면 바람이 불어도 찬바람이 속에까지 닿지 않아 따뜻하고도 편안하게 지낼 수 있어. 우리 눈사람을 더 높이 더 뚱뚱하게 만들어주자. 그러면 마치 갑옷을 입은 것처럼 그 갑옷이 겨우내 밤나무를 지켜줄 것이다."

라고 말하면서 엄마다람쥐가 주변에 쌓인 눈을 쓸어 모아다가 눈사람의 몸 위에 쌓기 시작했다. 그러자 모두 웃고 떠들면서 눈을 쓸어 모으기 시작했다. 눈사람은 점점 커졌다. 마지막에 엄마다람쥐가 눈사람 몸에 쌓인 눈을 두드려 단단하게 만들었다. 돼지는 눈사람에게 돌조각 장갑을 끼워주었다. 여우는 눈사람에게 새끼를 허리띠 삼아 매주었다. 고슴도치는 눈사람에게 갈대 잎으로 엮은 모자를 씌워주었다.

토끼는 눈사람에게 빨간 고추로 코를 만들어주었다. 다람쥐는 눈사람에게 솔방울로 눈을 한 쌍 만들어주었다. 엄마다람쥐는 눈사람에게 콩꼬투리로 입을 만들어주었다.

커다란 눈사람은 참으로 사랑스러웠다!

엄마다람쥐는 먼저 집으로 돌아가고 다람쥐는 친구들과 함께 눈이 쌓인 계곡에 남아 눈싸움을 하며 놀았다.

눈덩이가 날아다니고 눈가루가 흩날리는 속에서 모두가 신나게 놀았다. 후에는 눈싸움에 지쳐서 서로 손잡고 눈사람을 에워싸고 춤을 추었다. 갑자기 눈사람이 귀여운 소녀로 변했다. 그 소녀는 새하얀 두루마기를 입고 팔을 휘두르고 몸을 흔들면서 춤을 추기 시작했다. 그리고 "깔깔깔" 대며 웃기까지 했다.

다람쥐와 그의 친구들은 모두 놀라서 멍해졌다.

하얀 옷을 입은 소녀는 꼬마 친구들에게 다가가 그들을 일일이 뜨겁게 껴안아주었다. 그런데 소녀 입에서 나오는 입김은 얼음처럼 차가웠다.

다람쥐가 물었다.

"넌 누구니?"

"나는 눈 아이 순순이라고 해. 높고도 높은 저 하늘에서 날아 내려왔어. 난 너희들을 도와 아름다운 소원을 이뤄줄 수 있어. 그러니 소원을 말해보렴!"

다람쥐가 주저하지 않고 말했다.

"황폐한 계곡이 밤나무골로 변할 수 있게 되는 게 우리 소원이야."

친구들도 다 같이 소리쳤다.

"그래! 우리는 황폐한 계곡을 밤나무골로 만들 거야. 푸른 계곡에 단 밤이 가득 열렸으면 좋겠어."

그 말에 눈 아이가 즐거운 듯 웃었다. 그 웃음소리는 마치 은방울을 굴리는 듯 맑고 아름다웠다.

"사랑은 모든 걸 창조할 수 있어. 너희들의 소원은 꼭 이루어질 거야. 내가 도와줄게."

"사랑스러운 눈 아이야, 어린 밤나무를 지켜줘. 어린 밤나무는 우리 희망이거든."

다람쥐가 말했다.

"걱정 마! 내가 어린 나무를 안고 있을게. 그래서 나무가 솜옷을 입은 것처럼, 그리고 솜이불을 덮은 것처럼 봄이 될 때까지 고요히 잠을 잘 수 있게 해줄 거야."

"수고해줘, 눈 아이야. 정말 고마워. 우린 너에게 뭘 해줄 수 있을까?"

"햇볕을 막을 수 있는 외투가 필요해. 외투가 없으면 해가 매일 내 몸을 비추게 되어 내가 녹아버릴 거니까. 해님은 언제나 우리가 하루 빨리 하늘로 돌아가길 바라거든. 그러나 나는 겨우내 여기 남아 있고 싶어."

"너에게 돌로 외투를 만들어줄게. 돌로 너를 꼭 싸줄게."

여우가 말했다.

"돌 외투는 너무 무거워. 밤에 해가 없을 때도 내 몸을 무겁게 누르고 있으면 너무 힘이 들 거야."

눈 아이가 말했다.

"너에게 나무 외투를 만들어줄게."

돼지가 말했다.

"나무를 씌워놓으면 딱딱해서 답답할 것 같아. 그리고 손발이 끼어 움직이기도 불편할 것 같아."

눈 아이가 말했다.

"너에게 마른 풀로 외투를 만들어줄게."

다람쥐가 말했다.

"짚방석을 엮는 마른 풀로 두터운 외투를 만들어주자. 바람도 통하고 햇볕도 막을 수 있으며 가볍고도 예쁠 뿐 아니라 마른 풀 향기도 날 거야. 마치 어부가 몸에 걸치는 도롱이 같은 걸로 말이야."

고슴도치가 말했다.

"너무 좋아. 고마워."

눈 아이는 기뻐서 퐁퐁 뛰었다.

"내일 다람쥐가 눈 아이 옆을 지키면서 마른 풀로 외투를 엮고 우리는 모두 흩어져서 마른 풀을 구해오자."

여우가 말했다.

"좋아!"

친구들이 모두 박수를 치면서 찬성했다.

밤이 깊었다. 눈 아이는 아쉬워하면서 친구들과 작별했다. 눈 아이는 푹 자고 내일 새로운 생활을 맞이해야 했다.

찬바람이 쌩쌩 불고 눈꽃이 가볍게 흩날렸다. 눈 아이는 어린 밤나무를 꼭 껴안고 꿈나라로 빠져들었다.

8
예쁜 초대장

산 안팎은 온통 새하얀 세상이다. 눈이 아주 두텁게 쌓였다. 대지며 강이며 온통 하얀 융단을 덮어쓰고 있는 것 같았고, 산비탈이며 절벽이며 모두가 마치 하얀 솜두루마기를 입은 것 같았다. 세상이 온통 하얗고 깨끗한 것이 티 하나 없다. 공기는 맑고 시원하다.

다람쥐가 눈 아이에게 얼음 갑옷을 입혀주어 눈 아이는 더 건장하고 활기차 보였다.

친구들이 사방에서 마른 풀을 구해왔다. 젖소가 준 볏짚, 염소가 준 조짚, 늙은 말이 준 마른 수초… 다람쥐는 그것들을 가지고 두터운 마른 풀 옷을 지었다. 그리고 모두 다 같이 눈 아이의 몸에 덮어주었다. 크기가 딱 맞았다. 마치 금빛이 번쩍이는 망토 같았다.

햇살이 눈 위에 쏟아져 눈부시게 반짝였다. 다람쥐와 그의 친구들은 눈 아이를 지키면서 바위 위에 쌓인 눈을 눈 아이가 입은 마른 풀 외투 위에 뿌렸다. 그 눈이 햇볕에 녹아 마른 풀을 적셔주었다. 밤에 불어온 찬바람에 마른 풀 외투는 얼어서 얼음 옷이 되어 눈 아이를 더 안전하게 감싸줄 수 있었다.

다람쥐와 눈 아이는 친한 친구가 되었다. 다람쥐의 친구들도 눈 아이와 친구가 되었다. 그들은 다 같이 놀면서 이야기도 하고 노래도 부르고 춤도 추면서 즐거운 시간을 보냈다.

시간이 하루하루 지나갔다. 다람쥐는 눈 아이가 갈수록 야위어가는 것을 발견했다. 그는 걱정이 되어 물었다.

"눈 아이야, 너 어디 아프니?"

눈 아이가 고개를 가로저으며 떨리는 목소리로 대답했다.

"난 이제 너희들과 헤어질 때가 되었어."

"어디 가는데? 왜 헤어져? 우린 널 좋아한단 말이야!"

다람쥐가 애가 타서 말했다.

"바위 위에 쌓였던 눈이 점점 녹아내리고 있는 걸 못 봤어? 해님이 그들을 하늘로 데리고 돌아간 거야."

"그럼 너도 하늘로 돌아가는 거니?"

"나는 하늘로 돌아가지 않아. 난 밤나무 몸속에 남을 거야. 나무줄기며 나뭇가지며 매 하나의 나뭇잎 속에 내가 있을 거야."

다람쥐는 막연한 느낌이 들었다. 고슴도치는 조금 슬펐고 여우는 눈물을 흘렸으며 토끼와 돼지는 어리벙벙해서 멍해 있었다. (사랑스러운 눈 아이가 밤나무의 몸속에 남아 있는다고?)

"나의 생명은 밤나무와 하나가 되었어. 나는 원래 하늘의 아이여서 신기한 힘을 가졌거든. 겨우내 나는 매일매일 그 힘을 밤나무에게 주었어. 이 밤나무는 이제 곧 밤나무왕으로 자라날 거야. 너희들은 나에게 즐거움을 가져다주었어. 나는 너희들을 위해 기적을 창조할 거야. 너희들의 아름다운 소원은 꼭 이루어질 거야."

눈 아이는 목소리가 갈수록 가늘어졌으며 이윽고 주위는 고요해졌다.

봄바람이 불어왔다. 햇살이 한결 더 따스해졌다.

이날 다람쥐와 꼬마 친구들이 또 황폐한 계곡으로 왔다.

그런데 어찌 된 일인지 눈 아이가 보이지 않았다. 그리고 마른 풀로 지은 옷만 덩그러니 남아 있었다.

풀 망토를 벗겨보니 밤나무에서 파르스름한 나뭇잎이 돋아나고 있었다. 싱싱한 나뭇잎은 너무나도 예뻤다. 봄이 온 것이다.

그들은 눈 아이가 너무 보고 싶었다. 그래도 밤나무에서 새로운 나뭇가지와 푸른 잎이 계속 자라나는 것을 보면서 그들은 신이 나서 밤나무에 북을 주기에 바빴다. 다람쥐는 특히 매일 나무를 보러 왔다.

눈 아이의 생명력이 밤나무의 생명에 녹아들어 밤나무는 신기한 힘을 갖추고 쑥쑥 자라났다. 오늘까지도 손가락 굵기만 하던 밤나무 줄기가 내일이면 주먹만큼 굵게 자라났다. 뒤덮힌 나무 잎도 크기가 우산만 하던 것이 어느새 정자만큼 커졌다. 밤나무가 무성하게 자라면서 달콤한 향기가 온 골짜기에 가득 퍼졌다.

얼마 안 가 밤나무는 밤나무 왕으로 자라났다. 그리고 밤이 가득 열렸다. 털이 보송보송하고 가시가 토돌토돌한 겉껍데기를 벗기니 반들반들하고 단단한 속껍데기가 드러났다. 다람쥐와 그의 친구들은 밤 한 알 먹는 것도 아까웠다. 그들은 한 바구니 가득 딴 밤을 외할머니에게 보인 뒤 죄다 바위틈에 심었다. 그리고 흙을 얹어주고 물을 주었다. 얼마 안 가 온 계곡에 푸른 묘목이 자라났다. 초록빛 나뭇잎이 바람에 흔들리는 것이 마치 눈 아이가 춤을 추고 있는 것 같았다.

왕성한 생명력을 가진 밤나무왕은 크고도 튼튼했다. 산바람 속에서 목청껏 노래를 부를 때면 노랫소리가 마치 폭포가 쏟아지는 것처럼 장엄하고 아름다웠다. 다람쥐와 그의 친구들은 모두 밤나무 왕을 소중히 여겼다. 그 나무는 모두의 심혈과 희망이었다.

어느 날 다람쥐가 밤나무그루에 북을 주고 있는데 고슴도치가 헐레벌떡 뛰어왔다. 손에는 예쁜 초대장이 쥐여져 있었는데 초대장에는 금빛 글자와 금빛 도안이 번쩍이는 것이 화려해보였다. 그것은 다람쥐를 무용공연에 초대하는 초대장이었다.

고슴도치 뒤로 흰여우가 따라오더니 다람쥐에게 공연대회장으로 빨리 가자고 재촉했다.

"난 밤나무를 지켜야 하는데."

다람쥐가 망설였다.

"지난번에 네가 떠돌이 강아지와 고양이들을 위해 자선공연을 했을 때 무대를 들썩였잖아. 그 활동을 계속 지지해줬으면 해. 그 불쌍한 어린 동물들이 다 널 기다리고 있어!"

흰여우가 간곡히 부탁했다.

다람쥐는 더 이상 거절할 수가 없었다. 다만 밤나무가 마음에 걸릴 뿐이었다. 꼬마 친구들이 묘목을 정성들여 지키겠다고 약속해 주고서야 다람쥐는 바로 공연에 가기로 동의했다. 흰여우는 계곡을 가득 채운 밤나무를 감상하는 듯이 바라보더니 종이 한 장을 꺼내 글을 몇 줄 적어서는 다람쥐에게 그 위에 손도장 발도장을 찍게 했다.

"이 위에 뭐라고 썼어?"

다람쥐가 물었다.

"별거 없어. 그냥 네가 공연에 참가하는 것에 동의한다는 증명서야. 이걸로 홍보를 하려는 거야!"

다람쥐는 더 이상 캐묻지 않았다. 더욱이 그 종이 위에 뭐라고 씌어져 있는지 자세히 보지 않았다. 그런데 그 계약서가 화근이 될 줄 누가 알았으랴.

9
함정에 빠지다

다람쥐는 흰여우를 따라 밤나무 묘목이 가득 자란 계곡을 떠나 한 도시로 와서 오래 동안 공연했다. 하루에 오전, 오후, 밤 세 차례씩 공연하면서 다람쥐는 기진맥진할 정도로 지치곤 하였지만 떠돌이 강아지와 고양이는 한 마리도 보지 못했다.

"돌아갈 집이 없는 떠돌이 강아지와 고양이들을 만나고 싶어."

다람쥐가 말했다.

"서두를 것 없어. 그들은 모두 도시 밖 숲 속에 남아 있어. 우리는 그들을 위해 모금을 하고 있는 거야. 그것이 그들이 남에게 데려다 길러지는 것보다 훨씬 낫지. 첫 공연대회 때 누군가 강아지 세 마리를 데려간 걸 기억하니?"

"기억하지. 누군지는 몰라도 참으로 마음이 따뜻한 것 같아."

다람쥐가 존경심에 가득 차 말했다.

"마음이 따뜻하다고? 하하하… 그는 강아지 세 마리를 반 년 동안 키우다가 잡아먹었어. 다 먹지 못한 고기는 일부 내다 팔기까지 했거든!"

흰여우가 몸까지 흔들면서 웃어젖혔다.

다람쥐는 오싹 소름이 끼쳤다.

목구멍에 호두 껍데기가 걸린 것 같았다.

"그래서 말이야. 우린 그 떠돌이 강아지와 고양이들을 위해 모금을 하려는 거야. 그들을 수용하고 먹이를 사서 먹이고, 또 그들이 살 집도 지어주려는 거야…"

"공연은 몇 차례 할 계획이니?"

다람쥐가 물었다.

"우리는 공연을 계속할 거야. 끝내지 않을 거야."

"뭐?"

다람쥐가 놀라서 소리 질렀다.

"생각해봐! 떠돌이 강아지와 고양이들이 갈수록 많아질 거잖아. 그들은 밥을 먹어야 하고. 그렇지? 그들이 밥 먹기를 그만둘 수 없는데 우리가 어떻게 공연을 그만둘 수 있겠어?"

흰여우가 엄숙하게 말했다.

"그럼 난 언제 집으로 돌아갈 수 있어?"

"기한이 없어. 네가 마음이 따뜻한 무용가라는 건 누구나 다 알고 있어. 그러니 어떻게 떠돌이 강아지와 고양이를 내버려둘 수 있겠어?"

"그렇다고 내가 영원히 너를 위해 공연할 수는 없잖아!"

"나를 위한 게 아니지! 떠돌이 강아지와 고양이들을 위한 것이지. 넌 절대 공연을 그만둬서는 안 돼."

"난 집으로 돌아갈 거야! 반드시 돌아가야 해!"

다람쥐가 단호하게 말했다.

"그건 안 돼! 넌 계약서에 손도장 발도장 다 찍었거든."

흰여우가 차갑게 말했다.

"내가 기어이 떠나겠다면?" 다람쥐는 화가 나서 말했다.

"그렇다면 밤나무가 가득 자란 계곡이 내 것이 되는 거지. 거기서 딴 밤을 팔아서 번 돈은 다 내 것이 되는 거지."

흰여우가 교활한 웃음을 띠며 말했다.

"너 이 사기꾼아!"

다람쥐는 너무 화가 나서 온 몸을 부르르 떨었다.

"난 그 떠돌이 강아지와 고양이들을 위해서 이러는 거야. 그 불쌍한 어린 것들 말이야. 이게 다 사랑하는 마음 때문이지!"

"그 강아지와 고양이들을 보고 싶어."

다람쥐가 말했다.

"그건 안 돼. 우리 공연은 계약을 맺고 하는 것이거든. 만약 공연을 중단하면 계약을 어기는 일이야. 그러면 감방에 가야하고 벌금을 내야 해. 유명한 무용가의 체면을 깎을 수 있겠나? 우린 널 아끼고 지켜야 하거든."

"이 망나니 같은 놈아!"

다람쥐는 분해서 엉엉 울었다.

수심에 잠긴 다람쥐는 밥도 먹을 수 없었고 잠도 잘 수 없었다. 그러나 공연은 또 매일 반드시 하지 않으면 안 되었다.

착한 마음이 밤낮으로 잔인하게 괴롭힘을 당하고 있는 것이다. 다람쥐는 몇 번이나 무대 위에서 기절해 쓰러질 뻔했다.

"잘 들어. 만약 네가 죽으면 그 계곡에 가득 자란 밤나무가 다 내 것이 되는 거야."

흰여우가 위협했다.

"너의 그 사기행각을 모두가 알게 할 거야."

다람쥐가 말했다.

"그런데 넌 계약서에 직접 손도장 발 도장을 찍었거든! 그건 유력한 증거가 되는 거야. 네가 만약 계약을 어긴다면 너야말로 사기행각을 벌이는 거야!"

흰여우가 억지를 부렸다.

다람쥐는 하는 수 없이 고개를 숙이며 말했다.

"나 밤나무골에 한 번만 가보면 안 될까?"

"안 돼! 공연을 못하게 되면 누가 책임져? 매 차례 공연 때마다 숱한 돈을 버는데 관람권도 이미 다 발매하였거든."

흰여우가 차갑게 말했다.

"이제 난 너의 노예가 된 거구나."

다람쥐가 울분에 차서 말했다.

"그런 건 아니지. 넌 떠돌이 강아지들을 위해 자선공연을 한 걸로 유명해졌거든. 이제는 네가 마음이 따뜻한 무용가라는 걸 모르는 이가 없잖아? 내 덕에 넌 명예도 이익도 다 얻어 가장 인기 많은 스타가 된 거야.

너를 홍보하려고 내가 얼마나 많은 돈을 홍보비용으로 허비하였는지 알아? 아이고, 그래서 벌어들인 모든 돈을 다 허비하였단 말이야…"

"난 스타가 되는 걸 원치 않아. 이름나는 것도 싫고 난 그냥 집에 돌아가고 싶을 뿐이야."

"그건 네 마음대로 할 수 없지. 넌 내가 하라는 대로 따라야 해."

흰여우가 난폭하게 말했다.

"그럼 한 가지만 약속해줘. 우리 엄마와 친구들이 날 보러 올 수 있게 해줘. 그럴 수 있지?"

다람쥐가 간절하게 말했다.

"안 돼! 그들을 오게 하려면 많은 돈을 써야 한단 말이야!"

흰여우는 연신 머리를 가로저었다.

"내가 계약서에 손도장과 발도장을 찍었다는 걸 모두에게 꼭 알려줘야 겠어."

다람쥐는 온갖 방법을 다 대 흰여우를 설득하려고 들었다.

"네가 손도장과 발도장이 찍힌 계약서를 인정한다면 그들이 널 만나러 올 수 있게 해줄게."

흰여우가 말했다.

"좋아!"

다람쥐는 흰여우의 조건에 동의하는 수밖에 없었다. 자기 혼자 힘으로 는 교활하고 탐욕스러운 흰여우를 상대하기가 너무 어려웠다.

10
총명한 엄마다람쥐

엄마다람쥐가 흰여우의 초대장을 받고 다람쥐의 100번째 공연 경축회에 참가했다. 엄마다람쥐는 수중의 모든 일을 제쳐두고 급급히 달려왔다. 밤나무 숲을 잘 돌봐야 했으므로 토끼와 돼지에게는 남아서 지키도록 하고 엄마다람쥐는 여우와 고슴도치만 동행하도록 했다.

흰여우는 엄마다람쥐와 새끼다람쥐가 단독으로 만나지 못하게 했다. 모녀가 만나는 자리에 흰여우가 꼭 같이 있었다. 그런 자리가 너무 불쾌했다. 다람쥐는 마치 죄인처럼 엄격한 감시를 받고 있었다.

총명한 엄마다람쥐는 흰여우의 간교함을 바로 눈치 챘다. 그러나 그는 아무것도 모르는 체 하면서 흰여우가 다람쥐를 위해 해준 모든 것에 거듭 감사하면서 흰여우를 은인이라고 친절하게 불렀다. 그리고

"어떤 방법으로 그 은혜에 보답해야 할지 정말 모르겠다"

고 거듭 말했다. 다람쥐는 그러는 엄마가 너무 실망스러웠으며 너무 마음이 상했다. (엄만 정말 바보야! 어떻게 흰여우를 믿을 수 있어?)

흰여우는 흡족해하면서 득의양양해했다.

다람쥐는 자기 손도장과 발도장이 찍힌 계약서에 대해 언급하면서 엄마가 나서서 단호히 반대한다고 말해주길 바랐다. 밤나무 숲은 다람쥐 혼자만의 것이 아니라 모두의 것이기 때문이었다. 그건 너무나도 충분한 이유가 될 수 있기 때문이다.

그런데 다람쥐에게서 자초지종에 대해 다 들은 엄마가 손뼉을 치면서 기뻐할 줄이야. 엄마다람쥐는 신이 나서 외쳤다.

"잘 됐다! 그 계약서에 다람쥐 손도장 발도장만 찍을 게 아니라 나와 여우, 고슴도치도 손도장 발도장을 찍어야 해. 우리 모두가 그 계약에 찬성하고 있다는 걸 보여줘야 하니까."

그는 또 여우와 고슴도치에게 손도장과 발 도장을 찍을 때 착실하게 찍어야 한다고 당부까지 했다. 그리고 그들의 귓가에 대고 귓속말을 한 뒤 일부러 큰 소리로 외치라고 했다.

"우리는 전적으로 동의한다…."

다람쥐는 너무 속상해서 울음을 터뜨렸다.

흰여우는 너무 좋아서 입을 다물지 못했다.

여우와 고슴도치는 엄마다람쥐의 당부를 명심하고 신이 나서 폴짝폴짝 뛰면서 소리 질렀다.

"정말 영광스러워! 손도장과 발도장을 찍으면 우리도 스타가 되는 거야. 그렇지? 흰여우, 우리도 스타로 만들어줘."

흰여우는 그런 결과에 흡족해하면서

"물론이지! 너희들도 스타야."

라고 연신 말했다. 그러자 여우는 또

"흰여우야, 우린 친척이지? 나부터 손도장과 발도장을 찍게 해줘. 어서 계약서를 꺼내!"

라고 외치며 떠들어댔다. 흰여우가 얼른 그 계약서를 꺼냈다.

여우가 서두르며 그 종이 위에 연거푸 몇 번이나 손도장을 찍었다.

흰여우가 다급히 막아서며 거듭 말했다.

"됐어! 됐어! 손도장을 한 번만 찍으면 돼."

그러나 여우는 말을 듣지 않고 연신 소리 질렀다.

"난 아직 발도장을 찍지 않았어…"

철벅철벅! 여우가 계약서에 발도장을 연거푸 몇 개를 찍었다.

흰여우는 안달이 나서 소리를 질렀다. "아이참, 다람쥐의 손도장과 발도장을 다 가려버렸잖아. 똑똑히 보이지도 않아."

고슴도치가 잽싸게 굴러오더니 소리쳤다.

"나도 있어. 나도 손도장과 발도장을 찍을 거야."

고슴도치는 계약서 위에서 뒹굴었다.

그러자 얇은 종이에 구멍이 숭숭 뚫려 버렸다.

화가 난 흰여우가 고슴도치에게서 계약서를 빼앗으려고 허둥거렸다. 고슴도치는 요리조리 피하면서 연신 소리 질렀다.

"내 손도장을 아직 찍지 않았어…"

고슴도치와 흰여우는 계약서를 서로 빼앗으려고 버둥거렸다. 쫘악! 계약서가 갈기갈기 찢어졌다. 때마침 바람이 불어와 종이 조각들이 바람에 날려 사방으로 흩어져 버렸다.

고슴도치가 있는 힘을 다해 흰여우를 들이받았다. 그 바람에 고슴도치 몸의 예리한 가시가 흰여우의 몸을 찔러 여우의 몸에서 피가 흘러나왔다. 엄마다람쥐가 소리쳤다.

"계약서가 멀리 날아갔다. 빨리 쫓아라!"

그때까지도 다람쥐는 눈물만 훔치고 있을 뿐이었다. 엄마가 다람쥐 등을 떠밀며 소리쳤다. "빨리 쫓아가!…"

여우, 고슴도치, 새끼다람쥐가 잽싸게 냅다 뛰었다. 엄마다람쥐는 흰여우를 막아서며 높은 소리로 떠들었다.

"어쩌다가 계약서를 찢어버렸어? 어떡해…"

그때 경축대회가 시작되었다. 흰여우는 대회 진행을 맡았기 때문에 반드시 가봐야 했다. 대회장을 가득 메운 관객들이 기다리다 못해 짜증을 부리며 거듭 재촉하고 있었다. 성대한 행사에서 망신을 하면 안 되니까 흰여우는 가봐야 했다.

흰여우는 괴로운 기색을 억지로 감추고 얼굴에 웃음을 띠면서 행사에 참가해준 손님들을 환영하러 갔다.

엄마다람쥐는 그 틈을 타서 멀리 달아났다.

단밤나무가 숲을 이루었다. 황폐하던 계곡이 호두산으로 바뀌었다. 무성한 나뭇잎은 마치 비취와도 같고 탐스럽게 열린 열매는 황금빛이 번쩍였다. 하늘에서 내려다보면 호두산은 마치 커다란 푸른 보물 단지 같았다. 아름답고도 고요한 호두산에 저녁노을이 아롱다롱한 옷을 입혀주고 아침이슬이 구슬을 걸어주었다. 비가 내려 빗물이 목욕을 시켜주고 햇살이 눈부신 빛을 더해주었다. 뭇 새들이 찾아와 노래를 부르고 꿀벌들이 잇달아 방문했다. 심지어 기러기, 백조도 내려앉아 떠나기를 아쉬워했다.

아름다운 마음이 아름다운 세상을 창조한 것이다. 이곳에는 풍작을 거둔 기쁨이 있고 우정의 소중함과 대자연의 아름다움, 삶을 열애하는 감동이 있다. 따스하고도 생기로 넘치는 이곳 보금자리에 다람쥐와 그의 친구들이 모여들었다. 그들은 모두 잘 알고 있다. 아름다운 소원은 지혜와 힘을 키우는 원천이고 부지런함은 행운을 창조하며 자신감은 성공을 이룬다는 것을…

외할머니는 그들과 함께 단밤을 수확하는 즐거움을 누리면서 기뻐서 입을 다물지 못했다.

겨울이 되면 수많은 눈 아이들이 호두산으로 놀러와 티 없이 맑고 순결한 우정을 맺곤 한다.

다람쥐는 호두산에서 즐겁게 춤을 추었다. 그는 외지에 나가 스타가 되는 것 따위에는 전혀 마음이 동하지 않았다. 즐거움과 행복은 자기 스스로 창조하는 것이다.

Part
10

붉은 대추나무숲

붉은 대추나무숲

1
산사태로 뿔뿔이 흩어진 원숭이 일가

새끼원숭이 링링(靈靈)이가 운동회에서 체조경기 우승을 따냈다.

우승을 따낸다는 것이 결코 쉬운 일이 아니라는 건 누구나 다 안다. 하물며 체구가 작고도 겁이 많은 새끼원숭이 링링이가 말이다. 모두가 허약한 링링이를 두고 살아남기 어려울 것이라고까지 여겼던 적이 있었다. 링링이 태어나던 그날 엄마의 젖도 한 모금 빨아보기 전에 뜻밖의 재앙이 들이닥쳤다.

처음에는 광풍에 폭우가 퍼부었다. 하늘땅이 맞붙은 것처럼 어두컴컴 해지더니 갑자기 번개가 번쩍 하고 하늘을 가르고 귀청을 찢는 듯 천둥 소리에 절벽이 울려 무너져 내렸다. 우지끈 소리와 함께 아름드리 큰 나무 중간이 뭉텅 잘려 산에서 흘러내리는 물에 떠밀려 내려갔다···. 그때 링링이 일가는 그 나무 위에서 아기원숭이의 출생을 경축하던 중이었다. 갓 태어난 아기원숭이 이름을 링링이라고 지었다.

나무가 잘려 떠내려갈 때 링링이 할머니가 위급한 상황에서 링링이를 등에 업고 잘려나간 나무줄기를 부둥켜안고 요동치며 흘러내리는 물결을 따라 떠내려갔다.

링링이 엄마는 슬픔과 절망에 찬 비명소리만 한 마디 남겼을 뿐이었다. "내 새끼 영영아…"

숲 속의 동물들은 홍수에 다 쓸려가 버렸다. 할머니는 링링이를 업고 떠내려가는 나무를 꼭 부둥켜안고 몇 날 며칠 동안 홍수에 휩쓸려 떠내려가면서 몇 번이나 홍수의 소용돌이에 휘말려 목숨을 잃을 뻔했다. 그러다가 큰 버드나무 아래까지 떠내려 왔을 때 할머니는 잽싸게 버드나무 줄기를 잡고 나뭇가지 위로 기어 올라가 살 수 있었다. 그때부터 링링이는 할머니와 서로 의지하며 떠돌이생활을 시작했다.

링링이는 어떻게 살아남았을까? 할머니가 나뭇잎을 잘근잘근 씹어 먹이고 꽃잎을 비벼 즙을 짜 먹였으며 호두를 으깨 먹이고 산열매를 따서 먹여 키웠다. 가끔씩 동물의 젖을 동냥해 먹이기도 했다. 그렇게 링링이가 홀로 산열매를 따 먹을 수 있을 만큼 컸는데도 할머니는 여전히 좋은 음식이 생기면 아껴두었다가 링링이에게만 먹였으며, 자신은 마른 나뭇잎과 풀뿌리로 끼니를 때우곤 했다. 그런데도 링링이는 몸이 야위고 허약했다. 큰 바람이 부는 날이면 할머니는 언제나 링링이를 품에 꼭 껴안아주곤 했다. 거센 바람이 링링이를 쓸어가 버릴까봐 걱정이었던 것이다. 할머니는 돌을 주워와 자그마한 집을 지었다. 할머니와 손자가 드디어 비바람을 막을 수 있는 거처를 마련해 안착할 수 있게 된 것이다.

링링이는 엄마와 아빠에 대한 기억이 가물가물했다. 엄마와 아빠의 모습이 생각나지 않았다. 링링이는 새끼소가 엄마와 아빠 옆에서 풀을 뜯어먹고 있고, 엄마소가 꼬리로 송아지의 몸에 달라붙는 쇠파리를 쫓아주고 있는 걸 볼 때마다 속으로 너무 부러웠다.

아기양이 엄마양 옆에서 젖을 빨아먹으면서 즐거운 듯 꼬리를 흔드는 걸 볼 때마다 링링이는 (어디 가면 엄마와 아빠를 찾을 수 있을까?) 하고 생각했다.

이곳은 원숭이들이 살기에 알맞은 곳이 아니었다. 숲도 없고 큰 산도 없었다. 그러나 할머니는 더 이상 링링이를 데리고 먼 길을 떠날 힘이 없었고, 새끼원숭이도 그렇게 허약하여 가는 도중에 어떤 위험한 상황에 맞닥뜨릴지 알 수 없었다. 또 한쪽은 늙고 다른 한쪽은 어려서 외부의 공격을 막아낼 힘도 없었다. 자칫하다가는 다른 동물의 먹이가 될 수도 있었다. 그래도 할머니는 링링이가 한 가지 재주라도 익혀 앞으로 홀로 살아나갈 수 있게 해야겠다고 생각했다.

2
재주를 익히는 건 정말 고생스러워

새끼원숭이 링링이는 곤두박질치는 걸 좋아했다. 곤두박질을 한꺼번에 여덟 개는 할 수 있었다. 그리고는 흔들리는 나뭇가지 위에 올라서곤 하여 동물들의 갈채를 받았다.

그러나 할머니 원숭이는 어떻게 해야 링링이에게 좋은 재주를 익히게 할 수 있을까 하고 늘 생각하곤 했다. 염소가 뿔로 적을 떠받는 걸 가르치려 하였으나 새끼원숭이에게는 뿔이 없었다. 백마가 발굽을 들어 적을 차는 방어술을 가르치려 해도 원숭이에게는 발굽이 없었다. 기러기가 나는 걸 가르치려 해도 원숭이에게는 또 날개가 없었다…. 이곳에는 원숭이 무리가 살고 있지 않았다. 할머니를 제외하고 주변 수십 리 안에 긴팔원숭이 한 마리가 살고 있을 뿐이었다. 그러나 그 긴팔원숭이는 비록 늙었지만 재주만은 여전하여 동물들은 그를 신령원숭이라고 부르며 그를 존중하고 있었다.

할머니가 손자 링링이를 데리고 그 신령원숭이를 찾아가 스승이 되어 달라고 부탁했다. 그 신령원숭이는 링링이의 몸을 한 번 훑어보고는 그 영리한 원숭이가 마음에 들었다. 그는 링링이가 앞으로 훌륭하게 자랄 수 있을 것이라고 믿고 심혈을 기울여 키우기로 결심했다.

그때부터 링링이는 힘겨운 공부를 시작했다.

신령원숭이와 링링이는 비록 같은 종류의 원숭이는 아니지만, 링링이에 대한 스승의 사랑과 기대는 보통이 아니었다. 그래서 누구보다도 더 엄격했다.

이른 새벽 하늘가에 아침노을이 막 피어나기 시작하면 새끼원숭이 링링이는 벌써 스승에게 달려가 아침인사를 올리고 강가의 버드나무 아래에서 훈련을 시작했다. 먼저 줄넘기 연습을 한참 하다가 본격적으로 뛰어오르기 연습을 했다. 처음에는 제일 낮고 굵은 나뭇가지 위에 뛰어올라 그 나뭇가지 위에서 곤두박질을 몇 번 한 다음 땅에 뛰어내렸다. 그 다음에는 더 높고 굵은 나뭇가지 위로 뛰어올라 곤두박질을 몇 번 한 뒤 다시 땅으로 뛰어내렸다. 그리고 더 높고 가는 나뭇가지에 뛰어올라 흔들리는 나뭇가지 위에서 올려 뛰기를 몇 번 한 뒤 훌쩍 뛰어내려 나무 아래에 안전하게 착지를 했다.

매일 이른 아침 수백 회씩 뛰어야 하는 연습은 절대 쉬운 일이 아니었다. 첫날 새끼원숭이 링링은 스승에게 갔다가 돌아와서는 할머니를 부둥켜안고 엉엉 울음을 터뜨렸다.

할머니가 우는 새끼원숭이를 겨우 달래 마음속의 말을 터놓게 했다.

새끼원숭이는 눈물을 훔치면서 할머니에게 하소연했다.

"다리도 아프고 허리도 아프고 온 몸에 힘이 없어요. 팔 다리가 너무 무거워서 들 수도 없어요. 이 다리, 이 발이 다 제 것이 아닌 것 같아요. 배우지 않을래요. 스승에게 가지 않을래요…."

새끼원숭이는 더 크게 울었다.

할머니는 새끼원숭이를 품에 꼭 껴안고 다독이며 달래기도 하고 머리를 쓰다듬으며 어르고 격려도 해주었다.

"영영아, 뚝! 할머니가 같이 가주면 어때? 할머니가 먼저 뛸게. 할머니가 먼저 뛰어오르면 링링이가 뛰어오르고 할머니가 뛰어내리면 링링이도 뛰어내리는 거야. 할머니도 너와 같이 배울게. 너와 같이 연습할게…."

그러나 새끼원숭이는 할머니를 고생시키고 싶지 않았다.

연로한 할머니가 떨어져 다리라도 다치게 되면 자기 마음을 다스리지 못할 것 같았다.

"안 돼요, 안 돼! 할머니가 떨어지기라도 하면 너무 아파서 안 돼요."

새끼원숭이 링링이는 할머니를 끌어안고 외치듯이 울면서 말했다.

"내 보석같은 손자를 위하는 일이니 할머니는 아픈 것도 두렵지 않고 떨어지는 것도 두렵지 않단다. 이 할미는 어떻게든 네가 재주를 배웠으면 좋겠다!"

"그러면 나 혼자 배우러 갈게요. 나 홀로 연습할게요. 나도 할머니가 고생하는 거 마음 아파요!"

새끼원숭이가 결심을 내린 듯 말했다.

"할미를 위해 고생하는 건 고생스럽지 않다는 거지? 그렇지?"

할머니가 자상하게 물었다.

"네!"

새끼원숭이 링링이가 고개를 끄덕였다.

링링이는 더 이상 고생을 두려워하지 않고 열심히 재주를 익히겠다고 결심했다. 그런데도 할머니는 여전히 매일 링링이와 함께 스승에게 가주었다. 링링이가 재주를 배울 때 할머니는 옆에서 그를 지켜주고 봐주고 사기를 북돋아주었다.

흰 눈이 날리고 나뭇가지에 얼음이 얼어붙어 차갑고도 미끄러웠지만 새끼원숭이 링링이는 연습을 게을리 하지 않았다. 큰 비가 억수로 쏟아지고 천둥번개가 쳐도 링링이는 여전히 연습을 계속했다.

링링이는 재주를 익히는 한편 담도 키웠다. 그는 용감하면서도 침착하였고 세심하면서도 듬직했다.

거센 바람이 휘몰아쳐 미친 듯이 나뭇가지를 흔들어대도 링링이는 여전히 나무 위에서 뛰는 연습을 했다. 그는 단 하루도 연습을 중단한 적이 없었다.

링링이의 재주는 날이 갈수록 늘어났다.

3
행운이 손짓할 때

새끼원숭이 링링이는 홀로 먹이를 채집할 수 있게 되었다. 그는 항상 맛있는 것을 아껴두었다가 할머니에게 갖다 드리곤 했다. 만약 재미있는 곳을 발견하면 할머니를 업고 가곤 했다. 링링이는 할머니에게 푸른 나무가 우거진 곳을 찾아 드릴 수 있기를 바랐다.

"우리 숲이 있는 곳을 찾아봐요. 내가 할머니를 업고 갈게요. 숲을 찾으면 할머니가 큰 나무 위에서 훨씬 편안하게 오래 오래 지낼 수 있을 거예요."

링링이는 몇 번이나 할머니를 졸랐었다. 그러나 할머니는 늘 머리를 가로저었다.

"난 이제 늙어서 걷지도 못하겠어. 네가 나를 업고 간다해도 하루에 얼마나 걸을 수 있겠니? 그러다 위험한 상황이 닥치기라도 하면 너 혼자 어떻게 감당할래? 이곳은 산도 없고 숲도 없지만 어쨌든 조용한 곳이잖니? 주변의 소도, 말도, 양도, 토끼도… 우리를 해치지 않고 말이야. 난 이 초원에서 말년을 보낼 수 있는 것도 행운이라고 생각한단다. 여기는 부유하지는 않지만 횡포를 부리는 호랑이, 늑대, 곰, 사자 등이 없으니 안전한 곳인 셈이지. 여기서 계속 살자!"

가끔은 새끼원숭이 링링이도 아빠와 엄마를 찾으러 가고 싶었다. 그러나 그들이 어디 있는지 알 수가 없었다. 링링이는 연로한 할머니를 홀로 두고 갈 수는 없었다. 할머니 홀로 이 황폐한 초원에서 살도록 할 수는 없었다. 어느 날 동물계에서 대규모 운동대회가 열린다는 소식이 전해졌다. 산과 숲, 강과 호수와 바다, 여러 지역의 동물들이 모두 운동대회에 참가하게 되며 전례 없는 성대한 운동회라고 했다.

신령원숭이가 새끼원숭이 링링이 대신 참가신청을 했다. 소식을 듣고 새끼원숭이 링링이도 가슴이 설렜다. 그러나 한편으로는 할머니가 걱정되어 망설이고 있었다. 할머니가 그를 설득했다.

"운동대회에 참가하면 여러 가지 경기도 구경할 수 있고 또 많은 친구들도 알게 될 수 있으며, 어쩌면 너의 아빠와 엄마의 소식도 들을 수 있을지도 모른다. 이건 얻기 어려운 좋은 기회야."

그 말을 듣자 새끼원숭이 링링이는 운동회에 참가하기로 마음먹었다. 그는 더 열심히 훈련하면서 추호도 연습을 게을리 하지 않았다. 밤이면 하늘에 걸린 달을 쳐다보면서 마음속의 비밀을 털어놓았다.

"달아, 달아, 너는 우리 아빠와 엄마가 어디 있는지 아니? 나 대신 소식을 좀 전해주겠니? 내가 두 분을 얼마나 만나고 싶어 하는지 말이야…"

그러나 달은 새끼원숭이를 내려다보면서 아무 말도 없었다. 새끼원숭이의 슬픔을 건드릴까봐 걱정이 되기라도 한다는 듯이 달은 흘러가는 흰 구름 뒤에 숨어버렸다. 새끼원숭이는 한숨을 쉬고서 이번에는 흰 구름에게 자기 속마음을 털어놓았다.

"구름아, 넌 하늘에서 여기저기 떠다니면서 사방팔방을 다 내다볼 수 있잖니. 넌 우리 아빠와 엄마가 어디 있는지 아니? 나를 도와 소식을 좀 전해주겠니? 내가 그들을 얼마나 보고 싶어 하는지 말이야…"

흰 구름은 아무 대답도 없이 가여워서 눈물만 후드득후드득… 뿌려주었을 뿐이었다. 빗물에 새끼원숭이 링링의 온 몸이 다 젖었다.

새끼원숭이 링링은 희망과 그리움, 그리고 설레는 마음으로 경기에 참가했다. 신령원숭이는 코치의 신분으로 링링이와 함께 대회에 참가했다. 대회에 참가한 그들 연로한 스승과 어린 제자에 대해 처음에는 아무도 관심을 기울이지 않았다.

그러나 링링이가 체조경기에서 우승을 차지하면서 이 왜소한 체구의 새끼원숭이는 순식간에 수많은 동물들의 주목을 받는 대상이 되었다.

그 영예는 너무나도 특별한 것이어서 전체 원숭이류의 영예일 뿐 아니라 동물계의 자랑이기도 했다. 뿐만 아니라 링링이는 경기에 참가한 선수들 중에서도 나이가 가장 어려 역대 최연소 금메달리스트가 되기도 했다. 동물들은 모두 이 어린 선수에게 박수갈채를 보내주었다. 링링이는 가는 곳마다에서 뜨거운 환영과 존경을 받았다. 참으로 감동적인 날들이었다. 금메달리스트 링링이가 받은 상품은 붉은 대추 한 알이었다. 그 대추는 선명한 붉은 색이었는데 반들반들 윤기가 돌았으며 묵직한 붉은 마노 같았다. 링링이는 그 대추를 먹기가 아까워서 손에 꼭 쥐고 조심스럽게 집으로 가지고 가서 할머니에게 드렸다.

4
아름다운 소원을 심다

그 붉은 대추는 손자가 따온 영예를 상징하는 것이기고 했고, 손자를 진심으로 아끼는 할머니의 마음을 대표하는 것이기도 했다. 할머니는 그 붉은 대추를 손바닥 위에 올려놓고 보고 또 보고 만지고 또 만졌다. 세상에 둘도 없이 소중한 보물을 대하는 것처럼 아꼈다.

어느 날 할머니는 손자가 상으로 받은 대추를 집 앞에다 심었다. 그는 부지런히 물을 주고 북을 주면서 지켜보았다. 마치 아기가 태어나기를 기다리는 마음처럼 정성을 다했다.

신령원숭이는 자기 애제자에게 큰 기대를 품고 있었다.

"우승은 종점이 아니라 새로운 시작점이란다. 넌 더 많이 노력해야 우승 자리를 지킬 수 있어."

라며 인내심을 가지고 새끼원숭이 링링이를 타일렀다.

"왜 우승 자리를 지켜야 해요?"

새끼원숭이가 물었다.

"그건 영예니까. 모두가 너를 부러워하고 존경하니까…"

"하지만 난 하루 빨리 아빠와 엄마를 찾고 싶어요."

새끼원숭이 링링이가 눈을 들어 먼 곳을 바라보면서 착잡한 표정으로 말했다.

"내일부터 넌 다시 매일 훈련을 계속해야 해. 다음 운동회에 참가할 준비를 해야 하기 때문이다. 내가 널 가르칠 수 있는 시간도 이제 얼마 남지 않았구나."

신령원숭이가 탄식조로 말했다.

새끼원숭이 링링이는 스승의 말에 따라 매일 아침 일찍 일어나 열심히 훈련하면서도 마음속으로는 아빠와 엄마를 찾을 생각을 포기하지 않았다. 엄마가 무성한 원시림 속의 큰 나무 위에서 뛰어내리더니 두 팔을 벌려 그를 꼭 껴안았다. 그는 크고도 달콤한 대추를 한 아름 엄마에게 주었다. 갑자기 거센 바람이 불어오는 바람에 대추들이 바람에 날려 사방으로 마구 흩어졌다. 새끼원숭이는 모래바람 때문에 눈을 뜰 수가 없었다…. 깜짝 놀라 깨어보니 꿈이었다.

새끼원숭이는 아빠와 엄마를 만나는 꿈을 자주 꾸었는데 그럴수록 아빠와 엄마가 더 보고 싶었다. 이 세상에서 뭘 잃어버리든 다 다른 걸로 대체할 수 있지만 오로지 아빠와 엄마만은 아무도 대체할 수가 없다. 마치 마음속 깊은 곳에 단단한 실이 있어 자신과 아빠 엄마를 한데 이어 놓은 것 같았다.

봄바람이 불어오고 눈과 얼음이 녹기 시작했다. 풀이 파릇파릇 돋아나고 꽃들이 활짝 피어났다. 따스한 햇살이 대지를 고루 비추었다. 물고기가 물에서 헤엄치고 새들이 재잘재잘 노래를 불러댔다. 대지는 생기가 넘쳐났다. 대추가 싹이 트고 묘목으로 자라나기 시작했다.

할머니는 너무 기뻐서 입을 다물지 못했다. 링링이도 너무 좋아서 풍풍 뛰었다.

"대추나무가 높이 자라나면 난 대추나무 가지 위에서 뛰기 훈련도 하고 그네도 뛸 거예요. 크고 빨간 대추를 따서 아빠와 엄마에게 드릴 거예요.

"대추나무도 자라고 너도 자라나는 거야. 넌 재주가 많은 원숭이로 자라날 거야. 네가 우승을 따낸 걸 너의 아빠와 엄마가 알게 되면 얼마나 기뻐하겠니? 재난 속에서 태어난 자기 아들이 이렇게 잘 커줬으니 말이야." 할머니가 감개무량해서 말했다.

"언제 대추가 열릴까요? 기다리는 마음이 급해요. 빨리 아빠와 엄마를 찾으러 가고 싶어서요."

동물운동대회가 열릴 때 링링이는 아빠와 엄마의 소식을 수소문했다. 그들이 아직 살아 있고 아주 먼 서남지역의 원시림에 살고 있으며 아빠는 원숭이 왕이 되었다는 소식을 들었다. 링링이는 먼 길을 떠나기로 마음먹었다. 그는 할머니에게 자기 생각을 털어놓았다.

"내 새끼야, 가는 길에 산은 높고 길은 멀단다. 가는 길이 많이 험하지. 그러니 꼭 조심해야 한다."

할머니가 거듭 당부했다.

"할머니, 꼭 아빠와 엄마를 찾을 거예요. 그리고 할머니를 모시러 올 거예요."

새끼원숭이 링링이는 할머니와 작별하고 홀로 길을 떠났다.

장거리여행은 흥미로우면서도 힘겨웠다. 홀로 산을 넘고 물을 건너 고생스럽게 걸으면서 외로움과 위험을 이겨냈다. 그래도 마음씨 착한 링링이는 항상 성실한 친구를 만날 수 있었다.

5
원숭이 산에서의 뜻밖의 만남

그곳은 자연보호구인데 원숭이 산 혹은 원숭이 원, 원숭이 섬 등으로 불리고 있었다. 세계 각지에서 온 여러 종류의 원숭이들이 푸른 나무가 우거진 산언덕에서 함께 살아가고 있다. 그 곳에는 그들을 해칠 이도 없고 사나운 야수들도 나타나지 않았다. 가끔씩 사람들이 원숭이가 좋아하는 먹이를 던져주기도 하고 관광객들이 원숭이들에게 사진을 찍어주기도 했다. 원숭이들은 그곳에서 화목하게 지내면서 자유롭게 살아가고 있었다. 여기 사는 원숭이들은 각기 다른 원숭이 무리가 있으며 각자의 우두머리를 따로 있었으며, 서로 간섭하지 않았다.

새끼원숭이 링링은 기대를 안고 원숭이 원으로 왔다. 여러 곳에서 모여온 원숭이들이 어쩌면 아빠와 엄마의 확실한 소식을 알지도 모른다고 속으로 생각했다. 그래서 링링이는 먼저 들창코원숭이를 찾아갔다.

"안녕하세요!"

새끼원숭이 링링이가 예의 바르게 인사를 했다.

들창코원숭이는 아름다운 금발이었는데 위풍당당하면서도 존귀해 보였으며 남다른 기질을 갖추고 있었다. 긴 꼬리도 황금빛이었는데 번쩍이는 목도리 같은 것이 더 점잖으며 기품이 있어 보였다.

"넌 새로 온 원숭이니?"

들창코원숭이의 위엄 어린 말투에 새끼원숭이는 조금 겁이 났다.

"여기 남아도 좋다. 단 다른 원숭이무리를 귀찮게 해서는 안 된다. 이건 아주 중요한 사항이야."

들창코원숭이가 훈계조로 말했다.

"전 여기에 오래 머물지 않을 거예요. 우리 아빠와 엄마를 찾으러 가야 하거든요. 그래서 아빠와 엄마의 소식을 알 고 싶어서 왔어요. 저에게 알려줄 수 있나요?"

새끼원숭이가 겁에 질려 말했다.

"난 브라질원숭이 중의 귀족이란다. 다른 원숭이무리와는 절대 왕래를 하지 않아. 난 비행기를 타고 여기까지 왔어 그러니 잘 모른다."

말을 마친 들창코원숭이는 자기 금발을 다듬는 데만 열중하면서 더 이상 링링이를 거들떠보지 않았다.

새끼원숭이 링링이는 풀이 죽어 들창코원숭이 곁을 떠나 깊은 밀림으로 걸어갔다. 가다보니 가늘고 긴 꼬리가 나뭇가지 위에서 아래로 드리워진 채 가볍게 흔들리는 것이 보였다.

"어이! 새끼원숭이, 어디서 왔니?"

안경원숭이가 나뭇가지 위에서 꼬리를 흔들거리며 물었다.

안경원숭이는 크고도 동그란 까만 눈을 가졌으며 암갈색의 눈언저리는 호박색 안경테 같았다. 그는 엄숙한 표정을 짓고 있었는데 마치 학식이 깊은 학자 같았다.

"저는 새끼원숭이 링링이에요. 아빠와 엄마를 찾으러 먼 길을 왔어요. 소식을 좀 알 수 없을까요? 저의 아빠와 엄마가 서남지역의 원시림에 살고 계신다고 들었거든요."

새끼원숭이가 간절하게 말했다.

"난 동남아에서 와서 서남지역의 숲에 대해서는 잘 알지 못해. 그러나 이것만은 알려줄 수 있지. 이 곳은 원숭이무리가 거주하기에 적합한 지역이긴 하지만 원숭이들이 이동하고 왕래하는 경계지역은 아니거든. 가족을 찾아 먼 여행을 계획 중이라면 이 곳에 머무를 필요가 전혀 없어. 하루 빨리 길을 떠나는 게 좋을 거야."

안경원숭이가 진지하게 말했다.

"고맙습니다. 이 곳에서 동행할 친구를 찾을 순 없을까요? 홀로 여행하는 것은 너무 외로워서요. 동반자가 있으면 서로 의지하며 돌봐줄 수 있을 것 같으니까요."

"그건…"

안경원숭이가 잠깐 생각에 잠겨 있을 때 갑자기 원숭이 한 마리가 엉엉 울면서 뛰어왔다. 그 목소리는 다급하면서도 쟁쟁하였는데 마치 갓난아기의 울음소리 같았다. 그는 온 몸에 연회색 털이 덮여 있었으며 굵고도 튼튼한 긴 꼬리를 끌고 있었다.

"갈라고원숭이구나. 왜 그래?"

안경원숭이가 다급히 물었다.

"내가 한창 졸고 있는데 '하늘을 나는 뱀'(파라다이스 나무 뱀)이 갑자기 멀리서 날아오더니 내 머리를 치는 바람에 난 하마터면 눈이 멀 뻔했어요. 아이고, 아이고! 아파 죽겠네…"

"하늘을 나는 뱀? 뱀은 날개도 없는데 어떻게 날아요?"

새끼원숭이 링링이가 호기심에 차서 물었다.

"하늘을 나는 뱀은 나무에 기어오르는데 능수능란하단다. 그 뱀은 한 나무에서 20미터도 넘는 거리를 날아 다른 한 나무로 옮겨갈 수 있지. 그러니 하늘을 나는 뱀이라고 불리는 거야." 안경원숭이가 말했다.

"와!" 링링이는 저도 모르게 감탄했다!

"엉엉…" 갈라고원숭이는 계속 울었다.

"하늘을 나는 뱀을 엄하게 경고해야겠어. 다른 동물을 위협한 게 한

두 번이 아니야. 숲은 모두가 함께 생존하는 곳인 만큼 제멋대로 남에게 해를 끼치는 건 절대 용납할 수 없지." 안경원숭이가 격분했다.

"하늘을 나는 뱀에게 누굴 보내 경고라도 해야지 않을까?"

갈라고원숭이가 물었다.

"여기 이 영민한 새끼원숭이가 나서면 되겠군."

안경원숭이가 링링이를 유심히 살펴보면서 말했다.

"저요?"

링링이가 깜짝 놀라 소리를 질렀다.

"물론이지. 네가 나서는 게 제일 적합할 것 같아. 넌 외지에서 왔고 또 여기에 오래 머무를 계획이 없으니까 하늘을 나는 뱀의 보복을 두려워할 것도 없거든. 안 그래?"

안경원숭이는 의논의 여지가 없다는 표정을 지었다.

"그래, 그래! 넌 하늘을 나는 뱀에게 경고하고 바로 떠날 건데 두려울 게 뭐야?"

갈라고원숭이도 극구 부추겼다.

"그런데 내가… 내가 하늘을 나는 뱀에게 경고한다고 소용이 있겠어요?"

"소용이 있지! 소용이 있고말고! 넌 외지에서 왔고 유명한 협객이거든. 불의에 맞서 싸울 수 있고 남다른 재주를 가졌으며 세상을 두루 돌아다니면서 자기 힘을 믿고 약한 자를 괴롭히는 건 절대 그냥 지나치지 않으니까. 협객, 협객은 온 천하에 위세를 떨치고 있어! 하늘을 나는 뱀에게 네가 대단하다는 걸 알게 해야 해. 난 지금 가서 온 숲에 알릴 거야…"

갈라고원숭이는 새끼원숭이 링링이의 대답도 기다리지 않고 야단법석을 떨며 뛰어갔다.

"나는 무슨 협객이 아니에요. 이… 이걸 어떡하지?"

링링이는 경황실색했다.

"넌 할 수 있어! 내가 할 수 있다고 하면 할 수 있는 거야!"

안경원숭이가 변명의 여지가 없다는 표정을 지었다.

6
원숭이협객은 두려워

순식간에 원숭이 산에 소문이 쫙 퍼졌다. 원숭이협객이 하늘을 나는 뱀을 호되게 혼낼 것이라는 둥, 원숭이협객은 무예가 뛰어나기로 세상에서 유명하다는 둥, 몇 리 밖에서 손가락으로 찔러도 하늘을 나는 뱀의 급소를 찌를 수 있다는 둥, 연거푸 몇 번을 찌르면 하늘을 나는 뱀을 몇 토막 낼 수 있다는 둥, 협객이 하늘을 나는 뱀에게 내일 숲 중심에 있는 아카시아나무 위에 와서 심문을 받고 징벌을 받기를 기다리라는 명령을 내렸다는 둥 여러 가지 소문이 무성했다.

동물들이 모두 숲으로 모여들었으며 흥분하고 있었다. 이런 일은 원숭이 산에서 매우 드문 일이었다. 특히 신비로운 협객을 만날 수 있는 얻기 힘든 기회인지라 아무도 놓치고 싶지 않았다.

갈라고원숭이의 홍보는 아주 선정적이었다. 그는 큰소리로 소리 지르며 불가사의하게 떠벌이고 다녔다.

"그 원숭이협객은 한 쌍의 고양이 눈을 가져 밤에 사물을 똑똑히 볼 수 있대. 심지어 작은 개미의 다리까지도, 귀뚜라미의 수염까지도 볼 수 있대. 원숭이협객의 신통력은 보통이 아니래. 아름드리나무를 뿌리 채 뽑는 것이 마치 젓가락을 집어 드는 것처럼 쉽고 산꼭대기를 움켜잡는 것이 마치 계란 하나 집어 드는 것 같대. 협객이 입김을 한 번 불면 큰 바람이 일어 바다의 큰 배도 뒤집을 수 있대. 협객이 발을 한 번 구르면 끝이 보이지 않는 동굴이 생겨난대…"

"그 원숭이협객은 분명 말도 할 수 없을 만큼 거대하겠지?"

왜소하고 게으른 원숭이가 가냘픈 목소리로 물었다.

"무식하구나. 협객이 어찌 쉽게 본모습을 드러낼 수 있겠니? 겉모습이 거대하고 웅장하다면야 뭐 신기할 게 있겠어. 왜 신기하냐면 체구가 왜소한데 힘이 막강하여 한 번 힘만 썼다하면 상대가 놀라서 간담이 서늘해지곤 한다는 거야. 못 들었어? 작은 힘으로 큰 힘을 제압한다는 것, 원숭이협객의 신통력은 바로 그거지!"

갈라고원숭이가 침을 튕기며 손짓발짓까지 해가면서 말했다.

"원숭이협객이 오래 동안 여기 남아서 우리를 지켜줄 수 있을까?"

거미원숭이가 물었다.

"그건 사치스러운 생각이지. 원숭이협객은 세상을 돌아다니면서 악한 것을 징벌하고 착한 것을 널리 알리고 있는데 어찌 우리 이 작은 섬에 오래 머물러 있을 수 있겠어? 이 곳에 잠깐 들러준 것만으로도 우리에게는 행운이지. 그래서 기회가 쉽게 오지 않는다고 하는 거야. 하늘을 나는 뱀은 죄 값을 치르게 될 것이고…"

날이 점점 어두워지고 숲 속의 모든 것이 어슴푸레해졌지만 뭇짐승들은 흩어질 생각을 하지 않았다. 그들은 모두 원숭이협객의 비범한 무예를 구경하고 싶었던 것이다. 갈라고원숭이가 나서서 그들을 흩어지라고 타이르는 수밖에 없었다.

"협객이 내일 비범한 무예를 선보이려면 오늘 밤은 충분히 휴식해야 한다고. 그리고 다들 푹 자야 내일을 활기차게 시작할 수 있고 협객이 하늘을 나는 뱀을 혼내는 걸 감상할 수 있을 거니까. 그렇잖아? 다들 흩어졌다가 내일 일찍 오면 되지 뭘 그래."

갈라고원숭이가 타이름 반 우격다짐 반으로 쫓고서야 뭇짐승들은 각자 흩어져 돌아갔다.

갈라고원숭이가 숲 속 큰 나무 위에 새끼원숭이 링링이가 쉴 수 있는 곳을 마련해주었다. 안경원숭이가 같이 있어주었다.

"난 무슨 협객이 아니에요. 그리고 하늘을 나는 뱀도 혼낼 수 없어요."

새끼원숭이 링링이가 거듭 밝혔다.

"넌 아무 말도 할 것 없어. 내가 다 얘기할 테니. 그래도 안 되겠어? 아이참, 협객 흉내만 내면 되는데 어려울 게 뭐야. 두려울 게 뭐야!"

"난 사기꾼 안 할 거예요! 거짓말을 하면 좋은 결과가 없을 거니까 성실해야 한다고 할머니가 나에게 가르치셨거든요."

"어이구! 멍청하긴. 이건 적을 대처하기 위해 우리가 생각해낸 훌륭한 계책이란 말이야. 하늘을 나는 뱀만 정복할 수 있다면 이건 좋은 생각이야. 됐다, 됐어! 얘기 그만하고 푹 자거라. 다른 건 나에게 맡기고. 두고 봐! 하하하!"

갈라고원숭이가 야단법석을 떨면서 가버렸다.

그러나 링링이는 마음이 불안했다. (협객인 척 하라고? 대체 무슨 일이지? 어떤 이유를 갖다 대건 그건 사기야. 나는 운동대회에 참가하여 우승을 따낸 선수야. 선수는 떳떳해야 해. 속임수를 쓰는 건 수치스러운 일이야. 이는 스승의 타이름이다. 난 절대 사기꾼이 될 수는 없어. 밤에 여길 떠나야겠다.)

새끼원숭이 링링이는 자기 생각을 안경원숭이에게 이야기했다. 안경원숭이는 링링이를 만류할 수 없다는 걸 알고 말했다.

"내가 한 가지 재주를 가르쳐줄게. 머리를 180도로 돌릴 수 있고 눈으로 사방팔방을 볼 수 있는 재주야. 그 재주가 너의 장거리여행에 큰 도움이 될 거야."

링링이가 기뻐서 연신 소리쳤다.

"좋아요! 좋아요! 고마워요. 스승님."

안경원숭이가 말했다.

"고마워할 것 없어! 너에게 재주를 가르쳐주었으니 넌 나에게 체조를 보여줘. 그래줄 수 있겠어?"

"좋아요!"

새끼원숭이 링링이가 흔쾌히 대답했다.

안경원숭이가 재주를 가르치기 시작했다. 먼저 머리를 45도 각도로 돌리고 또 90도로 돌린 다음 180도까지 돌린다. 잠깐 멈췄다가 머리를 다시 되돌려온다. 안경원숭이의 그 재주는 참으로 신기했다. 목을 회전축처럼 임의로 돌릴 수 있으니 너무 미묘했다. 그러니 사방을 다 볼 수 있었다. 앞과 뒤, 좌와 우, 모든 것이 다 똑똑히 보였다. 몸을 돌리지 않고도 주위의 모든 것을 알 수 있어 훨씬 편리하였으며 안전도 보장할 수 있었다. 이 큰 세상에 생존하는 만물들은 각자의 묘기를 가지고 있다는 걸 깨달았다. 새끼원숭이 링링이는 안경원숭이에게 크게 탄복하여 큰 절을 올리고 스승으로 모신 뒤 열심히 배우기 시작했다. 한 번 또 한 번 반복하여 배우다보니 시간을 완전히 잊었다.

갑자기 안경원숭이가 말했다.

"이제는 네가 체조를 보여줄 차례야. 그래주겠니?"

자신에게 재주를 가르쳐준 스승에게 보답하기 위해 새끼원숭이는 아주 열심히 체조를 했다.

매 하나의 동작을 아주 빈틈없이 훌륭하게 했다.

"잘한다!"

환호소리, 박수소리가 숲속에 울려 퍼졌다. 새끼원숭이 링링이는 체조를 다 마친 뒤에야 뭇짐승들이 자신을 둘러싸고 체조를 감상하고 있는 걸 발견하고는 저도 모르게 바싹 긴장했다.

"하늘을 나는 뱀이 앞에 나타나면 난 어떡해?"

바로 그때 갈라고원숭이가 고함을 지르면서 뛰어왔다.

"하늘을 나는 뱀이 원숭이 산에서 도주했어! 다시는 감히 나타나지 못할 거야. 그리고 비단털쥐에게 말을 좀 전해달라고 하였데. 자신이 다른 동물에게 해를 끼쳐서 정말 미안하다면서 용서해달라고!"

"잘됐다!"

원숭이들이 팔을 휘두르면서 환호했다. 그들은 링링이를 몇 번이고 하늘로 올려 던졌다. 한바탕 이런 소동이 일어난 뒤 새끼원숭이 링링이는 먼 길을 떠나기로 마음먹었다. 원숭이들은 링링이를 보내는 것이 무척 아쉬웠다. 다른 산짐승들도 모두 축복하는 말을 해주면서 작별 인사를 했다. 얼룩말 왕이 링링이가 하루 빨리 부모를 찾을 수 있도록 태워주겠다고 자진해 나섰다.

검둥수리는 친절하게 길을 안내했다. 가는 길에 위험한 상황이 있는지 정찰하며 안전을 확보해 주었다. 새끼원숭이 링링이는 감동하여 연신 감사의 뜻을 표했다. 아침노을이 눈부시고 시원한 바람이 얼굴을 스치고 지나갔다. 얼룩말이 새끼원숭이를 태우고 멀리 달려갔다.

7
세상은 넓고 여행은 식견을 넓혀준다

얼룩말은 바람처럼 내달렸다. 마치 구름과 안개를 타고 하늘을 나는 것처럼 네 발굽이 땅에 닿는 건 보이지 않고 딸각딸각 말발굽 소리만 들릴 뿐이었다. 얼룩말은 하루에 먼 길을 쉬지 않고 달리느라 온 몸이 비를 맞은 것처럼 땀에 흠뻑 젖었다. 며칠 사이에 아주 먼 길을 달렸다. 검둥수리도 고생도 마다하지 않고 하늘을 날아 함께 동행해주었다.

새끼원숭이 링링이는 크게 감동했다. 이처럼 친절하고 대범한 친구들을 만난 것이 정말 행운이었다. 링링이는 얼룩말이 매일 풀과 나뭇잎만 먹는 것이 마음이 아파서 하루 쉬어 가기로 하고 맛있는 걸 구해다가 얼룩말과 검둥수리에게 먹여 체력을 보충하기로 했다.

시끌벅적한 시장 한복판에서 새끼원숭이 링링이가 얼룩말의 등에 올라타고 얼룩말이 큰 원의 둘레를 뛰면서 공연을 시작했다. 그러자 바로 구경꾼들이 모여들었다. 새끼원숭이가 말 등에서 곤두박질도 하고 물구나무서기도 하여 박수갈채를 받았다. 구경꾼들이 공연장 안에 돈을 던져주었다. 새끼원숭이는 감사하다고 인사를 하면서 돈 대신 먹을 걸로 달라고 요구했다. 잠깐 사이에 공연장에는 과일이며 채소, 여러 가지 알과 우유 등 젖류, 식량 등 먹을 것이 가득 쌓였다.

새끼원숭이 링링이는 비범한 체조 묘기를 보여주고 끝으로 감사의 뜻을 거듭 표했다.

달이 밝고 별이 드문데 숲은 고요했다. 새끼원숭이 링링이와 얼룩말, 검둥수리는 공연해서 얻은 음식을 즐겁게 나눠먹었다. 얼룩말은 조금 자다가 길을 떠나자고 했다.

새끼원숭이가 말했다.

"얼룩말아, 고생이 많아. 하룻밤 푹 쉬자!"

얼룩말이 웃으면서 말했다.

"고생스러워도 기뻐. 넌 하늘을 나는 뱀을 정복했어. 모두가 만족하고 있어. 비록 네가 묘기로 하늘을 나는 뱀을 베는 건 보진 못했지만 어쨌든 뱀은 도망갔잖아. 이게 다 너의 공로 아냐?"

새끼원숭이 링링이가 말했다.

"그렇지 않아! 난 애초에 하늘을 나는 뱀을 벨 수 없었어. 더군다나 나는 무슨 협객도 아니야. 나는 체조밖에 할 줄 몰라. 내가 모두를 속이려고 한 것이 아니라 분명하게 밝힐 수 있는 기회가 없었을 뿐이야. 돌아가서 대신 꼭 좀 설명해줘."

검둥수리가 말했다.

"하늘을 나는 뱀을 베는 거라면 내가 할 수 있어. 나의 이 큰 부리는 도끼처럼 단단한데다가 뾰족한 갈고리가 있어 한 번 쪼면 칼로 한 번 베는 것과도 같아. 나는 발도 대단히 억세거든. 내가 이제 돌아가서 그 일을 대신 해줄게. 그 하늘을 나는 뱀을 한 치씩 토막 내줄게."

새끼원숭이 링링이가 얼른 말했다.

"안 돼! 그러지 마! 하늘을 나는 뱀은 이미 잘못을 인정하고 또 모두에게 사과도 하였으니 용서해줘. 그리고 그가 예전에 다른 동물을 해치긴 하였어도 일부러 그런 건 아니잖아."

검둥수리가 말했다.

"그래! 그럼 네 말대로 할게. 난 가는 길에 너의 호위무사가 되어 네가 무사할 수 있도록 지켜줄게."

새끼원숭이가 감동하여 말했다.

"모두들 나를 정말 친절하게 대해주었어. 난 그저 너무 평범한 원숭이여서 아무 재주도 없는데 어떻게 보답해야 할까?"

얼룩말이 말했다.

"넌 착하니까 모두가 기꺼이 널 도와주고 싶어 해. 자기 부모가 보고 싶지 않은 사람이 어디 있겠어? 우리 얼룩말들은 자기 가족 집단에 아주 큰 애정을 갖고 있거든. 어디서나 얼룩말 몸의 흑백 줄무늬만 보고도 자기 가족의 구성원을 알아볼 수가 있어. 아무리 오랜 세대를 거쳐도 친족들 간에는 서로 알아볼 수가 있는 거야."

새끼원숭이가 말했다.

"참으로 대단해. 그러면 서로 헤어졌던 동족이 서로 만날 수 있겠네. 우리 아빠와 엄마는 날 알아볼 수 있을지 모르겠어."

검둥수리가 말했다.

"만약 내 아이라면 아무리 오랜 시간이 흘렀어도 난 한 눈에 알아볼 수 있을 거야."

새끼원숭이 링링이가 물었다.

"무슨 수로 분간할 수 있어?"

검둥수리가 말했다.

"눈을 보면 알 수 있어. 가족의 눈빛에서는 특별한 걸 느낄 수 있거든…"

세 친구는 웃고 떠들다가 졸려서 어느새 잠에 곯아떨어졌다.

눈부신 아침노을이 푸른 숲을 비추고 새들이 즐겁게 지저귀고 있었다. 구성진 지저귐 소리가 단잠에 빠졌던 세 여행자를 깨웠다.

새끼원숭이가 나뭇가지 위에 뛰어올라 보니 선명한 빛깔을 띤 큰 새들이 날개를 퍼덕이며 울고 있는 게 아닌가! 미묘하고 아름다운 목소리로 합창을 하는 듯 귓가에 들려오는 소리는 황홀했으며, 백 가지 소리가 일제히 연주하는 것 같았다. 그중 어떤 새는 머리 위의 털이 눈부신 황관처럼 휘황찬란한 빛을 뿌리고 꽁지는 마치 커다란 부채가 살을 쫙 펼친 것처럼 눈이 부셨다. 어떤 새는 꽁지가 마치 두 개의 굽은 갈고리 같았는데 몸통의 붉은 털과 황금빛 목털이 어우러져 화려하고도 기품이 있어 보였다. 더 신기한 것은 온 몸에 푸른 망토를 뒤집어쓴 새였다.

그 새는 나뭇가지 위에 거꾸로 매달려 있었는데 채찍처럼 길고 가는 꽁지가 두 갈래의 반원 모양의 곡선을 이루어 너무나도 아름다웠다. 그리고 또 어떤 새는 머리에 두 개의 띠 모양의 긴 깃털이 있었는데 우짖음 소리에 따라 깃털이 쉴 새 없이 절도 있게 흔들렸다. 어떤 새는 가슴에 초록빛 깃털이 보석처럼 빛나고 1미터 길이의 두 갈래 꽁지털이 비단 띠처럼 휘날리고 있었다.

"참으로 아름다운 새들이구나!"

새끼원숭이는 저도 모르게 찬탄했다.

"저들은 극락조란다."

검둥수리가 새끼원숭이에게 알려주었다.

"저 새들은 조류 중에서 가장 존귀한 집단이야. 저 새들이 단체로 날개를 펴고 합창하는 걸 보는 건 흔한 일이 아니거든. 이는 행운이 늘 동반할 것이라는 걸 설명해주지. 속담에 극락조가 상서로움을 알리고 재난과 위기를 해소하여 무사태평을 가져다준다고 하였어."

새끼원숭이는 너무나 기뻤다. 그 극락조들의 합창에 조용히 귀를 기울이고 있으면 모든 시름이 잊혀 질 것 같았다.

얼룩말이 어서 길을 떠나자고 새끼원숭이 링링이를 재촉해서야 링링이는 아쉬움을 금치 못하면서 그 새들을 뒤로 하고 길을 떠났다.

"세상에 저렇게 아름다운 새들이 있다니!"

새끼원숭이는 가면서도 찬탄을 금치 못했다.

"원시림에는 더 많은 새들과 동물들이 있어."

검둥수리가 말했다.

"세상은 정말 넓구나."

새끼원숭이 링링이가 말했다.

"여행은 식견을 넓혀주고 능력을 키워줄 수 있어."

얼룩말이 말했다.

"너희들에게 어떻게 감사를 표해야 할지 모르겠어."

링링이가 말했다.

"친한 친구 사이에 감사할 거 뭐 있어. 누가 자기 자신의 손과 발에 감사한다고 말하니? 그런 말도 못 들어봤어? 수족 같은 우정이라는 말이 바로 그런 뜻이야."

새끼원숭이 링링이는 마음이 따스해지는 것 같았다. 검둥수리와 얼룩말이 마치 자기 가족과 같이 느껴졌다.

친구들과 함께 하니 여행길이 외롭지 않았다. 웃고 떠들고 함께 해가 뜨고 해가 지는 것을 바라보면서 가랑비 속에서 길을 재촉하기도 하고 거센 바람 속에서 달리기도 했다. 그 무엇도 그들의 앞길을 가로막을 수는 없었다.

8
도중에 위험이 닥치다

이날 그들은 어느 한 큰 강가에 이르렀다. 강물이 요동을 치며 흐르고 있었는데 마치 거대한 용처럼 끝이 보이지 않았다. 하늘땅을 진동하는 거센 물소리에 간담이 다 서늘했다. 강에는 다리도 없고 배도 없었다.

기세 사납게 소용돌이치는 물결뿐이었다.

얼룩말이 어찌할 바를 몰라 강물을 멀거니 바라보면서 "어쩌지? 이제 어떡하지?" 라는 말만 반복했다.

검둥수리가 날아갔다 날아왔다 하면서 몇 번이나 공중에서 선회하다가 강가에 내려앉으며 말했다.

"이 강만 건너면 첩첩산중이야. 그 산속이 바로 대서남(大西南) 원시림이야."

새끼원숭이 링링이는 신이 나서 풍풍 뛰면서 소리 질렀다.

"정말? 나 이제 엄마 아빠를 찾을 수 있게 됐어."

얼룩말이 말했다.

"그런데 강은 어떻게 건너지? 난 수영할 줄 모르는데."

새끼원숭이 링링이가 낙담하여 말했다.

"강이 너무 크고 물살도 세고 파도도 높아 수영할 줄 알아도 건너갈수가 없을 거야."

얼룩말이 말했다.

"나무를 몇 그루 베어 한데 묶어 뗏목을 만들어 볼까?"

새끼원숭이 링링이가 말했다.

"만약 강물에 빠지기라도 하면 목숨을 잃을 수도 있어. 그러니 어찌 너희들에게 그런 위험을 무릅쓰게 할 수 있겠니? 안 돼. 절대 안 돼. 난 친구를 해칠 수 없어."

얼룩말이 말했다.

"넌 이제 곧 아빠와 엄마를 만날 수 있게 되었는데 지금 여기 강가에서 멈출 수는 없잖아!"

검둥수리가 말했다.

"이제 한 가지 방법밖에 없어."

얼룩말이 물었다.

"무슨 방법?"

"내가 새끼원숭이 링링이를 잡고 강을 날아 건너는 거야."

검둥수리가 말했다. 얼룩말이 걱정스레 말했다.

"새끼원숭이 링링이가 너보다도 더 무거운데 어떻게 링링이를 잡고 그렇게 멀리 날 수 있겠니? 강물 위에까지 날아갔는데 더 이상 날 수 없게 되면 어떡해?"

검둥수리가 말했다.

"난 할 수 있어. 예전에도 새끼 양을 한 마리 잡고 높은 산을 날아 넘었던 적이 있어."

얼룩말은 그래도 걱정이 놓이지 않아 또 다른 방법을 생각했다.

"그렇잖으면 새끼원숭이 링링을 네 등에 올라타게 하는 건 어떨까?"

검둥수리가 말했다.

"등에 타면 평온하게 앉지 못해 떨어질까 봐 걱정돼. 내가 날기 시작하면 날갯짓 때문에 거센 바람이 일게 되거든. 그럼 링링이 몸이 조금만 기울어도 강물에 떨어지게 돼. 내가 발로 링링이를 꽉 잡고 있는 게 오히려 더 안전하지."

얼룩말이 말했다.

"다른 방법이 없으니 그렇게 하는 수밖에 없겠군."

링링이는 전혀 두렵지 않았다. 검둥수리가 링링이를 꼭 잡고 단번에 하늘로 날아올랐다.

아! 하늘을 나는 느낌이 정말 좋았다. 검둥수리가 링링이를 잡고 강가 상공을 한 바퀴 날면서 얼룩말과 작별하고 강을 건너려 했다.

"잘 있어! 사랑하는 얼룩말, 널 잊지 않을게!"

새끼원숭이 링링이가 공중에서 소리쳤다.

얼룩말도 고개를 쳐들고 소리쳤다.

"길에서 조심하고 행운이 늘 함께 하기 바란다!"

"즐겁게 지내."

새끼원숭이 링링이가 소리쳤다. 그 소리가 마지막에는 울먹이는 소리로 바뀌었다.

얼룩말은 더욱 눈물을 줄줄 흘리면서 오래 동안 자리를 뜰 생각을 않고 하늘을 쳐다보고 서있었다.

검둥수리는 온 힘을 다해 날았다. 새끼원숭이 링링이는 이제는 더 이상 머리를 돌려 얼룩말을 바라볼 수가 없었다. 그저 수면 위에서 일렁이는 물결만 보일 뿐이었다. 갑자기 얼룩말의 비명소리가 귀청을 찢으며 들려왔다. 검둥수리가 몸을 돌려 강가 쪽을 바라보니 얼룩말이 땅 위에 쓰러져 버둥거리고 있었다.

검둥수리는 다급히 얼룩말 곁으로 날아갔다. 큰 그물이 얼룩말을 덮치고 있었다. 그리고 사람들이 번쩍이는 긴 몽둥이를 휘두르면서 얼룩말을 트럭 위의 쇠 우리 안으로 몰아넣고 있었다. 얼룩말이 가슴이 찢어질 것 같은 비명소리를 내질렀다.

"빵빵" 하고 경적을 울리며 큰 트럭이 쏜살같이 달려갔다. 검둥수리가 다급히 땅에 날아내려 새끼원숭이 링링이를 강가에 내려놓고 당부했다.

"넌 여기서 기다리고 있어. 절대 다른 데 가지 말고. 난 얼룩말 뒤를 쫓아가서 어디까지 가는지 알아보고 다시 너에게 돌아올게. 그리고 같이 얼룩말을 구하러 가자. 명심해. 절대 다른데 가지 말고. 나 꼭 다시 돌아올 테니."

검둥수리는 말을 마치자 번개처럼 멀리 날아갔다.

새끼원숭이 링링이가 한참 검둥수리 뒤를 쫓아갔지만 얼룩말과 검둥수리는 바로 흔적도 없이 사라졌다. 그는 너무 속상하여 그만 땅에 주저앉아 울고 말았다.

9
우정이 제일 소중해

새끼원숭이는 밤낮으로 강가에 앉아 얼룩말의 소식을 기다렸다.

파란 풀이 시들었다가 다시 파래지고 나뭇잎이 떨어졌다가 다시 자라났다. 그렇게 시간은 하루하루 흘러갔다. 그러나 얼룩말과 검둥수리에게서는 아무 소식도 없었다. 그리움, 걱정, 갈망… 새끼원숭이는 밤낮으로 초조하게 기다렸다.

"설마 얼룩말에게 안 좋은 일이라도 생긴 건가?"

이런 생각이 들자 링링이 마음은 슬픔으로 가득 찼다.

"아닐 거야. 만약 얼룩말에게 안 좋은 일이 생겼다면 검둥수리는 반드

시 돌아왔을 거야. 사람들이 얼룩말을 잡아간 것은 죽이기 위해서가 아니라 다른 계획이 있어서일 거야. 그들에게 죽은 얼룩말은 아무 쓸모도 없을 테니까 말야." 새끼원숭이는 혼잣말로 중얼거리면서 걱정을 덜려고 애썼다.

추운 겨울이 되었다. 흰 눈이 날리고 강에는 얼음이 두껍게 덮였다. 이제는 강을 건널 수 있게 되었다. 그러나 새끼원숭이는 갈 수가 없었다. 검둥수리가 돌아왔는데 링링이가 거기서 기다리고 있지 않다면 얼마나 실망하겠는가! 고난은 마치 맑은 거울처럼 아름다운 마음과 추한 마음을 비춰줄 수가 있다. 새끼원숭이는 절대 친구를 내버려두고 갈 수가 없었다. 새끼원숭이는 생각하고 또 생각했다. (이전에 얼룩말은 내가 하루라도 빨리 부모를 만날 수 있게 하려고 나는 듯이 달려 온 몸이 땀에 흠뻑 젖곤 했다. 그렇게 수많은 날들을 얼룩말은 굶주림을 참아가며 온갖 고생을 다하면서도 원망 한 마디 하지 않았다. 지금 얼룩말이 위험에 처해 있는데 난 꼭 구해낼 거야. 하지만 검둥수리가 나에게 여길 떠나지 말라고 신신당부하였으니 그저 이렇게 기다리는 수밖에 없어.)

대지가 온통 얼음과 눈으로 뒤덮였다. 새끼원숭이 링링이는 온몸이 다 얼어들었다. 그는 힘겹게 걸음을 옮겨놓으며 헤매다가 겨우 바람을 막을 수 있는 동굴을 찾았다. 링링이는 그 동굴에 들어가 앉자마자 쓰러져버렸다.

새끼원숭이는 어렴풋이 검둥수리의 울부짖는 소리를 들은 것 같았다.

"빨리! 빨리 나와 같이 가서 얼룩말을 구하자!"

새끼원숭이 링링이가 깜짝 놀라 몸을 일으키려 하였으나 움직일 수가 없었다.

"얼룩말은 어디 있어?"

링링이는 큰 소리로 물으려고 했다. 그러나 소리가 나가지 않았다. 링링이가 소스라쳐 놀라 눈을 크게 뜨고 보니 옆에 뭔가 하얀 것이 한 무더기 있었다…. 그때 친절한 목소리가 들려왔다.

"너 깼구나. 깨어났구나!"

그곳은 토끼의 집이었다. 그들은 동굴 입구에 새끼원숭이 한 마리가 꽁꽁 언 채 쓰러져 있는 것을 발견하고 집안으로 옮겨 큰 토끼, 작은 토끼들이 모두 모여 몸으로 따뜻하게 녹여 살려낸 것이다.

새끼원숭이 링링이는 가슴이 뭉클했다. 그는 네 마리의 새끼토끼가 옆에 요리조리 뛰어다니는 것을 보고 너무 귀여워 같이 놀기 시작했다. 링링이는 새끼토끼들에게 체조를 보여주었다. 링링이가 빙글빙글 돌기도 하고 곤두박질도 하는 것을 보고 토끼들은 귀를 쫑긋거리며 좋아했다.

엄마토끼가 집에 유일하게 남은 당근 두 개를 꺼내 손님을 대접했다. 새끼원숭이 링링이는 결단코 먹으려 하지 않았다. 엄동설한에 토끼 일가가 먹이를 찾기 어렵다는 걸 링링이는 잘 알기 때문이었다.

네 마리의 새끼토끼는 아직 스스로 먹이를 찾을 수도 없었다. 그리고 그들도 매일 먹어야 하기 때문이었다. 그러니 어찌 그들이 비축해둔 식량을 먹어치울 수 있겠는가? 그러나 친절한 토끼 일가는 새끼원숭이 링링이를 자기 집에 묵게 했다. 그래서 링링이는 낮이 되면 비가 오나 바람이 부나 아랑곳 않고 밖에 나가 검둥수리를 기다리면서 먹이를 구해오곤 했다. 그는 땅 속에 묻힌 감자며 땅콩을 찾아내 동굴로 가져다 토끼들에게 먹으라고 주고는 자기는 풀뿌리며 마른 나뭇잎만 먹었다.

한번은 뜻밖에 콩을 한 줌 파내 토끼들과 함께 즐겁게 한 끼를 먹을 수도 있었다.

시간은 하루하루 흘러갔다. 눈과 얼음이 녹고 나뭇잎과 풀이 파릇파릇 돋아났다. 그러나 검둥수리는 나타나지 않았다. 어떻게 하지? 그저 이렇게 기한도 없이 기다려야 하나?

저녁 무렵이면 새끼원숭이 링링이는 요동 치며 흘러가는 강물을 멍하니 바라보면서 속으로 수도 없이 부르짖었다. "얼룩말아, 어디 있는 거니?"

깊은 밤이면 새끼원숭이 링링이는 별이 총총한 밤하늘을 올려다보면서 간절히 애원했다. "반짝이는 별들아, 너희들은 밝은 눈동자를 가져 아주 먼 곳까지 볼 수 있잖니. 그러니 좀 알려주렴. 얼룩말이 어디를 떠돌고 있는지를…"

그러나 별들은 대답이 없이 강물 속에서 숨바꼭질만 할 뿐이었다. 새끼원숭이 링링이는 낙담하여 한숨만 풀풀 내쉬었다. 애타는 기다림은 마치 무형의 갈고리에 마음이 꿰어 걸려있는 것처럼 초조하면서도 어찌할 도리가 없었다. 언제면 얼룩말을 만날 수 있을까?

새끼원숭이 링링이는 얼룩말과 검둥수리를 찾아 떠나기로 마음먹었다. 그는 토끼에게 부탁했다.

"만약 검둥수리가 여기 돌아오게 되면 내가 그들을 찾으러 갔다고 알려줘."

토끼가 난처한 기색을 보이며 말했다.

"나에게 검둥수리를 마주하라는 거니? 그럼 난 목숨을 잃을 거야. 검둥수리가 토끼를 잡을 땐 정확하고도 사정을 두지 않는단 말이야…"

새끼원숭이 링링이가 말했다.

"나 대신 소식을 전한다고 얘기해. 그럼 널 해치지 않을 거야."

토끼가 두 귀를 쫑긋거리며 말했다.

"그래도 조심하는 게 좋아! 까치에게 널 도와주라고 부탁할게."

까치 한 쌍이 높은 백양나무 위에 살고 있었는데 새끼원숭이 링링이를 도와주겠다고 흔쾌히 대답했다.

새끼원숭이 링링이는 토끼 일가에게 감사 인사를 한 뒤 배낭을 메고 길을 떠났다. 토끼들이 연신 소리치며 작별인사를 했다.

"꼭 다시 와! 다시 와야 해!"

새끼원숭이 링링이의 가슴에 잔잔한 감동이 흘렀다.

10
위험을 무릅쓰고 친구를 구하다

새끼원숭이 링링이는 힘겨운 여정을 시작했다.

"검둥수리를 못 봤어요?"

라고 사방으로 다니며 수소문했다.

"검둥수리는 하늘을 나는데 하늘에 가서 찾아야지!"

새들이 조롱조로 말했다.

새끼원숭이 링링이는 계속 걷는 수밖에 없었다. 걷고 또 걸었다.

“얼룩말을 못 봤어요?”

새끼원숭이 링링이가 절박하게 물
었다.

늙은 소가 느릿느릿 대답했다. “헤
아릴 수도 없이 많은 흰말과 붉은
말이 큰 길을 달려가는 건 보았지
만 얼룩말은 보지 못했어.”

새끼원숭이 링링이는 계속 앞으로 걸어갔다. 걷고 또 걸었다.

“얼룩말 한 필과 검둥수리 한 마리를 보지 못하였어요?”

한 떼의 돼지들이 껄껄 웃었다.

“원숭이가 얼룩말과 검둥수리를 찾다니? 그것 참 희한한 일이군 그
래.” 새끼원숭이 링링이는 낙심하지 않고 계속 걷고 또 걸어 어느 한 사
거리에 이르렀다. 크고 작은 차량들이 동서남북, 사방으로 달려가고 있
었다. (난 어디로 가야 할까? 얼룩말이 동쪽에 있는데 내가 서쪽으로
간다면 갈수록 멀어지는 게 아닌가?)

새끼원숭이 링링이는 서쪽에서 오는 차를 뒤쫓아 가면서 큰 소리로 물
었다.

“얼룩말을 못 봤어요?”

차 위에서 양이 고개를 가로저으며 대답했다.

“본 적이 없어.”

새끼원숭이 링링이는 동쪽에서 오는 차를 뒤쫓아 가면서 큰 소리로 물
었다.

"검둥수리를 못 봤어요?"

차 위에서 비둘기가 시끄럽게 떠들어댔다.

"동쪽에는 온통 큰 도시 뿐이야. 숱한 도시들이 서로 이어져 있는데 검둥수리가 있을 리 있겠어?"

새끼원숭이 링링이가 이번에는 남쪽에서 오는 차를 뒤쫓아 가면서 큰 소리로 물었다.

"혹시 얼룩말 한 필과 검둥수리 한 마리를 본 사람 없어요? 알려주세요."

차 위에서 백조가 친절하게 대답했다.

"얼룩말은 보지 못했어. 길거리에 나붙은 포스터에 얼룩말 한 필이 있는 것밖에 못 봤어."

그 말에 새끼원숭이 링링이는 가슴이 마구 뛰기 시작했다. 그는 바로 남쪽을 바라고 길을 떠났다.

(누가 얼룩말을 그림 속에 그려 넣은 걸까? 그 그림 속에 있는 얼룩말이 정말 내 친구라면 얼마나 좋을까!)

새끼원숭이 링링이는 길을 재촉했다. 비가 오나 바람이 부나 아랑곳하지 않고 밤낮없이 걸어 마침내 한 도시에 이르렀다.

도시에서는 곡예단의 공연이 열리고 있었다. 그 포스터에 있는 얼룩말이 바로 그 얼룩말 왕이 아닌가!

새끼원숭이 링링이는 그 포스터 위에 엎드려 엉엉 울었다.

검둥수리도 잡혔던 것이다. 검둥수리는 얼룩말과 같은 쇠 우리에 갇혀 쇠사슬에 매인 채 강박에 의해 기예를 팔고 있었다. 얼룩말은 온 몸이 상처투성이였으며 검둥수리도 날개가 잘려 있었다.

새끼원숭이 링링이는 곡예단 단장을 찾아가 단장을 위해 기예를 팔아 돈을 벌 수 있게 해주겠다고 자원했다. 단장은 크게 흡족해했다. 그리하여 새끼원숭이 링링이는 그들을 따라 다닐 수 있게 되었다.

새끼원숭이 링링이는 공연에 온 힘을 다했다. 그의 공연은 뛰어났으며 돈도 많이 벌었다. 그래서 단장은 링링이를 친절하게 대하였으며 그를 쇠 우리에 가두지도 않았다. 새끼원숭이 링링이는 자유롭게 행동할 수 있었다. 그런데 새끼원숭이 링링이는 반드시 위험한 동작들도 보여주어야 했다. 몇 층 높이의 높은 곳에서 뛰어내려야 했고, 공중에서 흔들거리는 그네 위에도 뛰어올라야 했다. 이는 모두가 너무 위험한 동작들이었다. 그러나 친구를 구하기 위하여 새끼원숭이 링링이는 자기 안위를 아랑곳하지 않고 목숨 걸고 해냈다.

어느 날 그들은 장터에서 기예를 팔아 돈을 특별히 많이 벌었다. 곡예단 사람들은 모두 술을 마시고 취해버렸다.

그날 밤 비바람이 세차게 몰아치고 천둥번개가 내리쳤다. 새끼원숭이 링링이는 몰래 열쇠를 훔쳐 쇠 우리 문을 열고 쇠사슬도 열었다. 얼룩말이 새끼원숭이 링링이와 검둥수리를 등에 태우고 황망히 도망쳐 나왔다. 도망치는 도중에 얼룩말은 몇 번이나 넘어져 온 몸이 흙투성이가 되었다. 새끼원숭이 링링이는 날개가 부러져 날지 못하는 검둥수리를 꼭 껴안고 얼룩말 얼굴에 묻은 흙물을 닦아주면서 거듭 말했다.

"이제 됐어! 우린 도망쳐 나왔어. 조금만 더 가면 돼. 여기서 산까지 멀지 않아." 우레 소리가 귀청을 찢고 빗물이 발밑에서 흘렀다. 너무나도 걷기 어려운 길이었다. 세 친구는 깊은 산속으로 도망쳐 들어갔다. 재앙에서 벗어난 것이다.

새끼원숭이 링링이가 약초를 캐서 얼룩말의 상처를 치료해주었다. 그리고 부엉이를 청해 검둥수리의 다친 날개를 치료해주었다. 또 매일 검둥수리가 나는 연습을 하는 걸 옆에서 도와주었다. 산열매를 따고 연한 잎을 따다가 얼룩말에게 먹여서 얼룩말이 체력을 회복할 수 있도록 했다. 새끼원숭이 링링이는 친구들 곁에서 위험한 상황에 부딪치지 않도록 지켜주었다. 그들은 산굴을 집 삼아 서로 보살피고 서로 위안해주었다. 그들의 마음은 미래에 대한 희망으로 가득 찼다.

검둥수리가 날 수 있을 정도로 날개가 회복되고 얼룩말은 상처가 나아 체력이 회복된 뒤에야 새끼원숭이 링링이는 그들과 작별인사를 했다.

고난을 함께 한 친구들인지라 서로 헤어지려니 너무 아쉬웠다. 그들은 서로 몸조심하라고 인사했다. 세상에서 가장 소중한 것이 진실한 감정이라는 건 모든 영물이 다 안다. 아름다운 추억은 생명 속에 고이 간직하는 것이다….

11
불운아에서 행운아로

마침내 새끼원숭이 링링이는 원시림에 당도했다. 아, 각양각색의 들꽃과 산열매, 아름드리나무, 졸졸 흐르는 샘물, 맑고 깊은 못, 알록달록한 나비와 꿀벌들, 온갖 새들의 지저귐소리…

(여기가 바로 나의 고향인가?)

새끼원숭이 링링이는 밀림 속을 산책하면서 친절하고도 낯선 분위기를 느끼고 있었다. 마음은 당황하고 불안했다. 한 쌍 한 쌍의 경계의 눈빛이 자기를 주시하고 있었던 것이다. 마치 그가 숲에 위험을 가져다주기라도 하는 것처럼.

멧돼지가 난폭하게 앞길을 가로막았다.

"조그만 털북숭이 원숭이! 어디서 왔니?"

새끼원숭이 링링이가 예의 바르게 대답했다.

"난 머나먼 북방에서 왔어."

"그럼 어서 큰 절을 하지 못할까! 안 그랬다간 납작하게 밟아주겠어."

멧돼지가 울부짖었다.

"네가 즐겁길 바란다."

새끼원숭이 링링이는 화를 내지 않고 큰 나무 위에 기어 올라가 멧돼지를 피해서 갔다.

새끼원숭이 링링이는 폴짝폴짝 뛰면서 노래를 부르며 걸어갔다.

"비쩍 마른 원숭이야, 이리 와 등을 좀 긁어라."

여우가 새끼원숭이 링링이 앞을 거칠게 막아섰다.

"만나서 반가워."

새끼원숭이 링링이가 날렵하게 몸을 솟구쳐 두 손으로 나뭇가지를 잡고 멀리까지 휙 날아갔다.

새들의 구성진 노랫소리가 들리면 새끼원숭이 링링이는 새들에게 박수를 쳐주었다. 아름답게 핀 들꽃이 보이면 새끼원숭이 링링이는 꽃숲과 나무숲에 물을 주었다.

 큰 나무 한 그루가 하늘을 떠받치는 기둥처럼 우뚝 자라나 있었다. 무성한 나뭇가지와 잎이 푸른 하늘을 찌를 듯 높이 자라나 있어 흰 구름은 마치 목에 두른 목도리 같았고 내리쬐는 햇살은 마치 나무에 망토를 두른 것 같았다. 그 나무는 마치 거대한 우산이 웅장한 궁전같은 녹음을 떠받치고 있는 것 같았다. 그 신기한 나무 왕에서는 싱그러운 향기가 뿜어져 나와 가슴 깊이 스며드는 것 같았다.

 "나무 왕은 몇 살이세요?"

 새끼원숭이 링링이는 저도 모르게 물었다.

 "차나무 왕은 거의 2천 살 가까이 되었어. 차나무 왕의 잎을 먹으면 몸이 튼튼하고 생기가 넘치게 되지. 그리고 또 장수할 수 있단다."

 자상한 코끼리가 새끼원숭이 링링이에게 알려주었다.

 새끼원숭이 링링이는 코끼리의 긴 코를 끌어안고 기뻐하면서 말했다.

 "코끼리 할아버지, 제가 매일 차나무 왕의 싱싱한 잎을 따서 할아버지에게 드릴게요. 그래서 할아버지가 2천 살이 넘는 코끼리 왕이 될 수 있게 할게요."

 새끼원숭이 링링이는 차나무 왕 나무꼭대기 위에 쪼르르 기어 올라가더니 싱싱한 찻잎을 가득 따서 코끼리에게 던져주었다. 코끼리는 찻잎을 배불리 먹고 기뻐하면서 긴 코로 링링이를 안아 내려주었다.

 새끼원숭이 링링이와 코끼리는 사이좋은 친구가 되었다. 링링이는 매일 싱싱한 찻잎을 따서 코끼리에게 주었고 코끼리도 링링이를 각별히 아껴주었다. 드넓은 숲은 때로는 적막하기도 하고 때로는 시끌벅적하기도 했다. 숲 속에는 아주 많은 동물들이 살고 있었으며 원숭이무리도 적지 않았다. 그러나 원숭이 왕을 만나는 건 너무나도 어려운 일이었다. 큰 원숭이들은 "외지에서 온 조그만 원숭이 주제에 숲에 들어오자마자 대왕을 만나겠다고? 꿈도 야무져!" 라면서 링링이를 꾸짖었다

새끼원숭이 링링이는 가족을 찾으러 왔다는 말을 더더욱 감히 입 밖에 낼 수 없었다. 그 말을 했다가 숱한 원숭이들이 그를 어떻게 대할지 알 수가 없었기 때문이었다.

링링이는 큰 원숭이들이 시키는 대로 과일 씨와 과일 껍데기도 쓸어내고 물도 긷고 열매도 따곤 했다. 비록 고생스러웠지만 어려운 일은 아니었다. 링링이는 일을 다 한 후에는 동물들 앞에서 체조를 보여주었다. 시간이 흐름에 따라 원숭이들은 링링이와 점점 가까워지게 되었다.

링링의 체조가 갈수록 많은 동물들에게 환영을 받게 되었다. 그들은 매일 링링이의 체조를 구경하고 싶어 했다.

이날 새끼원숭이 링링이가 체조를 보여주고 있는데 갑자기 원숭이들 속에서 환호소리가 울려 퍼졌다. 원숭이 왕이 체조공연을 보러 온 것이다. 원숭이 왕은 아주 위엄이 있어 보였다. (저 분이 바로 나의 아빠란 말인가?) 링링이가 속으로 생각했다…

"어서 체조를 보여주지 않고 멍청히 서서 뭐하는 거야?"

큰 원숭이가 새끼원숭이 링링이를 꾸짖었다.

새끼원숭이 링링이는 가장 멋진 체조를 보여주었으며 숱한 동물들의 환호를 받았다.

원숭이 왕이 흐뭇해하며 말했다.

"어린 원숭이는 내 곁으로 와서 묻는 말에 대답하여라. 넌 어디서 왔느냐?"

링링이가 자신의 경력에 대해 자세히 이야기했다. 원숭이 왕은 눈물을 머금고 링링이의 이야기를 다 듣고서 물었다.

"헤어진 너의 아빠에게는 어떤 특징이 있느냐?"

새끼원숭이 링링이 대답했다.

"저의 아빠는 오른쪽 다리에 흉터가 있다고 할머니가 알려주셨어요."

원숭이 왕이 다급하게 물었다.

"넌 이름이 뭐니?"

링링이 울먹이면서 대답했다.

"엄마가 마지막 순간에 '링링아…'라고 불렀대요. 그게 제 이름이에요."

원숭이 왕은 긴 팔로 새끼원숭이를 꼭 그러안았다.

"내 아들…"

그리고 온 몸으로 흐느껴 울었다.

원숭이 왕은 그 길로 새끼원숭이 링링이를 엄마에게 데리고 갔다. 엄마원숭이는 더더욱이 아들을 부둥켜안고 통곡했다.

12
달콤한 열매는 후대들에게

새끼원숭이 링링이는 원숭이무리에서 총애를 받는 행운아가 되었다. 수많은 원숭이들이 늘 링링이의 뒤를 따라다니면서 물도 길어주고 싱싱한 열매도 따다주었으며 꽃을 꺾어다 화관을 만들어 그의 머리에 얹어주기도 하고 푸른 등나무 덩굴을 끌어다 그네를 만들어주기도 했다. 큰 원숭이들은 자발적으로 링링이를 자기 몸 위에 태우고 다니며 링링이가 자기를 말처럼 타고 다니게 했다. 어린 원숭이들은 링링이가 과일을 먹고 버리는 씨와 껍데기를 두 손으로 받아서 갖다 버려주곤 하면서 그것을 영광으로 여겼다. 어떤 원숭이들은 심지어 호두를 껍데기까지 까서 링링이에게 먹으라고 주었다…. 원숭이무리에서는 링링이가 미래의 원숭이 왕이 될 것이라고 생각하고 있었다. 그런데 원숭이 왕은 링링이를 지금 당장 원숭이 왕의 자리에 앉힐 생각이었다. 그것은 자신이 아들에게 주는 선물이기 때문이었다.

그러나 링링이는 그저 자유롭고 즐거운 원숭이로 살고 싶었다.

링링이는 다른 원숭이들이 자기 시중을 드는 것이 싫었다. 자기에게 아첨하는 원숭이는 더욱 싫었다. 그는 스스로 열매를 따는 것이 좋았고 직접 샘물터에 가서 물을 긷는 것이 좋았다.

링링이는 아빠와 엄마에게 차나무 왕의 싱싱한 찻잎을 따다주고 또 아빠와 엄마의 가려운 곳도 긁어주었으며, 체조를 보여주어 아빠와 엄마를 기쁘게 해드렸다. 링링의 부모에 대한 사랑은 끝이 없었다.

그러나 그는 원숭이 왕이 되는 것은 싫었다. 그는 아빠와 엄마에게 자신은 절대 원숭이 왕이 되지 않겠다고 말했다.

새끼원숭이 링링이 마음속에는 염려되고 걱정되는 더 중요한 일이 있었다. 그는 할머니가 너무 보고 싶었다. 그는 하루 빨리 할머니 곁으로 돌아가야 했다. 그는 수많은 어려움을 겪느라고 할머니를 너무 오래 기다리게 하였기 때문이다.

그는 당장이라도 날개가 돋아 할머니 곁에 날아가지 못하는 것이 한스러울 뿐이었다. 할머니는 그를 품에 꼭 껴안아줄 것이다. 그는 또 할머니에게 들려주고 싶은 이야기가 너무 많았다.

링링이는 조급하여 밤낮을 이어 길을 재촉했다.

마침내 어느 날 뭇별들이 자취를 감추고 달이 지고 아침노을이 동녘하늘을 붉게 물들일 때쯤 새끼원숭이 링링이는 환성을 내질렀다. "다 왔어, 이젠 다 왔어…" 눈에 익은 냇물은 여전히 맑았고 드넓은 풀숲에는 이슬이 맺혀 있었다. 송아지가 음메음메 울어대고 새끼양이 깡충깡충 뛰어놀고 있었으며 강아지가 풀밭에서 이리저리 뒹굴며 놀고 있었다. 그리고 이전에는 없었던 딱따구리가 나무를 딱딱 쪼아대고 있었다.

"할머니!"

새끼원숭이 링링이가 큰 소리로 외치며 달려갔다. 돌로 지은 정다운 작은 집은 문이 활짝 열려 있었는데 할머니는 보이지 않았다.

"할머니!"

링링이가 연거푸 불렀다. 그 부름소리는 멀리까지 퍼졌다.

"너의 할머니는 저기 큰 대추나무 아래에 잠드셨어. 영영 깨어나지 못하실 거야."

새가 재잘거리면서 알려주었다.

새끼원숭이 링링이는 돌로 지은 집 앞에 자라난 대추나무를 바라보았다. 그 대추나무는 링링이가 상으로 받은 대추를 심은 것이 큰 나무로 자라난 것이었다!

대추나무는 줄기가 곧고 잎과 가지가 무성하게 자라났다. 그 나무는 아무 말도 없이 먼 곳을 바라보고 서있다. 갈라터진 나무껍질은 마치 할머니의 얼굴 같았으며 비쩍 마르고 팟팟한 나뭇가지가 바람에 흔들리는 것이 마치 할머니가 긴 팔을 내밀고 손자 링링이를 품에 껴안으려는 것 같았다. 새끼원숭이 링링이는 대추나무를 꼭 껴안았다. 눈물이 하염없이 흘러내렸다. 할머니는 나무 아래서 대추나무 뿌리를 베고 영영 잠이 드신 것이다. 눈을 들어 내다보니 할머니가 남겨둔 대추나무숲에 붉은 대추열매가 주렁주렁 열려 눈이 부셨다. 그 붉은 대추들은 마치 무수히 많은 작은 별들이 나뭇가지에 걸려 반짝이는 것 같았다.

할머니는 해마다 대추를 심어 대추나무숲을 조성하면서 대추 한 알도 먹지 않고 달콤한 열매를 이 세상에, 후대들에게 남겨주었다고 새들이 날아와 링링이에게 알려주었다. 할머니는 대추나무 아래서 조용히 잠이 들어 대추나무숲을 지키면서 손자가 돌아오기를 기다리고 있었던 것이다. 시원한 바람이 불어오자 대추나무숲에서는 사르륵사르륵 하고 나뭇가지들이 바람에 스치는 소리가 들려왔다. 새끼원숭이 링링이는 붉은 대추를 목걸이처럼 꿰어 목에 걸고 또다시 먼 길을 떠났다.

안녕, 나의 대추나무숲아. 안녕, 자애로운 할머니. 그대들을 내 마음 속 깊은 곳에 영원히 담아 둘 거야.

영원히, 영원히…

Part
11

하얀 깃털

하얀 깃털

1

달님이 아직도 하늘가에 걸려 있는데 해님이 벌써 나왔다. 해님은 얼굴을 내밀고 세상을 향해 즐거운 듯 미소를 지었다. 맑고 투명한 이슬방울이 나뭇가지며 풀잎에 방울방울 맺혀 눈부신 햇살을 받아 아름다운 보석처럼 반짝반짝 빛을 뿌리고 있었다.

"엄마, 나 목욕 할래요!"

딱따구리가 지저귀면서 나뭇가지를 흔들어대자 나뭇가지에 맺혔던 이슬이 후드득 떨어져 딱따구리의 머리며 몸에 떨어진다.

"아! 시원해! 아! 재미있어."

딱따구리는 떨어지는 이슬에 아름다운 깃털을 적시면서 깔깔거렸다.

"목욕을 다 하고 햇볕을 쬐고 아침밥을 먹으면 입맛이 더 좋을 거야."

엄마딱따구리가 살찐 벌레를 입으로 물어다 새끼를 위한 아침밥을 준비하고 있었다.

"킥킥킥, 나는 목욕이나 실컷 해야지!"

딱따구리는 이 나무에서 저 나무로 옮겨 앉으면서 날개를 파득거려 수많은 이슬을 떨어뜨렸다.

"아이고, 비가 온다!"

가냘프면서도 앳된 목소리가 들려왔다.

"이상하다. 해님이 빨갛고도 밝은데 어떻게 빗방울이 떨어지지?"

"하하하, 빗방울이 아니야. 내가 떨어뜨린 이슬이야. 바보야, 넌 어디 숨어 있니?"

딱따구리가 물었다.

"바로 큰 나무 아래 있잖아!"

"그런데 왜 내 눈에는 보이지 않는 거니? 넌 누구니?"

"난 개미 리리(カカ)야. 나는 지금 커다란 깃털을 끌고 가고 있어."

"여전히 보이지 않는데…"

"바로 앞에 있잖아. 보이지?"

"오! 보여. 하얀 깃털이 하나 보여. 맞지?"

"그래, 그래! 바로 나야."

개미 리리가 가냘픈 목소리로 소리쳤다.

"하얀 깃털 하나인데 엄청 크지? 기다란 천막 같아. 이걸 끌고 걸으려니 너무 무겁고 힘이 들어서 숨도 바로 쉴 수가 없어."

"헤헤헤, 개미 리리야, 너 정말 웃기는구나. 요렇게 작은 깃털을 가지고 그래. 바람만 불면 바로 날아오를 것 같은데. 나뭇잎 하나보다도 가벼운 걸 가지고!"

"그래도 내가 옮기려니 무거워

죽겠어. 아이고, 몸에서 땀이 나는 거 봐. 방금 전에는 또 비까지 맞았지, 아니지… 이슬을 맞았지. 머리끝에서 발끝까지 물에 흠뻑 젖어버렸어."

"깃털 하나를 옮겨다가 뭐에 쓰려고? 개미들은 둥지도 틀지 않잖아."

"이건 내가 길에서 주은 거야. 얼마나 예쁜 깃털이니. 구름처럼 희고 꽃잎처럼 부드러워. 넌 혹시 이 깃털이 누가 잃어버린 건 지 알아? 주인을 찾아 주고 싶어."

"나야 모르지. 우리 딱따구리는 깃털이 알록달록해. 봐봐. 하얀 깃털보다 훨씬 예쁘지."

개미 리리가 딱따구리의 알록달록한 깃털을 보더니 고개를 끄덕였다.

"너의 알록달록한 깃털은 정말 예뻐. 그래도 난 하얀 깃털이 더 예쁜 것 같아. 너… 너 혹시 화낼 건 아니지?"

"그래도 나는 알록달록한 깃털이 더 예쁜 것 같아! 알록달록한 깃털이 더 예뻐! 알록달록한 깃털이…"

딱따구리가 고개를 갸우뚱하며 연거푸 세 번이나 말했다.

"나 빨리 가봐야 해. 너랑 다투고 싶지 않아. 빨리 흰 깃털 주인을 찾아야 하거든."

"그래라! 성공을 빈다. 난 가서 아침밥을 먹을 거야."

딱따구리는 날개를 펴고 엄마 곁으로 날아갔다.

"안녕!"

개미 리리는 눈처럼 하얀 깃털을 끌고 계속 힘겹게 앞으로 걸어 나갔다. 딱따구리는 기분이 좋아 생글거리며 아침밥을 먹었다.

"엄마, 이 벌레가 통통하고 싱싱한 게 너무 맛있어요. 어디서 잡아왔어요?"

"백양나무에서 물어왔어. 배불리 먹은 뒤 엄마랑 같이 가보자! 너도 이제는 벌레 잡는 법을 배워야 해."

"좋아요, 엄마. 나로 통통하고 큰 벌레를 잡아 엄마에게 줄 거야."

"아이고 착해라. 열심히 배우면 엄마보다도 더 잘할 거야. 쑥쑥 잘 크고 있는 걸 봐!"

엄마딱따구리가 자상한 눈빛으로 사랑하는 아들을 바라보았다.

"난 날개 힘이 아주 세요! 엄마, 여기 보세요…"

딱따구리가 날개를 펴고 나무꼭대기 위를 한 바퀴 날았다. 그는 신이 나서 나뭇잎을 톡톡 건드리기도 하고 나뭇가지 위에서 요리조리 옮겨 다니기도 했다.

"아이고! 또 온 몸 가득 물을 맞았구나…"

"개미 리리야, 너 여태 가지 않고 있었니?"

딱따구리가 나무 아래 있는 흰 깃털을 내려다보면서 물었다.

"나 꽤 많이 걸어 나왔어. 풀줄기를 수십 대나 지나고 백양 나뭇잎보다도 더 넓은 언덕도 두 개나 넘었어. 또 새둥지보다도 더 깊은 웅덩이도 지났거든."

개미 리리가 숨이 차서 할딱거리면서 말했다.

"그런데도 넌 여전히 나무 아래에 있잖아. 나무뿌리에서 가까운 곳에 말이야…"

"아냐, 네 말이 틀렸어. 난 나무의 동쪽에서부터 걸어왔거든. 나무를 몸 뒤에 한참이나 떨궈 놓았어. 봐봐, 봐봐! 난 나무의 서쪽에 있어. 여기 나무 그림자도 있잖아. 길고도 긴 그림자 말이야."

개미 리리가 정색을 하면서 말했다.

"아이고, 그렇게 오래 걸었는데 겨우 요만큼밖에 못 걸었으니 언제 이 큰 숲을 벗어날 수 있겠니?"

딱따구리가 동정 어린 말투로 말했다.

"난 숲을 벗어날 수 있어. 쉬지 않고 걸으면 벗어날 수 있을 거야. 정말이야. 나 아주 많은 곳을 걸어 지났었거든. 나는 높은 탑 꼭대기 위에도 기어 올라가봤어."

개미 리리가 자랑스레 말했다.

"높은 탑 꼭대기 위에? 큰 나무보다도 더 높아?"

딱따구리가 호기심이 잔뜩 동해서 물었다.

"훨씬 높지. 그러나 높은 탑 꼭대기는 흔들리지 않거든. 큰 나무 꼭대기는 언제나 흔들흔들하니까 자칫하다간 떨어질 수 있으니 무서워."

"나도 높은 탑 꼭대기 위에 날아올라갈 거야. 그리고 통통한 벌레를 많이 잡을 거야."

딱따구리가 날갯짓을 하면서 말했다.

"높은 탑 위에는 벌레가 없어. 큰 벌레든 작은 벌레든 다 없어. 새들은 아주 많아. 새들이 거기서 노래도 부르고 이야기도 나누고 또 놀이도 해."

"딱따구리도 있었어?"

"없는 것 같았어. 제비와 참새, 그리고 비둘기가 있었어. 그 새들은 정말 높이 날거든. 푸드득 하면 높은 하늘로 날아오를 수 있지.”

“난 왜 그들을 보지 못했을까? 그들도 깃털이 알록달록하니?”

“그들은 깃털이 알록달록하지 않아. 너만 깃털이 알록달록해. 아참, 비둘기에게 가서 물어봐야겠어. 누가 이 깃털을 잃어버린 건지. 비둘기는 틀림없이 알고 있을 거야. 어쩌면 비둘기가 잃어버린 건지도 모르지. 아이고! 누가 내 허리를 밟았네?…”

흰 토끼 한 마리가 다급히 뛰어오다가 놀란 소리를 듣고 깜짝 놀라 걸음을 멈추고 물었다.

“누가 울고 있어?”

“나야. 개미 리리. 네가 나를 밟았어. 아파 죽겠단 말이야! 앙~~”

“아이고! 왜 피하지 않았어? 이렇게 작은 네가 내 눈에 보일 리 없잖아?”

“나도 네가 뛰어올 줄 몰랐지! 네가 그렇게 빨리 뛰어오는데 내가 어떻게 피할 수 있었겠어.”

개미 리리가 억울해서 말했다.

“그럼 날 탓하면 안 되지. 빨리 집에 돌아가 침대에 누워서 한잠 자. 자고 일어나면 아프지 않을 거야. 정말이야. 거짓말 아냐. 나도 한 번은 큰 돌에 부딪쳐서 코피도 많이 났었거든. 얼마나 아프던지 눈물까지 나더라. 그래서 집에 돌아가 한잠 푹 자고 일어났더니 아프지 않더라. 정말이야. 하나도 아프지 않더라고.”

개미 리리가 허리를 쭉 펴보고 다리를 들어보더니 애써 몸을 일으켰다. 그리고 눈물을 닦으며 말했다.

"난 집에 가지 않을 거야. 갈 길이 급하거든. 너와 함께 걸으면 안 될까? 그래도 돼?"

"그건 안 되지! 안 돼, 안 되고말고! 난 마치 바람처럼 빨리 달리거든. 사슴이 나와 백 미터 달리기시합을 하려고 날 기다리고 있어. 난 꼭 일등 할 거야."

"나는 누가 흰 깃털을 하나 잃어버렸는지 알고 싶어. 나를 도와 수소문해줄 수 있겠어?"

"그거야 쉽지! 내가 큰 소리로 '누가 흰 깃털을 잃어버렸어요?' 라고 물으면 바로 대답을 들을 수 있을 거야."

"정말? 잘됐다."

개미 리리는 너무 좋아서 박수까지 쳤다.

"난 귀만 쫑긋하면 여러 가지 소리를 들을 수 있거든. 아무리 멀고 아무리 작은 소리라도 다 들을 수 있어."

토끼가 우쭐하며 말했다.

개미 리리가 존경에 찬 눈빛으로 토끼를 바라보면서 간절하게 말했다.

"날 도와줄 수 있겠어? 이처럼 예쁜 깃털을 잃어버린 주인을 찾아서 돌려주고 싶거든."

흰 토끼가 뒤로 몇 걸음 물러서더니 고개를 흔들고 입술을 파르르 떨더니 느릿느릿 말했다.

"난 그런 일을 하고 싶지 않아. 너무 바쁘거든! 난 달리기시합에 참가해야 해. 난 빨리 달릴 수 있거든. 봐봐…"

흰 토끼는 나는 듯이 달려 숲을 벗어났다.

개미 리리는 너무 실망스러웠다. 그는 눈처럼 하얀 깃털을 둘러메고 계속 걷기 시작했다.

"내가 태워다 줄게!"

딱따구리가 나무 위에서 날아내려 새끼 개미 리리 옆에 내려앉았다.

"넌 정말 착하구나. 고마워."

개미 리리는 고개를 들어 딱따구리를 쳐다보면서 감동해서 연신 외쳤다.

"넌 흰 깃털 위에 올라 앉아. 난 흰 깃털을 물고 하늘로 날아오를게. 네가 가리키는 방향에 따라 날아갈게."

개미 리리가 좋아하며 흰 깃털 위에 기어올라 환호했다.

"나 앉았어. 빨리 날아! 서쪽으로, 서쪽으로, 계속 서쪽으로…"

딱따구리는 흰 깃털을 물고 밀림 속으로 계속 날아갔다.

2

숲속은 고요했다. 딱따구리는 날고 또 날았다. 나무의 그림자들이 점점 작아지고 이슬들도 조용히 사라졌다. 흰 버섯들이 땅속에서 흙을 비집고 솟아나와 작은 우산들처럼 푸른 풀숲에 오뚝 서있었다. 나비들이 나풀나풀 날아다니다가 활짝 핀 들꽃 위에 사뿐히 내려앉았다. 꽃향기가 시원한 바람에 실려 멀리까지 퍼져나갔다.

딱따구리는 아주 멀리까지 날아가고 있었다. 그는 입을 꼭 다물고 아무 소리도 내지 않고 있었다. 개미 리리는 딱따구리가 심심할까봐 여러 가지 재미있는 이야기를 들려주었다.

"딱따구리야, 너 그거 알아? 우리는 아주 작지만 사자를 정복한 적이 있어. 우리는 사자의 눈 위에 기어 올라가고 귀 안과 콧구멍 안에 파고 들어가 마구 물어댔거든. 계속 물었더니 사자는 땅에서 마구 뒹굴면서 울부짖었어. 그 울부짖음이 우레가 우는 것 같았어. 그러나 우리 개미들은 무섭지 않았어. 조금도 무서워하지 않았어. 우리가 아무리 물어도 사자는 우리를 잡을 수 없거든…"

딱따구리는 개미 리리의 이야기가 듣기 좋았다. 그러나 그는 자기 생각을 표현할 수도 질문도 할 수 없었다. 그는 다만 날개를 파득거리는 걸로 즐거운 마음을 표현할 뿐이었다. 이야기하다가 지친 개미 리리는 조용히 주변을 둘러보았다. 싱싱하고 탐스러운 산열매들이 마치 별똥별처럼 비껴 지나갔으며 높은 나무꼭대기가 자기 밑에서 술렁이고 있었다…하늘을 나는 느낌이 너무 좋아! 개미 리리가 생각했다. (새들은 얼마나 행복할까. 날개가 있으니 어디든 가고 싶으면 다 날아갈 수 있고, 또 사자랑 호랑이도 새들이 날아다니는 것을 바라만 볼 뿐 잡을 수 없으니. 새의 날개 위에 앉아서 하늘을 난다면 마치 흰 구름 위에 앉아서 떠다니는 것 같을 거야…)

딱따구리는 숲을 날아 지났고, 큰 강을 날아 지났으며, 들판을 날아 지나 큰 호수의 상공을 날고 있었다. 개미 리리는 정말 신이 났다. 그는 아래를 내려다봤다. 아! 너무 좋아. 강은 기슭이 있고 호수는 둘레가 있으며 숲은 끝이 있지만 하늘은 너무나도 크고도 넓어 새들이 마음껏 날 수 있구나. 날아서 흰 구름이 있는 곳까지 갈까? 해님이 있는 곳까지 갈까? 날아서…

"하하! 딱따구리가 흰 깃털을 하나 훔쳤어!"

바로 그때 호수 위에서 새끼물오리가 소리쳤다. 물오리는 날개를 퍼덕이며 수면에 물보라를 일으켰다.

"딱따구리는 도둑이야. 흰 깃털을 훔쳤어!"

한 무리의 새끼물오리들이 "꽥꽥" 소리쳤다.

"함부로 말하지 마! 멍청한 물오리들아…"

딱따구리는 너무 화가 나서 참지 못하고 물오리들에게 항의하려고 했다. 그런데 그가 입을 벌리는 찰나 입에 물었던 흰 깃털이 떨어져 내려앉기 시작했다. 깃털은 공중에서 바람에 휘말려 빙글빙글 돌기도 하고 곤두박질치기도 하면서 이리저리 날려 다녔다.

"나 좀 살려줘!"

개미 리리는 흰 깃털 위에 꼭 엎드려서 울부짖었다.

딱따구리가 다시 흰 깃털을 물려고 하였지만 바람이 불어와 흰 깃털을 호수의 수면에 떨어뜨렸다. 흰 깃털은 마치 작은 쪽배처럼 물 위에서 떠다녔다. 딱따구리가 개미 리리의 머리 위를 날아 지나면서 작별인사를 했다.

"안녕, 개미 리리야. 난 이제 숲으로 돌아가야겠어. 아까부터 배가 고팠거든. 그리고 엄마가 초조하게 기다리고 있을 거야. 숲 밖으로 날아 나온 건 처음이거든. 그리고 처음 이렇게 멀리 날아봤어…"

"고마워, 딱따구리야. 앞으로 또 만날 수 있을 거야. 네가 많이 보고 싶을 거야…" 개미 리리는 좋은 친구인 딱따구리가 날아가는 것을 보면서 저도 모르게 눈물이 그렁그렁 맺혔다.

3

"아이고! 창피해라! 눈에서 물방울이 떨어지네. 개미 리리는 울보, 개미 리리는 울보!"

새끼물오리가 발로 물을 가르며 흰 깃털이 있는 곳으로 헤엄쳐왔다.

"울긴 누가 울어? 허튼 소리."

개미 리리가 눈을 비비면서 말했다.

"너 울었잖아. 얼굴에 눈물자국이 아직 남아 있잖아!"

"울지 않았어! 울지 않았단 말이야! 저리 가! 저리 가란 말이야!"

"여긴 우리 집이거든. 난 여기 있을 거야. 네가 우는 걸 보고 있을 거야."

"난 안 울어! 안 울어, 안 울어, 안 울어…"

개미 리리는 폴짝폴짝 뛰다가 곤두박질까지 했다.

그 바람에 흰 깃털이 빙그르르 돌면서 개미 리리는 하마터면 호수에 빠질 뻔했다. 새끼물오리가 얼른 흰 깃털을 잡아주었다.

"흰 깃털을 나에게 주면 널 기슭까지 데려다줄게. 난 수영을 잘하거든!"

새끼물오리는 그 흰 깃털이 너무 마음에 들었다.

"흰 깃털은 내 거 아니야. 누가 잃어버렸는지 주인을 찾아 줄 거야."

개미 리리가 정색을 하고 말했다.

"아이고! 이 바보야, 네가 주웠으니 네 거지."

"아냐, 아냐! 내 거 아냐. 난 남이 잃어버린 물건을 가지지 않을 거야."

개미 리리가 목에 힘을 주며 항변했다.

"넌 참 고지식하구나. 잘 들어. 넌 이걸 배로 삼아 항행할 수 있어. 편안하고도 안전하게 그 위에 앉아서 떠다니면 얼마나 좋아! 난 헤엄치면서 네가 타고 있는 흰 깃털을 밀어줄게. 그리고 네가 실컷 가지고 논 다음 이 흰 깃털을 나에게 주면 돼…"

"싫어! 나는 이 흰 깃털을 주인에게 돌려줄 거야!"

"주인을 찾지 못하면? 네가 가지려는 거지? 그렇지?"

"찾을 거야! 엄마가 그러셨어. 마음만 먹으면 해낼 수 있다고."

"흰 깃털을 꼭 돌려줘야겠어?"

"응! 말했으면 지켜야지. 난 흰 깃털의 주인을 찾을 거야."

새끼물오리가 못마땅해 하면서 말했다.

"넌 참 바보구나!"

다른 한 새끼물오리가 헤엄쳐오더니 꽥꽥거리며 말했다.

"거북이할아버지를 찾아가봐! 거북이할아버지는 뭐든 다 알거든. 그리고 아주 많은 새들을 알고 있어."

"저리 가! 가! 가! 누가 너더러 끼어들래. 내가 얘를 거북이할아버지에게 데리고 갈 거야. 할아버진 나를 제일 좋아하거든."

"넌 참 착하구나! 물오리야. 나에게 화를 내는 대신 오히려 날 도와주고 있으니 말이야. 방금 전에 난 너에게 너무 무례했어."

개미 리리가 진심 어린 말투로 사과했다.

"그건 괜찮아! 이제 우린 친구가 되었잖아? 자, 똑바로 앉아. 내가 흰 깃털을 밀면서 헤엄칠 거니까."

새끼물오리가 날개를 파드득거리면서 조심스럽게 물을 가르며 흰 깃털을 앞으로 밀며 나아갔다.

"개미 리리가 배를 타고 항행한다! 어서들 와서 봐. 개미 리리가 배를 타고…"

숱한 새끼물오리들이 물에 떠 있는 흰 깃털을 둘러싸고 즐겁게 환호했다. 새끼물오리들은 날개로 수면을 쳐 물보라를 일으켰다.

개미 리리는 흥이 도도해져서 물오리 떼를 바라보면서 우쭐거리며 깃털배 위에 서 있었다. 그 모습이 마치 출정하는 왕자 같았다.

"비켜, 저리 비켜! 좀 떨어져. 너희들이 그렇게 서로 밀치면 흰 깃털배가 뒤집힐 수도 있어. 개미 리리가 물에 빠지기라도 하면 어떡해?"

흰 깃털 배를 밀고 가던 새끼물오리가 큰 소리로 외쳤다.

"나도 배를 밀 거야!"

"나도 밀 거야!"

새끼물오리 떼가 꽥꽥거리며 왁자지껄 고함질렀다.

탕! 탕탕!

자지러진 총소리에 신이 나서 떠들어대던 물오리 떼가 놀라서 뿔뿔이 흩어졌다. 새끼물오리들은 눈 깜박 할 사이에 물속으로 잠적해 자취를 감춰버렸다. 다만 수면 위에 파문만 일어 멀리 퍼져나갔다.

"물오리야, 너희들은 어디 있는 거니?"

개미 리리가 당황하여 비명을 지르며 두리번거렸다.

흰 깃털이 수면 위에서 빙글빙글 돌았다. 마치 바람에 휘말린 낙엽 같았다.

"나는 날지도 못하고 헤엄도 칠 줄 모르는데 어떡하지? 엉엉엉…"

개미 리리는 슬피 울기 시작했다.

뻐끔 뻐끔 뻐끔… 호수 수면 위로 기포들이 솟아오르더니 비단잉어가 흰 깃털 가까이로 헤엄쳐와 나지막한 소리로 물었다.

"누가 우는 거야? 가여워라."

"나야. 개미 리리. 거북이할아버지 찾는 걸 좀 도와줄 수 있겠어?"

"그거야 쉽지! 그런데 거북이할아버지는 왜 찾으려고 하는지 알아야겠어. 거북이할아버지는 고집불통 영감이거든."

"나는 누가 흰 깃털을 잃어버렸는지 알고 싶어. 그걸 주인에게 돌려주려고. 거북이할아버지가 날 도와줄 것이라고 물오리가 나에게 알려줬어…."

"가엾은 것. 넌 정말 바보구나. 이 작은 깃털 하나 때문에 그렇게 많은 고생을 할 것 있어? 자칫 잘못하다간 목숨까지 잃을 수 있단 말이야! 넌 수영도 할 줄 모르면서 이렇게 큰 호수에서 어떻게 기슭까지 갈 수 있겠니?"

"나를 도와줄 거지? 그렇지?"

개미 리리가 눈물이 그렁그렁해서 비단잉어를 바라보았다.

뻐끔 뻐끔 뻐끔 비단잉어가 기포를 내뿜으며 느릿느릿 말했다.

"내가 어찌 널 돕지 않을 수 있겠어? 가여워 죽겠는데."

"잘됐다! 비단잉어야, 넌 참 착하구나…"

개미 리리가 폴짝폴짝 뛰면서 연거푸 몇 십 번 곤두박질했다.

"조심해! 물에 빠질라…"

비단잉어가 흰 깃털을 잡아주지 않았더라면 개미 리리는 하마터면 호수에 미끄러져 빠질 뻔했다.

"너 참 장난꾸러기구나!"

비단잉어가 개미 리리를 보고 웃어주었다. 비단잉어는 이 가무잡잡하고 조그마한 친구가 마음에 든 모양이었다.

"이제 널 거북이할아버지에게 데려다주마! 난 거북이할아버지가 어디 있는지 알거든."

비단잉어가 흰 깃털을 밀면서 애써 앞으로 헤엄쳐 나갔다.

"비단잉어야, 새끼물오리들이 어떻게 된 일인지 혹시 알아? 다쳤어? 총소리가 나고 물속으로 들어간 뒤로는 보이지 않아."

"가엾은 새끼물오리들은 물 위에서 헤엄쳐야 하니 너무 위험해. 우리 물고기들은 물속에서 헤엄치니까 총알에 맞을 일은 없어."

"그래도 물오리들은 하늘을 날 수도 있고 물에서 헤엄도 칠 수도 있고 땅 위에서 걸을 수도 있으니 얼마나 좋아!"

개미 리리가 부러워서 말했다.

"난 깃털이 싫어. 털이 빽빽한 게 얼마나 보기 흉하니! 우리 물고기 몸에는 비늘이 나있으니 얼마나 예쁘니! 봐봐. 내 몸의 비늘은 황금빛이야. 해님보다도 더 번쩍거려."

"넌 참 예쁘구나. 그런데 넌 하늘을 날 수 없잖아! 하늘을 날 수 있으면 재미있을 거야."

"나는 수면 위로 뛰어오를 수 있어. 아주 높이 아주 멀리 뛰어오르거든. 나는 또 높이뛰기시합에도 참가한 적이 있어."

그때 갑자기 호숫가에서 울음소리가 들려왔다.

"아이고, 큰일 났어! 빨리 거북이할아버지를 구해줘…"

물고기 떼가 허둥대며 헤어 다니고 게가 멍청하게 좌충우돌했다. 호수 수면이 시끌벅적했다. 출렁이는 물결에 깃털이 휩쓸려 사라질 것 같았다. 비단잉어는 흰 깃털을 꼭 잡고 있는 수밖에 없었다.

"무슨 일이 생겼어? 왜 그래? 왜 그러느냐고?"

비단잉어가 다급하게 물었다.

"거북이할아버지가 고기를 한 덩이 삼켰는데 고기 안에 바늘이 숨겨져 있었던가봐. 그 고깃덩이는 거북이를 낚기 위한 미끼였었나 봐. 지금 거북이할아버지는 질긴 낚싯줄에 꿰어져 있대. 어쩌면 당장이라도 사람들에게 잡혀갈지도 몰라!"

"거북이할아버지가 목숨을 잃을지도 몰라! 어떡해?"

"누가 좋은 방법 없어? 빨리 거북이할아버지를 구해야 돼…"

울음소리, 외침소리, 물을 치는 소리로 호수 위가 시끌벅적했다.

"낚싯줄 물어 끊어! 빨리…"

개구리가 큰 소리로 외쳤다. 모두가 몰려들었다. 물고기들이 낚싯줄을 물어뜯고 게가 집게발로 켜고 새우들이 찍어댔다.

"힘 줘. 빨리 빨리…"

"힘내, 으쌰 으쌰. 빨리, 빨리!"

모두가 간절히 바라며 소리 질렀다. 초조와 슬픔에 싸여 마음이 찢어질 것 같았다.

풍덩! 물방울이 사방으로 튕겼다. 마침내 거북이할아버지를 매달았던

가는 줄이 끊겼다. 거북이할아버지가 호수에 뚝 떨어져 고통스럽게 신음하고 있었다. 모두가 다가가 거북이할아버지를 둘러싸고 한 마디 씩하며 위로해주었다.

개미 리리가 다급히 불렀다.

"난 거북이할아버지를 만날 거야… 어서 거북이할아버지를 만나게 해줘…"

붕어가 소리쳤다.

"거북이할아버지는 쉬셔야 해! 떠들지 마."

그래도 개미 리리는 여전히 고함을 질렀다.

"난 거북이할아버지를 만날 거야. 거북이할아버지를 꼭 만나야 한단 말이야…"

거북이할아버지가 숨을 거칠게 쉬면서 물었다.

"무슨 일로 나를 찾아온 거니?"

물오리가 물속에서 모습을 드러내더니 다가와 서둘러 개미 리리의 사연을 이야기했다.

거북이할아버지가 말했다.

"개미 리리야, 걱정마라. 지금 바로 널 태우고 흰 깃털의 주인을 찾으러 갈게."

개구리가 말했다.

"거북이할아버지, 바늘을 삼켰으니 얼마나 괴롭겠어요!"

개미 리리도 말했다.

"거북이할아버지, 그렇게 고통스러운데 어떻게 나를 그리 먼 곳까지 데

려다줄 수 있겠어요?"

거북이할아버지가 둘러선 동물들을 둘러보면서 침통한 표정으로 말했다.

"내가 얼마 살 수 없다는 걸 알아. 죽기 전에 개미 리리를 도와 그 아름다운 소원이라도 이뤄줘야 마음이 편할 것 같아!"

물오리가 괴로워하면서 말했다.

"거북이할아버지, 꼭 살아계셔야 해요! 우리에게 글도 가르쳐주셔야 하고, 일기를 관찰하는 것도 가르쳐주셔야 해요. 할아버진 뭐나 다 알고 있으니까요…"

거북이할아버지가 한숨을 지으면서 속상해서 말했다.

"난 오랜 세월을 살다보니 아주 많은 일을 알게 되었지. 그러나 나의 그 많은 경험을 더 이상 제공할 수가 없을 것 같구나. 개미 리리를 도와 흰 깃털의 주인을 찾아주는 것이 마지막으로 내 힘을 다하는 기회가 될 것 같아. 그걸로 위안이 될 수 있을 것 같아."

"거북이할아버지, 바늘을 꺼내면 살아갈 수 있을 거예요."

붕어가 울면서 말했다.

"얘야, 난 안 될 것 같아. 나의 비통한 교훈을 기억해! 고기 한 입을 탐내다가 자기 일생을 잃어버리게 된 거지."

"삼킨 바늘을 꼭 꺼낼 수 있을 거예요! 가장 훌륭한 외과의사인 꼬치고기를 찾아가세요."

거북이할아버지가 깊은 한숨을 내쉬더니 비통하게 말했다.

"바늘을 꺼내도 난 살 수 없을 거야. 바늘이 내 마음을 꿰뚫었거든.

게다가 아무도 마음속 깊은 곳에 있는 뾰족한 바늘을 뽑아낼 수는 없어. 차라리 마지막 기회를 놓치지 않고 의미가 있는 일을 완성하려고 해! 어서 타. 더 지체하다간 늦을 거야. 내 기억과 경험을 아무도 대체할 수 없어서 그래. 개미 리리야! 자, 내 등에 올라타거라. 흰 깃털도 내 등에 올려놓고. 우린 지금 바로 떠나야 해."

개미 리리가 거북이할아버지의 단단한 껍데기 등에 올라탔다. 그리고 흰 깃털도 올려놓았다. 모두가 눈물을 글썽이며 작별인사를 하자 거북이할아버지는 먼 곳을 향해 침착하게 헤엄쳐갔다.

4

호수 위에 파문이 일었다. 마치 호수 바닥이 세차게 흔들리는 것 같았다. 찬바람이 울부짖으며 휘몰아치고 잿빛 구름이 하늘을 뒤덮어 햇빛을 가려 주위가 희뿌옇게 변했다. 이윽고 폭우가 쏟아지기 시작했다.

쏴~ 쏴! 마치 수천수만 갈래의 물 채찍이 푸른 호수를 내리치는 것 같았다. 쏟아져 내리는 빗물과 빗물이 수면에 쏟아지며 일으키는 물보라가 한데 어우러져 물과 하늘이 맞닿아서 아무 것도 똑똑히 보이질 않았다. 거북이할아버지는 개미 리리와 흰 깃털을 등에 태우고 가야 했으므로 물속으로 들어가지 못하고 수면 위에 떠서 헤엄을 쳐야 했다.

거북이할아버지는 목을 길게 빼들고 주변을 살피면서 방향을 분간하려고 애썼다. 그러나 폭우가 그의 머리를 사정없이 내리치는 바람에 그는 눈을 뜰 수가 없었다. 사방이 망망대해가 된 것처럼 기슭이 보이지 않았다. 거북이할아버지는 온 몸의 힘이 다 빠져버린 것 같았으며 가쁜 숨을 몰아쉬었다. 어디로 헤엄쳐 가야 할까?… 그때 개미 리리가 소리를 질렀다.

"아이쿠! 큰일 났어요."

흰 깃털이 빗물에 쓸려 거북이할아버지의 등에서 호수에 미끄러져 떨어졌다.

"개미 리리야, 어디 있니?"

거북이할아버지가 긴 목을 빼들고 두리번두리번 허둥대며 사방으로 찾아 헤맸다.

"나… 흰 깃털… 위에… 있어요.…"

개미 리리가 소리치는 소리가 간간이 들려왔다. 비바람이 개미 리리의 목소리를 삼켜버렸다.

거북이할아버지가 보니 흰 깃털이 일렁이는 호수 위에서 거센 물결에 휩쓸려 가라앉을 듯 소용돌이치고 있었다. 굵은 빗줄기가 사납게 내리치는 바람에 흰 깃털은 세차게 뒤뚱거리며 물결에 휩쓸려 가라앉았다가 수면으로 다시 떠오르곤 했다. 거북이할아버지가 애써 물을 차며 헤엄쳐가 흰 깃털을 입에 물어 개미 리리를 구원했다.

개미 리리는 흰 깃털 위에 찰싹 엎드렸다. 거북이할아버지는 머리를 높이 쳐들고 물살을 거스르고 바람을 맞받으며 온 힘을 다해 앞으로 헤엄쳐갔다. 천둥번개가 쳐 하늘이 쪼개지는 듯하였으며 수면은 깨진 거울과도 같았다. 흰 깃털은 심하게 일렁이는 파도를 따라 마치 거센 바람 속의 낙엽처럼 요동치며 흔들리고 있었다.

개미 리리는 거북이할아버지가 목숨을 걸고 자기를 돕고 있다는 걸 알고 있었다. 그래서 개미 리리는 노래를 불러 거북이할아버지에 대한 존경과 감사의 뜻을 전했다. 비바람 속에서 그 노랫소리는 너무나도 미약하였지만 너무나도 감동적이었다.

갑자기 노랫소리가 뚝 멎었다. 개미 리리는 거북이할아버지가 더 이상 헤엄을 치지 못하고 있음을 발견했다. 거북이할아버지는 사지를 부들부들 떨고 있었으며 몸이 물속으로 서서히 가라앉고 있었다. 흰 깃털이 수면 위에서 끊임없이 요동치며 흔들리고 있었다.

"거북이할아버지, 왜… 왜 그러세요?"

깜짝 놀란 개미 리리가 당황하여 부르짖었다. 거북이할아버지는 마지막으로 수면 위로 고개를 내밀고 슬프게 말했다.

"개미 리리야, 저 앞에 갈대숲이 있어. 숲처럼 무성하지. 거기까지만 가면 이 폭풍을 피할 수 있을 거야. 그러나 나는 널 데려다 주지 못하겠구나.

난… 난 안 되겠어.… 아! 심장이… 너무… 너무 아프구나.…"

"거북이할아버지! 거북이할아버지…"

개미 리리가 악을 쓰고 울면서 부르짖었다.

"얘야, 낙심하지 말고, 용기를 내. 넌 볼 수 있을 거야…"

거북이할아버지는 말을 마치기도 전에 호수 밑으로 가라앉고 말았다. 파도가 요동치면서 멀리 쓸려간다. 우레소리, 바람소리, 물소리가 한데 뒤엉키고 거북이할아버지는 자취도 없이 사라져버렸다. 외롭게 홀로 남겨진 개미 리리는 흰 깃털과 같은 운명이 되어 위태위태한 거센 물결 속에서 요동치고 있었다. 또 번개가 번쩍하며 섬광이 칠흑처럼 어두운 밤 하늘을 가르더니 이윽고 "우르릉 쾅!"하며 천둥이 울었다. 빗줄기가 폭 포처럼 쏟아져 내렸다. 개미 리리는 거센 물살에 휩쓸려 소용돌이치기 시작했다.

5

바람이 멎고 비가 그쳤다. 달님이 미소를 머금은 부드러운 얼굴을 내 밀고 은빛을 뿌려주었다. 장난꾸러기 별들은 하늘에서 빠끔빠끔 얼굴 을 내밀며 속삭이고 있었다. 개굴, 개굴! 개구리 한 마리가 호숫가의 풀 숲에서 울고 있었다. 개구리가 폭풍우 속에서 잃어버린 엄마를 부르고 있는 것이었다.

푸드득 하고 물새 한 마리가 날아오르는 바람에 개구리는 깜짝 놀랐 다. 개구리는 풍덩 하고 호수에 뛰어들어 사지를 쭉 뻗으며 헤엄쳐 기슭 에서 멀어져갔다. 아! 고요한 호수는 참으로 아름다웠다. 맑은 거울 같 은 수면에서 무수히 많은 작은 별들이 반짝이고 있는 것 같았다.

"어쩌면 밝은 초롱이 이렇게 많아. 잡고 싶어."

개구리는 흔들리는 별빛을 잡으려고 계속 곤두박질을 하였으나 아무 것도 잡지 못했다. 개구리는 눈을 부릅뜨고 바라보았다. 흔들거리는 별 빛들이 마치 점점이 불꽃과도 같았다.

"아이고! 작은 초롱이 바로 눈앞에 있는데도 왜 잡을 수 없는 거지?"하 고 중얼거리며 개구리는 이리 뛰고 저리 뛰고 하다가 갈대숲까지 헤엄쳐갔다. 별 하나가 호수 위에 자라난 풀잎 그림자 위에 걸린 것 같았다. 개구리는 뒷다리를 쭉 뻗으며 날렵하게 덮쳤다. 그러나 별은 도망가고 흰 깃털만 하나 잡혔다.

"참으로 아름다운 흰 깃털이구나! 이걸 엄마에게 갖다 드려야겠다. 엄마가 부채로 쓸 수 있게. 엄마가 기뻐하실 거야."

개구리는 기분이 좋아서 흰 깃털을 흔들어 보았다. 시원한 바람이 일었다.

"아이쿠…"

흰 깃털 위에서 가냘픈 신음소리가 들려왔다. 이상하게 여긴 개구리는 생각했다. (이건 소리를 낼 수 있는 흰 깃털이잖아. 너무 재미있는데!) 개구리는 또 시원한 바람을 한참 일구었다.

"흔들지 마, 흔들지 말란 말이야! 굴러 떨어질 것 같단 말이야…"

울부짖는 소리에 개구리는 깜짝 놀랐다.

"흰 깃털아, 너 말도 할 줄 알아? 빨리 얘기해봐. 넌 어디서 왔니?"

"나야, 개미 리리가 말하고 있는 거야. 난 흰 깃털 위에 엎드려 있어. 난 부상을 당했단 말이야."

"엉?" 개구리가 자세히 살펴보니 아니나 다를까 까만 개미 한 마리가 흰 깃털 위에 엎드려 있는 게 아닌가! 모기보다도 더 작은 개미 리리가 흰 깃털을 꼭 안고 온 몸을 바들바들 떨고 있었다.

"불쌍한 것! 무서워하지 마. 내가 도와줄게. 난 개구리야. 개미를 먹지 않아. 난 모기만 먹거든. 어찌 된 일인지 알려줄 수 있겠어?"

"난… 난 하마터면 물에 빠져 죽을 뻔했어. 다행이도 풀 한 무더기가 물살에 밀려오는 바람에 흰 깃털이 그 사이에 끼어서 갈대숲까지 떠밀려와 폭풍우를 피할 수 있었어. 너무 무서웠어!"

"괜찮아. 폭풍우는 이미 지나갔어. 그리고 넌 멀쩡하고."

"마음씨 착한 개구리야, 나를 호숫가까지 데려다줄 수 있겠어?"

"자! 내가 배를 만들어줄게. 배가 있으면 넌 무사하게 호숫가에 닿을 수 있어."

개구리가 부들 이삭을 한 대 꺾어왔다. 부들 이삭은 보들보들했다. 아, 얼마나 아름다운 작은 배인가! 개미 리리는 부들 이삭 위에 올라앉았다. 부드럽고도 널찍한 것이 너무나도 편안했다.

개미 리리가 말했다.

"흰 깃털은 어떻게 하지? 꼭 가지고 가야 하거든. 주인을 찾아 돌려줘야 해서."

개구리가 고개를 갸우뚱거리며 생각하더니 말했다.

"좋은 생각이 떠올랐어. 흰 깃털을 돛으로 삼으면 너무 멋질 거야!"

개미 리리가 신이 나서 소리쳤다.

"좋은 생각이야! 정말 묘한 생각이야."

개구리가 흰 깃털을 부들 이삭 배에 꽂아 돛을 만들었다. 그리고 또 나뭇잎 꼭지로 두 개의 노를 만들었다. 시원한 바람이 불어와 사랑스러운 깃털 배를 몰아주었다. 개미 리리의 즐거운 항해가 시작되었다.

"개구리야, 친절한 나의 친구, 고마워!"

사랑스러운 깃털 배가 시원한 바람을 타고 가볍게 흔들거리며 푸른 호수 위에서 떠가고 있었다.

새우 떼가 헤엄쳐 다가오더니 호기심에 차서 물었다.

"어머, 이건 뭐야? 다리도 없고 꼬리도 없는데 물에서 헤엄을 치고 있네."

"오징어 아냐? 아빠가 그러셨어. 오징어는 몸이 반질반질하다고."

"아이고! 빨리 도망가. 할아버지가 그러셨어. 오징어는 새우만 잡아먹는다고…"

"아냐. 할아버지가 그러셨어. 오징어는 눈도 있고 앞발도 있다고. 그런데 이건 눈도 없고 앞발도 없잖아. 그리고… 그리고… 오징어처럼 그렇게 뚱뚱하지도 않잖아."

"여윈 오징어일 수도 있잖아? 조심해. 널 잡아먹을 수도 있어."

대담한 얼룩새우가 말했다.

"너희들은 멀찍이 피해 있어. 내가 물어볼 테니."

얼룩새우가 째지는 듯한 소리로 고함쳤다.

"야! 넌 누구니? 네가 새우를 잡아먹는 오징어라면 난 단칼에 널 찔러버릴 거야. 나의 새우 칼은 엄청 무섭거든!"

"난 개미 리리야. 안녕, 얘들아!"

"뭐? 뭐라고? 우리를 속일 생각은 마. 이렇게 큰 개미가 어디 있어? 물 위에 뜨기까지 하고? 우리가 뭐 바보인줄 알아! 우린 네가 무엇인지 알아낼 수 있어. 우리 새우들의 칼이 널 토막 낼 거야. 우린 용감한 새우족 자손들이거든…"

"정말이야! 난 개미 리리야. 물 위에 떠 있는 건 나의 배고. 흰 깃털 돛 배란 말이야. 잘 봐. 여기 흰 돛이 얼마나 예쁘니!"

새우들이 자세히 보니 확실히 개미 한 마리가 뱃머리에 서 있는 게 보였다. 흰 깃털이 꽂힌 돛대를 꼭 안고 의기양양해 서있었다.

"헤헤! 개미야, 먼 항해를 떠나려는 거니? 너 홀로 두렵지 않아?"

"배가 뒤집히면 어떡해?"

"센 바람이라도 만나면 어떡해?"

"우리가 널 도와 노를 저어줄게. 어때?"

새우들이 재잘재잘 즐겁게 떠들어댔다.

"고마워, 얘들아! 우리 배에 올라와 놀지 않을래."

"우리는 배를 탈 필요 없어. 우리가 헤엄치는 게 배가 달리는 것보다 더 빠르거든. 우리는 다이빙도 할 줄 알아. 봐봐…"

얼룩새우가 갑자기 몸을 솟구쳐 배 위에 훌쩍 뛰어오르는 바람에 흰 깃털 돛배는 하마터면 뒤집힐 뻔했다. 개미 리리는 부들 이삭 배 위에 넘어졌다.

"얘 좀 봐. 왜 그리 덤벙대니. 개미가 물에 빠지기라도 하면 어쩌려고?"

새우들이 얼룩새우를 나무랐다.

"그럼 내가 구해주면 되지."

얼룩새우가 장난기 가득하게 웃으면서 큰 새우 칼을 휘둘렀다.

개미 리리가 기어일어나 웃으면서 말했다.

"이 부들 이삭 배 위에서는 넘어져도 하나도 아프지 않아. 마치 푹신푹신한 방석 위에서 씨름하고 뒹구는 것 같거든. 너무 재미있어. 너희들이 나를 도와 흰 깃털의 주인을 찾아줄 수 있겠니? 나는 흰 깃털을 주인에게 돌려주고 싶어."

"갈매기 깃털일 거야…"

얼룩새우는 말을 마치고 주위를 둘러보았다. 그는 친구들이 자기 견해에 찬성해주길 바랐다.

"아닌 것 같아. 아닐 거야. 그래도 갈매기에게 물어보자. 그들은 늘 해변에서 호숫가로 날아와 묵어가곤 한단다."

"그럼, 난 호숫가로 가서 갈매기 떼를 기다려야겠다."

"그들은 밤중이 되면 날아와 묵고 이른 아침이 되면 날아가 버리곤 하거든. 이렇게 작은 네가 그들을 어떻게 찾을 수 있겠니?"

"난 찾을 수 있어."

개미 리리가 부들 이삭 돛배를 호수 기슭으로 저어갔다.

해가 지고 하늘가에 아름다운 저녁노을이 비꼈다. 하늘을 유유히 떠다니는 흰 구름의 모습이 호수에 비껴 마치 흰 비단이 너울너울 춤을 추는 것 같았다. 시원한 바람이 불어와 풀숲을 살며시 흔들어놓았다. 갑자기 하늘에서 흰 구름 한 송이가 날아와 호수 위에 사뿐히 내려앉았다… 아! 한 쌍의 백조였다. 그들은 고개를 도도하게 쳐들고 목을 길게 빼들고 호수 기슭을 향해 유유히 헤엄쳐갔다.

"아! 너무 아름다운 흰 새들이구나!"

개미 리리가 소리를 질렀다.

"우리는 백조란다. 너는 누구니?"

"나는 개미 리리야. 난 온 몸이 까만색이야. 내가 흰 깃털을 하나 주웠거든. 그걸 주인을 찾아 돌려주고 싶어."

"사랑스러운 개미 리리야, 너의 이야기를 우리에게 들려줄 수 있겠니?"

개미 리리는 딱따구리, 물오리, 거북이할아버지, 새우들… 수많은 친구들이 자신을 도와준 이야기를 들려주었다. 개미 리리는 그 착한 친구들을 너무나도 사랑하고 있었다!

백조가 감동하여 말했다.

"개미 리리야, 넌 참으로 착하구나. 흰 깃털 하나 때문에 얼마나 많은 고생을 겪었니?"

개미 리리가 말했다.

"너희들이 나를 도와 흰 깃털의 주인을 찾아줄 수 있겠어?"

수컷 백조가 말했다.

"고마워, 개미 리리야. 이 흰 깃털은 내 거야. 비록 아주 작은 깃털 하나일 뿐이지만 너의 그 진심 어린 마음은 무엇보다도 소중해."

암컷 백조가 말했다.

"너의 우정은 무엇보다도 소중해."

개미 리리는 신이 나서 폴짝폴짝 뛰었다.

"너무 잘 됐어! 드디어 흰 깃털의 주인을 찾았어!"

백조가 목을 길게 **빼들고** 즐겁게 우짖었다.